Desire and Its Zero Intensity

欲望与归零

——从西方后现代思想家德勒兹看人生

［美］杜锺敏 著

GUANGXI NORMAL UNIVERSITY PRESS
广西师范大学出版社
·桂林·

YUWANG YU GUILING
CONG XIFANG HOUXIANDAI SIXIANGJIA DELEZI KAN RENSHENG

图书在版编目（CIP）数据

欲望与归零：从西方后现代思想家德勒兹看人生 /（美）杜锺敏著. --桂林：广西师范大学出版社，2023.3
ISBN 978-7-5598-5596-1

Ⅰ. ①欲… Ⅱ. ①杜… Ⅲ. ①散文集－美国－现代 Ⅳ. ①I712.65

中国版本图书馆 CIP 数据核字（2022）第 249532 号

广西师范大学出版社出版发行
（广西桂林市五里店路 9 号　邮政编码：541004
网址：http://www.bbtpress.com）
出版人：黄轩庄
全国新华书店经销
广西广大印务有限责任公司印刷
（桂林市临桂区秧塘工业园西城大道北侧广西师范大学出版社集团有限公司创意产业园内　邮政编码：541199）
开本：880 mm × 1 240 mm　1/32
印张：10　　字数：229 千字
2023 年 3 月第 1 版　　2023 年 3 月第 1 次印刷
定价：58.00 元

谨以此书，献给那个跟我一样，

在青涩的17岁时，曾经以及现在，

有过或者正在有着，对生命澎湃的向往，

极度的不解，却又无时无刻不在寻找答案的

“你”

也许有一天，后代的人回顾历史，将会说：“20世纪是德勒兹的世纪。”

——米歇尔·福柯（Michel Foucault）

序

在虚无里遇见意义

欢快的大自然！

书写《欲望与归零》是一段步履维艰的旅程，困难之处，不在于对吉尔·德勒兹（Gilles Deleuze）哲学理论知识的理解，而是对生命这本书的阅读。感觉自己仿佛是日日夜夜辗转反侧的蚕，在无意间啜饮浩瀚的大自然生命天机后，试图吐出生活的丝缕！

《欲望与归零》这本书不会给你一个“标准答案”；它只是给你一种可能的思考模式，让你的人生轻松点，欢愉些，感受到一丝沁凉，像窗外那棵直直向着云层攀高的松树一样。我住的房子周围都是树，不论绿姿摇曳，还是枯枝孤立，它们总是挺在那里，一副天塌下来都无所谓的样子。大自然若有情，当是极其欢快的，看那一树的叶子，只需一个晚上，就啪、啪、啪，“繁华落尽”，那真叫一个痛快！冬雪乍落，树就安心地躲藏起来。此时但见大地一片雪白，哪有树或者其他动物的踪迹？大家都“安然”地隐藏自己，没有“自己”，仿佛也不是一桩憾事。

而人这一生，努力成就自己，最后，可能也只是把自己像祭品一样“献出去”，有的人献给工作、荣誉，有的人则是受一生挚爱之人牵绊，纵身跃入感情的海洋。

多少人在理想与痴爱里，愿意把自己燃尽？

以大自然能量运动为基础的德勒兹哲学是一种关于“关系”（relationality）与“能量”（intensity）的哲学。黄色与蓝色自身都不用改变什么，只要用它们之间的差异关系就产生了绿色。[1]而黄色和蓝色本身，也只是波长短运动的结果。重点是，这个关系哲学不是让一个人以自己为中心去画一个圆，为了自身利益去发展人际关系，以求壮大那个“中心点”的自我。它讲述的哲理，其实是个人只生存在与众人和世界的关系里。母亲由孩子定义，老师的成就来自学生。除去人伦关系里的角色定义，“人”的意义就萎缩了，好像失去水分的“人体”只有一粒沙那么大。但这并不表示，每一个人没有“自己”。每个人仍然有自己，只是这个“自己”已经不能与“关系”隔离，而且不比“关系”更重要。“自己”是一个转接站，无数的关系网和流动的能量由此处进进出出，仿佛铁路与车站，车站的存在是为了车辆人员运输的需要，没有铁路建立的关系网，车站就没有存在的必要，可是也不能只有铁路关系网而没有车站。它们彼此互相依存，互相成就。

从“欲望机器”的产生（生产），到欲望的归零，这本书告诉我们，我们的人生宇宙，跟大自然宇宙一样，都是德勒兹眼里的“混沌宇宙”（Chaosmos）。一般人要么相信科学给予的所有规则，伏地膜拜如上帝驾临；要么恐惧于世间的无常，仿佛神秘的大自然里有只顽皮的精灵，在我们精心设计的人生殿堂里偷梁换柱，总让我们登上人生的高峰后，再跌入幻灭的谷底。德勒兹的“混沌宇宙”意思是：宇宙大于科学发现的规则，但它并非纯然无序（disorder, chance, randomness），如同系统理论（system theory and complexity theory）讲的，看似无序的生命里，可能有着人类理性与目前科学仪器无法看到的一种更复杂细微的秩序，而每一次秩序的建立又都被新生的微小因素微妙地改变。

德勒兹讲述的世界也是一个“随机能量强度小点”（aleatory points of intensity）瞬息万变的世界。（“能量强度小点”或称“能量小因子”。）

整个宇宙里所有庞杂的微小因素都彼此相连，不可分割，人的内在与外在也是如此。万里之外的一个因素的改变也可能带来当下所在之处某个现象的转变。爱德华·罗伦兹（Edward Lorenz）的蝴蝶效应讲的也是这个道理，在动态的大千宇宙中，事件之初任何一个细小的变化最后都会让整个事件结果大不同。人类虽然一向以“万物之灵”自居，却不知自己所能感知的世界其实只是这个大千世界里的一粒沙。这也呼应了凯蒂·布朗波（Cate Bramble）在《风水建筑》（*Architect's Guide to Feng Shui*）里说的：“任何生物，都有自己传递讯息的方式，比如，大象可以在极远的距离之外找到自己的象群，细菌也能有自己传递抵抗抗生素的方法。”[2]我们的“世界”是个极为复杂的系统，我们感应不到的世界，依然以它们的方式存在，而且这个复杂的“系统”里任何一个因素都与其他因素密切相连。

关于“对”与“错”

大自然里也没有二元，只有人间有，我们的理性思维里有。黑夜与白昼是一寸一寸变成彼此，只有光的挪移而已。只有我们在为对与错、黑与白较劲；可我们的较劲是必需的，不是因为真有二元，而是因为人脑按照这种程式运作，世间事沿着这样的轨迹运行，我们必须遵守规则，才能开展自我，延续人间慧命。

德勒兹也问我们：我们的世界到底有没有真理？行为有没有准则？人间有没有对错？如果没有，为什么我还要日夜卖命地去追寻，去守护？

真理不是“没有”，而是相对或者绝对。（当然，如果真理是相对的，也等于没有真理！）

世间有无绝对的真理？如果世间没有真理，我们还要不要为真理献身，为自己热切认同的价值而活？这可能是某些充满理想的年轻人卡在喉咙里最大的刺。

德勒兹在《褶子：莱布尼茨与巴洛克风格》里写道：“不是因为人的不同而让真理产生变化，而是因为条件或者情况的不同，让人感受到了变化这个真理。”[3]换句话说，不是真理有相对性（a relativity of what is true），是相对本身才是真理（a truth of relativity）。

前者强调特定的“某个真理”，或者某个道理、价值观，而这个价值观却因为环境变化而不同。比如东西方文化对于子女与父母相互对待的关系，就有不同的价值观。西方父母较重视子女独立人格的养成，东方父母较倾向对于子女行为的指引，甚至过分干预；西方子女也没有奉养父母的孝道规范。

而后者强调的是只有“相对”这个万物的现象。

“真理的相对性”（relativity of truth）意思是“我觉得我的感受、我的认知是真理，你觉得你的感受、你的认知是真理”，但是最后因为这种认知的不同，我们所有的认知都是真理，所有人都可以做自己想做的任何事。那么，若是没有绝对的对和错，这样的思考最后就走向“没有真理”了。这种说法又仿佛是说：每个人都是“对”的。

我觉得我自己的价值是“对的”，同时也要肯定你的价值也是“对的”。也就是说，在对错的争辩里，洋葱剥到最后，只有“对”存在，大家的观点都是“对”的。这种思维模式像是在公司的一场会议上争论，最后竟然来个模糊的皆大欢喜。原本大家认真讨论、唇枪舌剑地为自己的观点辩解，到最后人人都缴械投降，因为原来老总给的议题是个游戏，故意玩弄大家的神经，根本没有必要争论，大家白忙一场，哭笑不得。或者，正要剑拔弩张，却忽然像动画片里的人物一样，发现手中那把磨得明晃晃的青龙剑变成了法国面包。

然而事实上，是这样吗？

德勒兹的“相对性的真理”（truth of relativity）指的是：“相对本身即是真理。”这个概念所要表达的，不是世间有“很多”真理，不是“每一个人的价值观都是对的”，而是我们每个人的价值观，在特定的时空，对我们而言，暂时是对的，但是它不代表“永恒不变的”真理。所以，在这个框架里面，对错是存在的，为真理而战大多数时候是必要的。

“相对性的真理”讲的其实是一种“相对”的绝对。

在一个特定的时空，特定的条件排列组合下，对那个特定的主体而言，有一个“绝对”的对与错，否则不会有钢丝缠身般的苦楚与置人于死的仇恨。可是，在那个“特定的时空人事”盒子之外，里面的绝对可能就“消失”了。但是很少人能够如此超越自身的局限去看到“盒子”外面的世界。人世间确实有少许人突破了自身的桎梏，去看到别人的“痛”，这是一种大爱。然而，大多数时候的大多数人，无法做到，也不必做到。比如，在重大灾难过后，即使当事人均已离世，后代子孙仍然要“讨一个公道”，就是让大家看到自己与家人所经历的伤痛，这是绝对的，没有任何讨价还价的余地。南京大屠杀的历史血泪，以及台湾的“二二八”事件，都是历史上的重要例子。若是犯错方轻者道歉认错，重者接受法律的制裁，受害者的心里会觉得较为安慰，因为在这种极端的例子里，受害者不可能有能力跳出自己的特定时空。就人类整体而言，这也是绝对的错误。但也有当事人永远无法摆脱仇恨的阴影，让仇恨永恒地咬噬自己的心灵，就是当事人认为自己认定的真理是永远的绝对了。

我常常想起孟姜女哭倒万里长城的故事。对于孟姜女和那个时代受压迫残害的百姓而言，秦始皇是恶魔转世，可对于我们后代子孙而言，长城的傲世壮观又让秦始皇登上了一张诡异的功业榜单。所谓真理，即每一个相对的观点，在某个特定的环境时空里，对那个特定的人而言，都是绝对的。同样地，我们在一个特定的时空做每一件事时心中也应该清楚：当下我必须做的，热烈拥抱的价值观与道理，在更大的时空里，它也可能不是这样的。可是，这并不能改变我们赴汤蹈火的力量与勇气。

但是，若每个人都“拥抱”自己的观点，觉得自己是对的，别人是错的，人世间就变成了一个巨大的杀伐战场，没有任何妥协、沟通的可能了。所以，“相对性的真理”，暗示着每个人自己认为的真理，其实都不是不变的“真理”，即使自己可以滔滔不绝地为自己的价值观辩解，它们都有自身的局限和缺失。人与人不同的，只是这个局限或缺失的大小程度不同而已。

然而，“相对性的真理”所包含的既是绝对，也是相对；既是知道自己的观点不可忽视，也同时有能力跳出自己的“盒子”透透气，看一眼别人的“盒子”里的故事。有时在两者碰撞的当下，一如干柴的摩擦，智慧的火花就迸发了。就像美国诗人惠特曼《草叶集》中的一句诗：“宽广的心，能够容纳矛盾。”

“相对性的真理”或者“相对本身即是真理”，指的是尼采的观点论（perspectivism）。我因为我的立场、文化、传统，对于我认知的真理，热切拥抱，相信它是唯一的、绝对的；同时，我又明白，由于我的背景、文化，我的观点必然是局限的，“可能”仍有不足，相信仍然有空间可以让我去敞开胸襟，试着尊重理解别人的观点，并且接受考验，不断修正自己、超越自己。

然而，另一个让年轻人困惑不已的地方是，在个人与社会的关系中，我如何得知何时该尊重对方的价值观，何时该介入，予以纠正、帮助？在美国，拥护自由主义的年轻人常常自问：我那么希望社会开放，帮助弱势族群，让富豪大亨对我们恨之入骨，但他们赚的也都是辛苦钱，凭什么要跟贫户分享？同样地，美国近几十年来一贯的对外政策都无视东西方文化的巨大差异，把自己的民主或者西方价值观念强加于中东与亚洲国家，把自己认定的一套价值标准，原装原版地放进东方文化里，也是一个具有争议的议题。

人之于环境，重点是觉醒。“觉醒”需要时间，等待，那个一直在“絮叨”的力量，是人性与社会的良知力量。在每一个人的心里，每一个家庭，每一个社会，都存在这样的力量：父母看见走入“偏途”的子女，朋友看见“执迷不悟”的朋友，社会看见恶徒贩卖有毒食品、贪赃枉法的官员漠视百姓疾苦，等等。每个社会都在某一个点上设定了“法律”，为的是强迫恶徒“觉醒”与加速“觉醒”。

在小范围的人际关系里，我们能做的，只有等待，父母对子女的等待，朋友之间的等待，即使我们的价值观是对的，若是别人不听，也不必强加上去。“错误”（局限或者缺失较大）的价值观自然有负面的后果，我们必须等待他人的成长。每一个恶人都“有可能”变好，但是那个恶人“此刻”并不好。这也是一种融合矛盾的处事态度，里面有清醒的认知与必要的自我保护，也有终极关怀，不必立刻在心里定别人“死罪”。

那么，有没有绝对的“对”呢？

绝对的“对”应该是指放诸四海皆准的行为准则，如果真有，在这本书里，也许你可以隐约体会得到：那是一种开放到宇宙万物的关怀，领悟到万物彼此的深度相连与互动。所有人的关怀，从自己，到家庭，到社会，到国家民族，最后扩展到全人类、全宇宙自然。人与人的不同，德勒兹说，只在于其扩大想象力范围的能力界限而已。这个“想象力”让人产生恻隐之心，感受到他人内心的脉动。也许不是每个人现在可以达到的，但却可以观照（envision）得到。它既是相对，也是绝对；因为它一方面已经超越了个人的特定时空的体验，另一方面又能够再放回那个时空里让人安心生活。说它超越了特定的时空，是因为我们短暂跳出了自己的时空“盒子”，听到众人内心的感受，因而去做让众人幸福的事；而当我们有如此能力时，众人的满足与幸福最终将会如春风般吹进我们的“盒子”，护佑我们原来的幸福嫩芽，使之慢慢茁壮生长。

零点，逆向思考的起点

倘若在大街上随便找人一问：“如果有一件事，做时让你痛苦，做后让你心碎，而且还必须时时委屈自己，奉献时间、金钱、精力，全神贯注，却常常备受指责，你会去做吗？”答案绝对是否定的。

可是爱情就有这样的魔力。而且人人都可能是扑火的飞蛾。

对的，因为事情都有正反两面。对于爱情反面的特质，我们在被“蛊惑”的时候，就早已丧失看到它反面的能力。而我们一般人的思考路径只是单行道。逆向思考就是在思考路径上反向行驶。反向行驶始于观察到“反面”，但是不等于执着于反面；因为“执着于反面”

意味着承认事情的反面，逆向思考却把一般人认为的“反面”认定为“正面”，因此没有负面心理情绪的顾虑。比如，众人都向往越爬越高，越活拥有的越多，可是，不是每个“拥有”都是愉悦的经验，“拥有”有时变成生命的负担与心理的压力，如同不断购物之后房间内的囤积，必须持续地清空才能保持平衡。最简单的例子就是金钱的拥有：绝大多数人都追求金钱，但是有钱与快乐却不能画上等号。

在《千高原》(*A Thousand Plateaus: Capitalism and Schizophrenia*)里，德勒兹和迦塔利（Félix Guattari）说：“无器官身体是一个能量的蓄电场，能量=零点，可是这个零点没有一点负面的意义。”[4]德勒兹哲学教导我们从加号往减号思考，思考“返回零点”的意义；因为，零点，是一切的开始，像一株小芽，储蓄无尽生命的天机，有着最强的生命能量，可以妙手回春。例如，有时“失败”的低谷可以让人重新定义人生，“失去”的痛击可以让人回归自我与精神的原点。

整部艰涩难懂的德勒兹哲学，其实，就是一部零点哲学。

德勒兹的“无器官身体”这个概念，就是零点的强度，看似虚无，却拥有宇宙能量。人世的聚散，事情的成败，自我的伸屈，中间都有所谓“正”与“负”两面。可是世人所谓“负”未必是不好的。这中间的奥妙，都在于我们如何看到这个虚无巨大的“身体”，如何把握这个零点强度，学会逆向思考。世间所有的“欲望机器”都必须通过它来运作，没有“散”就没有“聚”，成功的背后都是失败的累累伤痕；一个人有时要懂得委屈自己，才能保住必要的养分，让花朵终有一日，可以得到全然伸展的天空。

我们自己这部欲望机器，也必须经由学会“归零”以便随时调整步伐，适应环境。凡人一生必有追求，有欲望，可是往往一个人追求的，反而是他最大的心灵牵绊，让他不能自在地生活。放下不必要的负担，才能走更长的路，攀更陡峭的高峰。

德勒兹并没有叫我们停止“欲望”，他只是教我们在产生欲望的时候，千万不要忘记并且储蓄十足的勇气面对：一切都可能归零。

福柯说：“人在忘记自己的时候，都有疗愈的能力。”[5]德勒兹和迦塔利在《千高原》里写道：“用瓦解领域的方式来增加你的领域。”[6]他鼓励我们常常主动让自己的某些欲望归零，让“自我”这个概念休息，不要老是把“我”放在“你”和“他”的前面，这样才能走出更宽阔的人生。

人，只有在放下自我的时候，才能增强自我的能量。

《欲望与归零》的格局

一个人的格局，决定这个人心的深度；一本书的格局，决定这本书企图开拓的视野。

《欲望与归零》企图丈量心的深度，探究生命的原貌。在阐述后现代哲学大师德勒兹哲学理论中的重要概念的同时，亦把它们像糖果融化在水里一般地融入生活。

前面三章为读懂德勒兹哲学奠下根基。第一章“来自太初的精灵：德勒兹传承的西方远古精神”透视整个西方文明的起源，在那一片处女地里，我们寻觅到了启蒙德勒兹思想的沃土。由此处一路跟随西方圣哲的心路历程，滑行漫游，时而清朗，时而迷眩。可能在人与神的接驳处，邂逅一丝灵光，进而明白自古迄今，困扰人心的根源为何物，所谓“思考”（to think）这条道路如何险阻又漫长。德勒兹这位后现代哲人，又如何承先启后，将我们思考路径的光野扩大，由澎湃生命的发源地领悟到，太初能量从未在人心中消失。第二章“泅入空虚的人：后现代的困境与德勒兹的身影”将进入当今时代的思想潮流，体验时代的脉动与走向，并且理解德勒兹整个思想工程的动力与其在后现代扮演的角色。第三章“思想的三棱镜：影响德勒兹的三位思想大师”厘清德勒兹自身的传承，这三位思想大师的重要性不亚于德勒兹，没有他们的“播种”，就不会有德勒兹哲学的绿树成荫。

后四章从德勒兹的概念出发，进入他的理论殿堂。第四章“变装舞会：德勒兹的基础思想与概念”阐述德勒兹的重要基本概念如何走进我们的生活，给我们桎梏的心灵一双翅膀；第五章“自我成长：性情与文化”解释德勒兹对自我与文化的思考；第六章“捧在手里的玻璃花：爱情与激情”描绘西方传统里对感情的理解，以及如何用德勒兹的理论来理解爱情与婚姻；第七章“生命的谜题：永世的轮回”试图揭开欲望机器的密码。

是的，这是一本哲学书，但它不只是一本哲学理论的书，还是一本试图让心灵触角深入自然大化，探索幽深的“微观世界”的书。它不是用科学仪器，而是用我们与生俱来的心灵侦测器，叫我们沉心静气，体会生命。

“我”的人生，抑或“你”的人生？

德勒兹在《褶子：莱布尼茨与巴洛克风格》里提道：“每一个单一的小单子（monad，莱布尼茨的哲学里不能再细分的元素，可以指原子，也可以指个人）表达的是同一个世界的全部，尽管它真正表达的只是其中的一部分。”[7]仿佛很多人一起登山，等到达山顶以后往下看，每个人看到的村庄都“不一样”，他们看到的都是村庄的全貌，同时也因为只是从自己有限的角度看出去，所看的只是村庄的一部分。

这个比喻的意思是，每个人经历“不同”的人生，但是，也在经历“相同”的人生。我们彼此的人生，都是在相同里有不同，在不同里有相同。但是无论如何，每个“个体”（individuality），都由无数力量小点（singularities）的不断运动组成，这个力量小点也可以理解为中国道家哲学里的“气”。我们的身体或者心灵都不断成长、变化，随时“变成不是自己”（becoming-other），就心灵而言，则是一段逐渐成熟包容世界的过程。

我与德勒兹哲学结缘于读博的岁月里，我的导师博格教授（Dr. Ronald Bogue）是美国的德勒兹研究专家，他也曾到法国聆听德勒兹讲学。我的博士论文专攻德勒兹哲学与中国哲学里“中道”概念的比较。

然而，这本以德勒兹哲学看人生的书，我却停停写写，前后长达15年。开始动笔时，我是个带着念小学的儿子、居无定所的单亲妈妈；写完的时候，我是美国知名大学的教授，当年那个顽皮好动的小孩，也已经从美国排名前五的纽约大学法学院毕业，当上了律师。我的人生，是一列高速前进的欲望列车。感觉上，我这个“欲望机器”好像一步一步登上人生的高峰，其实，我也失去了许多。我背井离乡，离开亲近的朋友，最爱我的父母先后离世，儿子也因为事业很少回家。欲望机器在“得到”的同时，亦在“失去”。所以，一般人常用的二元思维，在真实的宇宙时空里常常是正反并存的，互相抵消后也可以说并不存在了。

生命一面堆砌硕果，一面消简归零。

德勒兹认为，每一个能量小因子在内在人心和外在世界，都拒绝“统一性”（unity）的原则，因为它们不断形成不同大小、不同层次的“开放式整体”（open-ended totality），由一个人的单一身体与精神，到一个家庭的成员与天伦，再到一个社会的人口、经济、文化与风气。然而，整体与整体之间常常不能相容，产生冲突，越大的组织整体，彼此之间的冲突越严重，因此维持这个“整体”的规范与法令也必须越繁复严密，个人的自由相对也越少。

德国哲人尼采和法国诗人马拉美（Stéphane Mallarmé）在生命这样的运动里看到的，都是“无常”。“世界是一个没有名字的虚无舞台，一切都来来去去，这个鬼魅是一个面具，后面没有东西。”[8]但也因为如此，人才有了孩童般游戏的勇气。游戏不是不守规则的胡来，而是遵守规则的力量舒展。智者看到规则的由来与功能，也看到规则以外的力量变化。“在虚无的人世围棋棋盘上，发挥己身的能量，把每一个空格填满。”[9]这是莱布尼茨定义的自由：“完全表达你的灵魂。”[10]

存在着的，是生命永无止境的流转，亦即本书一直强调的“变化”。

一定有人会问：如果人生一直变化，我们的生命到底有没有意义？

德勒兹说：“并不是因为世界最美好，所以我们说它存在，而是因为它存在，所以我们说它是最好的。”[11]这个瞬间变化的生命与世界，只有一个，我们体会它的机会，也只有一次。

这一次，此生唯一的一次，我们将竭尽所能，赋予它意义。

如果你沉心静气，面对这些变化，你将会发现，当你进入变化，接受变化——包括自己人生的变化，自己与别人互动产生的变化——不论结果如何，你都愿意在帮助自己的同时，亦帮助别人。然后，你将会发现：即使你坠入一个大化流转的洪流，那也会是一片温暖的海洋，而你的身影，将成为一朵美丽的浪花，定格在历史的某一刻。

目　录

前　言

一位20世纪重量级的哲学大师走了。

1995年11月4日，对你我而言，是一个平凡得不能再平凡的日子，德勒兹选择在这一天辞世。没有人知道当时的他心里想些什么；或许，对他而言，这只是一桩平凡事件，平凡得像选择一个阳光普照的日子，晒晒卧房的棉被一样。

他走得迅疾，让人联想到他那迅捷的笔触和大气磅礴的行文。这样的突然与急速，也让人一时无法接受——这位极具影响力的法国哲学家，已追随历代许许多多思想家，卷入历史的洪流里。

可喜的是，他的思想，已酿穗为酒，等待一颗颗将醒未醒的心灵去品味。

德勒兹生平著述30部，其中以研究休谟（Hume）、尼采（Nietzsche）、康德（Kant）、柏格森（Bergson）、斯宾诺莎（Spinoza）的作品最能看出其思想之端倪。德勒兹接受过古希腊思想旺盛生命力的滋养，传承了尼采、柏格森、斯宾诺莎的衣钵。在他的思想里，我们仿佛看到了尼采对“生命”的肯定与担当，柏格森对“时间”的精辟见解，以及斯宾诺莎对“善”与“恶”的重新定义。最重要的是，德勒兹自身对生命的体会与接纳。

德勒兹后期的重要作品是与心理学家迦塔利协力完成的。在《千高原》和《反俄狄浦斯》(*Anti-Oedipus*)中，德勒兹开始创造新的概念与思想架构，从反对弗洛伊德到介绍“欲望机器”“无器官身体”“一致性恒动平面”，他的思考既辽阔且深邃。举凡心理学、人类学、语言学、政治、艺术、文学、电影等，无一不是他思想探索的范围。其文笔风格逐年改变，从年轻学者的谨严清晰（如《尼采与哲学》*Nietzsche and Philosophy*），经过壮年演说家的滔滔不绝（如《反俄狄浦斯》），到晚年哲学家的幽微精深（如《什么是哲学?》），他的写作也是一种生命的流转。

一串长得像钥匙的问号

也许，哲学并不是什么伟大深奥的东西，它只是人们不得已写下的传记，记载某年某月某日一场不大不小的逸事——一桩心和问号之间的喧闹与纠缠。

任何一个人，只要闭上双眼，稍等片刻，就能看见各种珍禽异兽在心灵的原野上狂飙。当千百种思绪意念如鸟儿飞过黝黑的长空，对于某些人而言，有些飞鸟会一路嘶鸣，即使意念早已远遁，那串长鸣声仍忽而尖厉、忽而低沉，像冤魂野鬼搅得你无法入眠。无奈只好起身与之谈判，答应忠实记下它们的声音，耐心替它们分类、定义，并谦卑地给它们立碑撰文，末了还为其描绘可能的形体，总会出现“?”这样的体态方可彰显其长久的压抑与身世的曲折，最后彼此无怨，安心度日。

问号画下了，还长得像把钥匙，但并不保证可以启开智慧之门。

于是有人喜欢用深蓝色泼墨画一大把问号，吊在半空中，作为生命的警铃，让心有山雨欲来的准备。

卸去人生的彩妆——黑色，哲学的起点

在我们的一生中，有多少时候处在完全的黑暗里，不知道下一步跨出去，结果会怎样？

是对，是错？是功成名就，还是身败名裂？是痴爱一世至死不悔，还是情到深处情转薄？有人愿意孤注一掷，万死不辞；有人却是犹犹豫豫，临深履薄。

也许，人生是一场赌博，敢与不敢，系于一念之间。

多少人想扭转命运，多少人却默默承受它的支配。不管信与不信，它总像一只无形的手，操控着我们的一切。

多少世事，烙印在掌纹内，却完全在掌握之外！

谁能看到无限？谁能掌握永恒？

公元8世纪，中国，西安。诗人李白伴着月色下终南山时，惊觉已走了好长一段山路，禁不住“却顾所来径，苍苍横翠微”。

时间的长河悠悠流过1300年，这样的心情，不曾断过。

2017年，中国，上海。当漫漫长夜像一幕黑布帘，把窗外繁华尽掩，一时之间，万丈红尘，尽虚幻。此刻，不论你正在追求什么，是一无所缺，抑或一无所有；夜深人静，从工作中猛然抽身，会不会像李白一样，回首前尘往事，忍不住问自己：

“我这样辛苦地工作，如此认真地活着，为的是什么？”

“人，去掉彩妆，去掉金钱名声，去掉情感欲望，还剩下什么？”

“滚滚红尘，一路荡荡行来，我，到底要什么？”

人前的绅士淑女，人后的悲欢离合，可以痛苦到锥心刺骨，也可以狂喜到眉飞色舞。

“人，到底是什么？”

生命，仍然充满迷惑。

也许，这正是哲学探索的起步。

生命的流转——德勒兹的人生哲学

德勒兹的中心思想在于对生命的肯定。

不论长长一生的绳索，我们曾如何编结每一处的转折；不论在失意时，我们曾在人生的低谷多么大声地嘶吼过；不论炽热的泪，曾经奔流在生命多么绝望的河床，每一个生命都值得赞美、肯定、活下去。

而生命值得活下去的理由，并不是世俗上的功成名就，而是在每一个失意处，都蕴含着成功的契机，都在教我们如何成长得更好，如何容纳更多残缺的世事，如何有更深的智慧，来接纳生命。“谷”不论多低，总有“山”作它的背景，有多深的谷，就有多高的山。

一个体会过谷的深度的人，绝对有够深的内涵去展现杜甫诗中“会当凌绝顶，一览众山小”的气概！

对德勒兹而言，生命的意义不是去寻找一个桃花源、一处避风港，而是看清它的本来面貌——无尽的变化与创造；于是，当下的此时此刻，这个永远抓不到的“现在”，就是无穷希望的核心，如一粒种子偶然被大地收容。

“现在”之所以是希望的核心，是因为它紧紧连接着“过去”与“未来”，尽管它可能是过去种种的结果，它同时也是未来种种的前身。于是，每一个“当下”其实是所有自我潜在的愿望和外在环境因素的无穷组合。虽然我们未必能完全掌控这个组合，但最起码，我们知道每一分付出都会有相当程度的收获，即使这个收获不能立即看到。

在德勒兹的理论里，这个瞬息万变的世界，充满着无穷无尽的、看不见摸不着的能量小因子；它们以超乎想象的速度奔驰，并且互相碰撞组合，形成新的因子。因此，每一个“现在”都是能量的发电厂、无穷可能性的发源地。每一个生命，也就这样充满朝气地向前迈进。

德勒兹一直希望，大家不要把哲学看成一门学问。

“哲学，其实只是一种生活方式。”德勒兹说。

每个人的生活方式都可以不一样。

我这样慢慢走着我人生的路，一路上的好风好日、急流险滩，都在我心里留下不一样的图像，经年累月，我这样一个生命对人世的体会是什么，那就是我的“哲学”。也就是说，哲学应该从“形而上”的理论架构中走下来，走入人间，走入生活。若是我有什么领悟，觉得日子该怎么过，我应该把它实践成我的“道德观”。

那么，德勒兹一直在实践的“道德观”又是什么？是无止无尽的创造，是一种泉涌的生命力，是一条乡野小河奔赴浩瀚海洋的决心与勇气。

循着这样的思路，下一步是不是应该问，这样的生命之泉来自何处？德勒兹认为，它涌自我们对生命的领悟，一种自然而然的领悟：

当我们跌倒在途中……“啊，原来失败是这么疼痛啊！”

当我们因一句刺耳的话辗转反侧……“啊，原来我是一个这么在乎别人看法的人。”

当我们一次次闯过人生的难关……“啊，原来生命的负担是这么沉重。”

当我们面对困难，疲于奔命……“啊，原来，人世是这么变幻无常，然而变的因素那么多，我们却不能逐一克服。”

“好吧，那么就尽力而为吧！”

我们于是愿意笃定地放手一搏。

当经验渐渐累积，洞察世事的我们，会从经验中得到一种自然的领悟，好像一路走来，不论惊涛骇浪，还是风平浪静，所有阳关大道与乡野小径，所有岔路口的抉择，都仿佛本该如此。这种领悟带给人的是快乐，是自足，是一种近乎神性的透彻，是越来越宽大的胸怀、越来越温柔的慈悲。

它是一种不为所求的智慧（可能还是有一求：快乐）与成熟的人格。此时，“放手一搏”就不是意气用事，而是深思熟虑后无悔的付出。

付出要无悔，很难。

其中有一个因素很重要，那就是，知道自己人生的重点、自我的价值是什么，目标在哪里。

如果有一个目标，人就可以勇往直前，可以无悔！

但是有时，这个目标不是一成不变的。

德勒兹的哲学告诉我们，有一种目标，它会随着我们追寻的过程，从人生的变化、人情的冷暖中汲取到养分，从而不断地修正自己。

日日认真省思，日日认真过。

在认真里，再慢慢陶养出一种细密的思考，一份洒脱的气概，一刻闲适的心情，生命之酒就酿出来了。

同时，他也强调，创造与毁灭，是一体的两面，没有勇气面对毁灭的人，也承受不了创造的喜悦。

你是否曾对新生的啼婴有过莫名的感动，仿佛一朵玫瑰可以绽放出整个春天的灿烂？然而，没有母体那天崩地裂的震撼，又怎会有婴孩那天使般的笑靥？当你在为摇落的花影哀伤，它已在孕育甜美的果实。

心灵的剧场——思考

这是一位把哲学当作精彩戏剧的哲学家。

他一生自编自导着一出出心灵剧本，乐此不疲。在他的手下，所有概念都摇身变成了演员，有“裁判”“朋友”“敌人”，还有“没脸的人”，等等。德勒兹灵活运用它们，诗意地呈现自己充满动感的哲学思想。而它们也帮助德勒兹成就了一个属于他自己的哲学世界，同时造就了一个哲学的新时代——“形象化的思考”或是“思考的形象”（image of thought）。把思考形象化，是一个抽象变具体的过程。如此一来，哲学强调的不再是观念的讲解，而是观念的创造；思考，其实和艺术、文学创作一样，是从无到有的过程。

严格一点说，理性哲学中畅谈的“存有”（being），已经不是重要角色（但它也没有鞠躬下台），在一种巧妙的换装变脸后，它以“流转”（becoming）的形式出现。生命的本质，是没有本质，它只是无止境的流转。山岳可以夷平，沧海可以变桑田，大自然的能量瞬间转换，人类社会的欲望流成千河。

“真理”只是“欲望”华丽的戏装。

这样的体悟，不应该是沮丧与放弃，而是接纳与超越。

其实，德勒兹真正想做的，是让西方几千年的传统哲学，从高高的空中楼台上走下来，落到现实人生的问题上，所有舞台角色都是柏拉图形而上概念（idea）的化身。它们是欲望的化身，意志的投射，上演着“人到底要什么”的悲喜剧。

这个“走下来”，意义非同小可！

它代表着一个新的领悟——哲学，是不断创造新的观念，不断解决新的人生问题的过程。或者，人借着这个思考，可以产生一套价值观，让自己这一生走得无悔，活得沉着从容。这也就是德勒兹既不是一个卫道主义者，也从不与人辩解什么，更不责备任何人的原因。因为他觉得这么做是在浪费生命，我们与其责备，不如思索如何解决问题。

他一直认为：人的一生可以走出一个方向，可以活得更好！

而这样一种孩童般对生命的无限向往，却又止观如高僧的定力，来自何处？德勒兹如何猎取那稍纵即逝的宇宙天机？我们将从上古时代开始这段哲学之旅。

走入2600年前的西方哲学发源地，我们看到了他们心灵的波动，如同我们一样，他们在生与死的竞技场里挣扎。他们离我们并不遥远，3000年在人类历史和宇宙形成史上，只是一瞬间！

第一章

来自太初的精灵：德勒兹传承的西方远古精神

哲学之始

曾经，人间有一片翠绿的山峦，起伏绵延，拥入爱琴海的波涛。点缀在广袤绿地的原始部落，农耕狩猎，牧渔放歌，渴望着地平线后面的冒险。周边环绕的山脊造成交通的不便，却也如卫士守护着一方小小的家园，人类因而繁衍子孙，筑石成墙，炼铁为器，聚为一个个城邦。城邦中的民众关心政治、经济事务，遂以广场为汇聚思想、争辩讨论的场所。语言成为利器，思考变成生活的中心。

公元前6世纪，这个人类文明史上的璀璨时代，奏响西方哲学序曲的是苏格拉底之前的一批哲学家，如泰勒斯（Thales，前624—前546）、毕达哥拉斯（Pythagoras，前570—前495）、阿那克西曼德（Anaximander，前610—前546）、巴门尼德（Parmenides，生于公元前6世纪末或前5世纪初）、阿那克西米尼（Anaximenes，生于公元前6世纪）、赫拉克利特（Heraclitus，前535—前475）、阿那克萨哥拉（Anaxagoras，前510—前428）等。前苏格拉底哲学家大多出生于如今的小亚细亚沿岸[12]（土耳其的西岸），或者西西里岛沿岸，俗称爱奥尼亚人（Ionians）。其中泰勒斯、阿那克西曼德和阿那克西米尼的出生地米利都（Miletus），是古代的商业重镇，接收着比希腊文明更早的人类思想的资讯。在商贾市场的议价声与地中海的艳阳里，前苏格拉底圣哲们开始思索宇宙天机。

古文明薪火相传

然而，这个所谓以泰勒斯为首的前苏格拉底哲学，却不是西方千年思想的源头，它只是人类远古文明思潮中的一朵浪花而已。无论是埃及文化还是巴比伦文化，甚至其他古代文明像亚述（Assyria）、阿卡德（Akkad）、腓尼基（Phoenicia）、苏美尔（Sumer）等，都深深影响着希腊文明。[13]虽然早在1890年，威廉·格拉斯顿（William E. Gladstone）就已经发现荷马史诗《伊利亚特》（*Iliad*）和巴比伦创世史诗《埃努玛·埃利什》（*Enuma Elish*）中关于宇宙的起源有着惊人的相似处[14]，西方学者却一直到第二次世界大战时期才最终肯定了二者密不可分的关联。首先是1915年古代赫梯族（Hittite）语言解密，小亚细亚文明受到重视，继而1928年叙利亚乌加里特（Ugarit）的文物出土。考古学家与哲学家细细推敲、理清古文明与希腊文化之间的丝丝缕缕。1941年，康福德（F. M. Cornford）在英国剑桥大学的一次演讲中，将巴比伦创世史诗和希腊诗人赫西俄德（Hesiod）的创作做了详尽的比较研究。[15]

由于位居远古商旅交通要道，巴比伦文明在公元前2000年就有了基本的数学知识，而埃及文明对数学的应用与发展则来自它的伟大建筑的需要。这两个古文明都以理性著称，考古学家在这两处发现了大量的数字与几何学石碑。[16]同时，它们又都是文明古国，是文学艺术、工匠技术的摇篮。早在公元前2000年，这两个古文明已经在太古蛮荒中建立了人类智慧的殿堂。

（一）埃及——神的家族

埃及文明历经公元前3000年青铜器时期的古王国、中王国和新王国，大约在公元前11世纪被蛮族入侵，文化因而传到叙利亚和巴勒斯坦。埃及神话的开天辟地跟中国道家的说法类似，都从“无”开始。其实在文明的源头，人类祖先的想法都极其相似，犹太圣经也讲最初的“空洞”，希腊诗人赫西俄德讲“混沌”，然后才有了万物的衍生。埃及的宗教与道德、政治息息相关。埃及文化中，万物起源“有”叫作雅图姆（Atum），是刚烈的男性，他从“混沌”的水、能（Nun）中缓缓上升，“能”是“无”，是“潜能”，是阴柔的女性；由雅图姆中再吐出男神枢（Shu）和女神泰芙努特（Tefnut），代表生命和秩序，再生出土地男神盖波（Geb）和天空女神努特（Nut）。

埃及的创世纪非常特别，掌管土地的是男神而非女神，这可能跟政治权力有关，男神盖波将掌管土地的权力授予男性法老，是再自然不过的事了。那时人神互通，法老王死后升格成为神；神的系统是一股创造性的能量，从神的身上发出，越往外越稀薄，最后出现光和影，就是我们的物质世界。人是神的能量的展现，我们的肉身世界只是神能量的一个“虚无”的影子，人死后在神的能量的最外圈游走，惊慌失措，被更外围的虚无之水包围，必须由正确的宗教仪式带回神光明的殿堂。[17]

（二）巴比伦神话

巴比伦文明与美索不达米亚（Mesopotamia）平原上所有古代民族几乎都有牵连，当我们说青铜器时期的美索不达米亚古国时，我们指的是苏美尔王国、阿卡德王国、巴比伦王国和亚述王国。他们是讲阿卡德语的闪米特人（Semitic，包括犹太人、阿拉伯人、亚述人）。巴比伦创世史诗中对于天地之初的描写非常残酷：蒂亚美（Tiamat）是原始的母亲，同时也是海里的怪兽，上帝玛尔度客（Marduk）杀了蒂亚美，把她的身体分解，一半掷入空中，为天空铺上屋顶，再点缀熠熠星辰，从此天地分离。[18]这样的神话与埃及的“虚无”生“有”，以及中国道家讲的“混沌”被凿开了眉目，似有某种程度上的相通之处。而原始的混沌永远是如沼泽般的阴柔。

“虚无”被肢解，诞生了万物，万物消殒时，又回归“虚无”。

（三）一条血色脐带

联结希腊文明与埃及、巴比伦文明的是一条血色脐带。

小亚细亚、美索不达米亚和叙利亚的建筑、青铜器和陶瓷手艺，都是希腊人仰望追求的目标和标准，后来希腊工匠的技术逐渐赶上东方匠人大师的手艺，然而深感生命颠踬的希腊人放不下的，是对东方古文明艺术永恒的仰慕。希腊人本无自己的宗庙，于是宗庙的设计在迈锡尼（Mycenaean）文化时期就大量采用叙利亚与巴勒斯坦宗庙的模式，里面的雕像设计也深受埃及影响。希腊的工程师与设计师惊叹于东方美索不达米亚“高文化”（high culture）的才情，把对东方文化精致细腻的崇拜镶入宗庙列柱的雕花里。

东方美索不达米亚的数学与天文，也深深植入希腊人的生活。毕达哥拉斯定理在毕氏之前1000年就存在了，但当时只运用在实际生活中，并没有像毕达哥拉斯那样将它提炼成数学的法则，加以系统说明。对于天上星辰的命名，水星（Mercury）、金星（Venus）、火星（Mars）、木星（Jupiter）都是从阿卡德语翻译而成的。其他如圆周360度，一小时60分钟，一分钟60秒也都是巴比伦数学的遗产。[19]

埃及的奥西里斯（Osiris）是冥府之神，由古代国王死后转化而成，他给予人类死后的生命和幸福，让人死而复生。然而，在描写埃及奥西里斯神的作品里，我们看到了葡萄与葡萄藤，似乎希腊酒神是由奥西里斯神借尸还魂而来。同时，在古希腊传下来的瓶画里，酒神乘着船出现，但是船却由人扛在肩上，这样的主题安排来自埃及，并非希腊原始的宗教想象。布尔克特（Walter Burkert）强调，希腊的酒神神秘传统必定经过埃及文明的洗礼，这点毋庸置疑。[20]

这些牵连都与米诺斯文明（Minoan Civilization）有关。在南欧半岛上跟埃及/巴比伦文明一样古老的米诺斯文明，活跃在公元前26世纪到前15世纪的克里特岛上，在公元前17世纪到前10世纪之间进入希腊本岛，与迈锡尼文化（前1500—前1100）融合。迈锡尼是希腊的本土文化，所以现在的希腊文化是北方蛮族、米诺斯文化和迈锡尼文化的融合体。哲学家罗素说，米诺斯文化一直都跟埃及文明接触，从考古遗迹里，我们在克里特岛看到埃及的文物，在埃及看到克里特岛的文物，他们的商业交流在公元前16世纪到达高峰。[21]

（四）船帆上的眼睛

这些频繁密切的东西方联系，不论是在希腊与埃及来往的商贾震天的议价声中，还是在“高端”的陶瓷作品中，都让东方与埃及的古文明在不经意扬起的船帆上，许给希腊一个攀上思想高峰的未来。

公元前3000年到前2000年之间，人类尚处于青铜器时期，数学或者几何学在埃及人手里只是一个实用的工具，他们不曾追究其后面的意义。此时理性只是土壤里的一粒种子；人类理性的真正成长，是在铁器时期[22]（前2000—前1200）。巴比伦文明（亦称美索不达米亚文明）较埃及文明晚，已经渐有探索宇宙真理的雏形。

埃及与东方巴比伦古文明的智慧，经由地中海的波涛，仿佛自然的血液，流进希腊哲学家的神思里。[23]

似乎所有前苏格拉底哲学家所架构的理性思想系统，在公元前2000年的美索不达米亚平原上早已存在。

首先，巴比伦创世史诗如此记载神的能量：“您有着宽伟的心房，是命运的主宰者，被创造的与被毁灭的，都住在这里。”[24]创造与毁灭，出生与死亡，其实是一体的两面，两极对立并不存在。只是，巴比伦文明对天地的感受是神话的、具象的、故事的与诗情的。对于巴比伦人，追求真理和捕捉情感是同一回事。他们已有哲思的能力，他们的诗歌不只歌咏个人的情感，也探索生命共通的法则。

对他们而言，神的存在如同人的存在一样天经地义，而且生活于同一个空间；圣人或者先知是人，却可参与神的活动，阻碍神的意旨，神也可以为了人的利益而牺牲自己的福祉；神话是真实的生活，不是动听的摇篮曲。他们的智慧遗留在他们的智慧主题（wisdom themes）中，包括神话、占卜、反思文学、格言和科学的文献。智慧文学是先知文学，只有庙堂里的先知才有能力从神那儿得到这些智慧的启示。巴比伦与埃及文明里，凡人崇拜先知，如同崇拜一个生命的领路人，他们带领人从生到死，走智慧的路。大自然的滋润与灾难并容，人身处其中，犹如一只蜉蝣；而人类社会亦是龙蛇杂处，在人生的风雨里，个人随时可能遭灭顶之灾。

一个初尝生命喜悦的少年，该如何自律，才能避祸趋福，走完艰难壮丽的一生？

先知在智慧文学里倡导理性、自我节制、正义感与同情，反对情感泛滥、性欲无度、酗酒与暴怒。[25]人因为对生命的反省才了解到：原来生存的法则，其实也是生命与真理的道路。

美索不达米亚文化从公元前2500年的青铜器时期一直延续到公元前700年的铁器时代，虽然古文明先知的书写未成系统与教条，仍属于散漫式的流传，但他们已有抒发自我意识的诗歌和对话录；对于宗教与人生的反思，也有了初步轮廓。其中有着众神互相牵制的相对，也有命运的绝对。这个“多”与“一”的对峙、矛盾，或者互融，充分反映出在他们的心里，善恶永远纠缠，生死必定相依，“相反并存”的抽象思考元素已经形成，他们的对话录与辩论集就是最好的证明。

同时，自我懵懂乍现，理性渐渐成形。

有了“自我”之后的灵魂，会为“自己”划出属于自己的疆域，井水不犯河水，人与人之间彼此尊重，否则，将受到惩罚。

正义与秩序，成为人心的宝藏。

巴比伦先知写下格言：“神创造天堂的时候，我目睹一切；他给大海围绕地平线时，我也在那里。神修补云彩，为陆地海洋画下界限时，我都在场。”[26]这样的描述说明先知的理性已从对自身性命的反思，扩大到对宇宙的观察。黑夜与白昼、大海与陆地的分界，是人类社会善与恶规则划分的导师。即使善恶必然存在，人也依然要不断努力，惩恶扬善。

（五）有知有觉的“物质”

埃及文明和巴比伦文明，历经千百年传承，终于如一颗硕大的种子，落入了希腊文明的沃土。

当然，理性光芒的全方位绽放，开始于前苏格拉底哲学家们的思考。

到了希腊文明时期，前苏格拉底哲学家用推演归纳的逻辑和抽象的语言，把巴比伦与埃及古老的传统重新诠释一遍，于是有了巴门尼德、阿那克西曼德、赫拉克利特的一系列系统性哲学。就连柏拉图与苏格拉底的对话模式，后世学者也在美索不达米亚文献里找到了渊源。[27]

前苏格拉底哲学家的精神承接古文明理性萌芽时期的精髓，却褪掉了古文明华丽的神话外衣。他们的理性光芒压垮了奥林匹斯神的殿堂，赶走了活跃在人类思想里的神祇，想留给后代一个纯粹的“自然”世界。然而，这个所谓物质自然界，是否是当今科学家眼里所谓“机械式”的自然？答案却是否定的。

前苏格拉底哲学家的“自然”范围比我们理性认知的自然更辽阔，包括我们现代人认为的“超自然”，也就是包括“神”的世界。[28]

神的概念，在前苏格拉底哲学家的世界里，仍然扮演重要的角色，只是他们开始用不同的眼光去看待神的故事。他们也开始探寻神的根源，泰勒斯说宇宙的根源是水，阿那克西米尼说是火，阿那克西曼德说是无限物质。在他们的世界观里，神和物质并存，神是有知有觉的“物质”，“物质”是神的一部分。

（六）绽放的理性光芒：前苏格拉底哲学家

泰勒斯

泰勒斯，一个多才多艺的希腊灵魂，精通天文、几何、机械、政治、商务，他是希腊的第一位哲学家，希腊七圣之首。他出身富贵，曾到埃及拜师学艺。仿佛自古以来皆如此，唯有富贵家庭的孩子，可以在少年时代扬帆远游。他因为成功预测了日食而一夕成名。之后为了向批评者证明哲学家也可以拥有财富，泰勒斯成功预言了未来的天气，并且事先购买了所有的橄榄油产业，因此一夜致富。

泰勒斯深受埃及理性数学的影响，他解释地震的原因——土地的下面是水，地震是水的波浪所致。虽然这个解释如今看来非常幼稚，可在当时这应该是划时代的创举。泰勒斯认为宇宙自然的起源是水，万物皆有灵性（soul）。他给我们的世界是个充满灵性、有知有觉的“自然”，比我们现在能够感知到的自然更广阔；那个自然充满了动感与感动，宇宙是一个永恒创造的生命运行过程。

谁也未曾料到，西方第一位哲学家的悟道，最终成为后现代哲学家德勒兹形而上思想的一口灵泉活水。

阿那克西曼德

阿那克西曼德深受泰勒斯的影响，亦是一位才华横溢的年轻人，深谙天文、几何与地理，并且是第一位写下自然理论的作者。大凡当时的哲学家兼科学家都是寂寞的灵魂。他们必须对抗千年的神话传统，提出一系列无关“神”的理论，来证明人类自身的尊严。

阿那克西曼德提出了构成世界的四种物质：火、水、土、空气。

之后几乎所有的希腊人都奉之为圭臬。这四种物质代表了自然界的四大领域，这种说法其实脱胎于荷马与赫西俄德诗歌里的四大天神的领土——天堂（火）、地狱（空气）、海洋（水）与人间（土）。这种说法也类似中国古代的五行说，但更像佛教里的“四大”：地、水、火、风。阿那克西曼德认为宇宙的本源是一个看不见的东西，名之为“无限”，万物由此生出，再回归于此。

在他的理论里，自然才是主角，人只是配角，万物的出生只是为了毁灭，毁灭与再生成就了自然的美好样貌，宇宙是一个永无止境的生灭仪式。

对阿那克西曼德而言，四大元素彼此不容许有任何关联，举凡违背此一原则者，皆为罪过，必遭天谴。因此，人的“出生”触犯了天条，因为人是四大元素的融合，他认为人的存在“偷窃”了自然的四大元素，必须以死亡作为赎罪的代价，再将四大元素归还自然。

这种在四大元素之间做区别的倾向，是理性分析力的始祖。而这种“划线”的能力，也是西方理性哲学传统的基石。

阿那克西曼德与赫拉克利特对自然律动的观察和态度，均受理性的影响。因为有了个体与自我的概念，自然界相反两极之间的互动融合对阿那克西曼德而言，是一种互相“侵略”，应该划分界线予以限制。阿那克西曼德对于相反现象的互换，比如，黑夜与白昼、生与死、男与女、欢乐与痛苦的解释，不是中国道家学说的“相反相成”，互为依赖、互相成就，而是“互相侵略”的论调；这显然受了巴比伦智慧理性格言的影响，认为万事万物必须以一个“个体”为基础。既然个体的出现必须以界限为前提，个体必须恪守本分地在界限内活动，那么融入相反的个体，就是侵略。

人间也是一样，每个人都有自己的范畴领域，彼此互相尊重，不得跨越界限，这是基本道德与法律的启蒙。

赫拉克利特

赫拉克利特是西方文明中第一位提出“理性”概念的哲学家[29]，其论述与中国道家思想颇为相似，主张两极合一，相反的必要，让人联想到《易经》里的“一阴一阳之谓道”。万物透过相反两极的碰撞而生，例如男女的碰撞组成家庭，孕育儿女。他提出的宇宙大化是无止境的流转，生死相依，这是德勒兹思想的源头之一，也与中国哲学的基调非常吻合。

赫拉克利特的“理性”似乎超越了阿那克西曼德的界限论，不再强调划线的重要。界限虽然重要，但是个体不可能与他人完全隔绝；相反地，个体必须依靠他人方能生存。赫拉克利特的“理性”，不是亚里士多德的逻辑理性，反而更像是一种“直观理性”（intuitive reasoning），万物得靠着相反个体的互相碰撞而产生新的个体。新的事物、新的契机，总是在挣扎、摩擦、激荡下酝酿而生。他认为万物因为相反两极的“争斗”而出生，而旧事物的毁灭更像一种回归自然的平静。

毕达哥拉斯

毕达哥拉斯是一个有趣且神秘的人物。在某种意义上他应该是一位萨满。可这位具有“超能力”的哲学家同时又对数字极为敏感。对他而言，数字代表着某种宇宙天机，联系着凡胎肉眼看不见的时空。平民出身的他在公元前6世纪建立了自己的奥菲斯（Orpheus）教派，信徒无数，他们在他的引导下，过着团体生活，严守清规，禁欲，以便让灵魂不朽。毕达哥拉斯相信灵魂不灭，生死轮回，人死后会投胎转世。

毕达哥拉斯同时也是数学家，毕式定理（Pythagorean theorem）的原创者。数学的穿透力和宗教的特异功能让毕达哥拉斯感应到了异于感官世界的“另一个”世界，不论是数学原理的世界还是上帝的世界，不论是理性去追寻的真理还是宗教的信仰，总之他将二者合一。他既受奥菲斯神秘传统的影响，又有自身数学理论的基础，因此发展出独特的领悟，并作激情的冥想。本来对上帝的信仰和分析理性很难并存，激情和冥想更是两个相反的极端，毕达哥拉斯这种两极“融合”，再次肯定了平衡两极、相反相成的思考模式。

毕达哥拉斯在情感和理性、宗教与哲学两大看似极端相反的领域之间，找到了贯穿其中的隐秘绳索，直接影响了巴门尼德和柏拉图，进而开启了整个西方哲学企图以理性阐述宗教的先河。这种理性/感性、哲学/宗教两极式的融合，是人类的一大成就与突破，非至高的智者无以为之。而这样一种对科学真理与神秘宗教的双重追求，其实是西方上古哲学家对生命的终极态度：宗教必然可以用理性验证，科学的目的是寻找生命的终极安顿。只可惜这样的情怀在亚里士多德之后没落了，科学与宗教成了如同陆地与天空般分隔的两大块心灵栖地，却始终无法衔接。

巴门尼德

巴门尼德深受柏拉图与亚里士多德的推崇，他是奥菲斯教派的信徒，过着和毕达哥拉斯一样的清修生活。

这位逻辑论者在更强大的理性的推波助澜下，认定宇宙自然的存在根源，不是阿那克西曼德所见的无限物质，亦非赫拉克利特看到的相反两极互相运动与碰撞，而是一种永恒的单一存在。这个道理不难理解。如同我们不断希望大家把负面能量转为正面能量一样，当巴门尼德说没有创造与毁灭，宇宙是永恒的“有”，宇宙真相是一个不能被切割的整体[30]时，难道他不是如赫拉克利特一样看到了“相反共生”的道理，并且把这个道理发展到极致——没有相反的存在？

生就是死，死就是生。抑或没有生，亦没有死。一切都如梦似幻，真实类似一个静止的永恒。

相反其实可以合一，正即是反，反即是正，所有困住我们的东西其实也正同时让我们达到真正的自由，所有的失败也正指引着我们走向成功。所谓“毁灭”与“重生”，既是两面，也是同一件事。其实说两面是因为我们的思维只能一次想一面而已，若能同时看到两面，则两面消失，有的只是一种变化流转。

“一体两面”是用理性的眼睛看到的“两个方面”，“合体”是用直观的眼睛看到的“整体”。比如人间价值的“善恶”两面，可能根本没有“善”与“恶”，只有人心“自私的程度”，过了一个“程度”的围墙，人心就从“善”走向“恶”了。

洛克特（Karl W. Luckert）在《埃及的光，犹太的火》（*Egyptian Light and Hebrew Fire*）一书里，亦提出了另一种对巴门尼德的理解：“巴门尼德的‘不变’的世界，与赫拉克利特那个‘变’的世界，本无不同。前者深受毕达哥拉斯的影响，喜欢做某种灵魂出窍的神秘冥想，因此跳出世界，把世界当成一个观察的物品，才会看到一个‘静止’不动的世界。”中国的屈原在《离骚》一文中上天下地，灵魂出窍。巴门尼德亦“搭乘女神的马车，以飞快的速度神游天界，所看到的人间世界，仿佛一个不动的圆球。”[31]

巴门尼德的种种论调深深影响了柏拉图，他认为生命中有一个唤作“永恒”的地方，是值得人类倾注毕生心血追求的真理。这为西方2600年的理性传统打下根基。

而存于寻常世间的我们，不也常常爱恋着“永恒”，幻想一切美好的事物，都能永永远远？

（七）何谓“归途”？

在前苏格拉底哲学家中，赫拉克利特、阿那克西曼德与毕达哥拉斯都在宇宙生命的源头和我们看得到的自然万物之间（也就是“一”和“多”之间），搭起一座桥梁。生命的源头创造了万物，万物最终回归源头，如旅行倦了的孩子，终会踏上回家的路。这种思维，仍然属于“相反相成”的模式（相反的两极，必须依赖彼此而存在），两极互相融合的灵感也可以追溯到更久远的过去；在古老的美索不达米亚，这样的人生领悟像河流一样在心灵的原野上漫流着。[32]

同时，回归原点的思维也必定跟埃及神学里的神性循环有关。

埃及古文明的思想脉络充分铺展在它的神学架构里。整个“神性”的延展由内至外，由光明至黑暗。而这里的“神性”是源源不绝的创造生命力，[33]也是泰勒斯眼中有知有觉的“自然”。德国古典学者欧图（Walter F. Otto）曾说：“现代人总是用一种极为现实的眼光来看待原始人类的神明，好像神的出现只是为了缓解人们心中对死亡之后，灯熄灰烬的恐慌而想象出来的汤药。其实，为什么我们不说，神的出现，确有其事？他是一种原始自然的创造生命力。”[34]就像一个艺术家在完成伟大的艺术作品时，总是会说：我的创作来自天外飞来的灵感，我在创作时，不是我自己，我像是一个空的瓶子，是一种神的激情为我注入了灵感。

我们甚至可以说，艺术创作的灵感、伟大艺术里的激情、凡人生活的动力、自身能量的提升、成就的动机等，都是“神”在人间建造的一个又一个“神性”的灯塔。

在古老埃及的神话里，神性被描绘成仿佛极热的气体，遇冷凝结为水，再遇冷凝结为冰。所以我们所见世间万事万物，都是固态的神性。

神性到达物质世界以后，就不再纯粹，仿佛纯粹的光被它自身的影子玷污了。比如一个伟大的建筑师，在斗室里竭心尽力绘制的建筑图纸，是他心底如深泉般的创造力（神性）的花朵；建筑工人用石块、水泥、钢筋、玻璃等材料让原本神性的花朵在人声嘈杂的市区里高高耸立；神性尘封在钢筋水泥的大厦里，接着，再被贩卖，成为某某商业中心，里面或歌舞升平，或算计斗争，产生人间的纠缠爱恨，再也无人感受到建筑艺术家原先呕心沥血的创作神性了。

因此，也难怪埃及神学家写道："影子再往外走，是黑暗，是虚无。"[35]

然而，令人惊喜的是，到达虚无的神性了解到自身的可鄙，开始体会生命的痛苦与往回走的渴望。神性终究会走回原点，像是离乡多年的老者，渴望家乡的灯火，回到家的神性，才算完成庄严的生命使命。

（八）如果用"火"想

赫拉克利特与巴门尼德的哲学都以"火"为思想的中心点。

火焰是光与热的来源，也是古埃及神性的标志。赫氏认为火是万物的始源，明显受到埃及神学里神性与光的影响。巴门尼德以火作为神性的象征，光明的神性成为生命的一端，另一端是黑暗，而位居中间的，是万物的"存在"[36]。高等的灵魂有着如火焰般明亮、轻盈和清纯，灵魂的等级越往下就越沉重与凝滞。这与我们日常的感觉相符合，快乐的灵魂轻盈而明亮，而阴暗是苦涩灵魂的栖所。

若用“火”想，高等的灵魂该是私欲较少的、清静的、容易欢愉的；反之，沉重的生命意味着某种以“自我私欲”为中心的思考模式，因而给自己制造枷锁。

希腊前苏格拉底哲学家以及后来的苏格拉底、柏拉图与亚里士多德，对自然的理解与系统性的讲述，让神话变成哲学，对生命的领悟变成有规则可循的观察与记录。

（九）见证奇迹的时刻

刨根究底，为何希腊前苏格拉底哲学家发展出如此系统化的蜕变？

因为，公元前6世纪的希腊土壤适合一场哲学的群花怒放。

首先，希腊的地中海气候，阳光明媚，让周遭事物如明亮玻璃般清晰可见[37]，促使身处其中的思想家有着解释、定义事物的欲望。其次，希腊民族长久以来的生活方式——航海、农业、商业，使其民族性兼具竞争与合作的倾向，可能是从海上出现的外来敌人，让他们有猎人般的敏锐。再次，一场波斯战争爆发，却只有雅典幸免于难，也是奇迹的显现，仿佛上苍愿意为人类保留一块思想的净土。

巩固的城邦里，相对而言较少的人口，远离君主专制的压抑，享有争辩的权利，商业的昌盛，带动了个人主义。技术高超的匠人，过着游山玩水的日子，他们任性选择自己喜爱的居所，在自己的艺术作品上刻下自己的名字，这些都间接提高了自我意识。[38]同时，洛克特认为，不论是美索不达米亚上的东方民族，抑或欧洲其他北方蛮族，作为希腊哲学家的祖先，深深影响其思想性情，他们共同的特点，是桀骜不羁的游牧征伐。马背上的弓箭，永远准备射向敌人或者猎物，数千年的侵略占领欲望，渐渐凝聚成一种本性里的控制欲。[39]

这种控制欲渐行渐强，潜意识里的激情、神性、本能却聚集成坚韧如钢刀的理性。

理性永远急于分解剖析万事万物，仿佛嗜血的刀刃急于分解猎物。同时，控制欲自我催眠，让心变成梦游的灵魂，看到的外在世界总是静止不动的，这样才可以轻易虏获、慢慢分析。这样的催眠延续了千年，形成西方的理性实验精神，它总是急于控制环境内外因素，让所有被实验物质都呈现静止状态，以供其分析。

然而，自我催眠后所见到的世界，即便非常相似，也并非它的原始样貌。

无论如何，人类历史进入公元前6世纪，大自然里火山的熔浆铸成山崖、雕出岩壁；在人类的自然生命里，曾经炽热的情感，灵性创造的生命能量，以及混乱的意识河流亦逐渐冷却稳定，变成利剑般的理性分析力和穿透式的直觉，在流动的生命世界里，进行分析、切割、组合与定位。这个不可忽视的理性分析力，根源于古埃及和巴比伦文明，却在希腊开花结果。有了这样的穿透力，祖先们企图在具象的世界中看到抽象，在短暂的肉身里触摸永恒。具有魔法的数字跳跃起来，搭起了现象界与抽象界的桥梁，那样的穿透力自己会搜索、归纳和推演，在平庸的现实物象后面，利用经验的规则与重复的功能，建立了一个线条图案的几何世界与数学真理的国度；并且由此发明创造，实现想象与理性世界的理念，演化出现代科学的前身。

虽然历经千度熔岩冶炼的理性宝剑已然出鞘，然而，并不意味着火热岩浆的消失。在西方古文明里，以太阳神阿波罗作为象征的理性传统之外，仍然有一股火热生命力，如深海游龙般潜伏在文化的海洋里，由酒神狄奥尼索斯（或称为巴克斯，奥林匹斯十二主神之一）为其原始象征。这股磅礴的生命能量，跳脱了理性的围墙、自我的禁锢，它遨游于天地之间，翻云覆雨，搅动乾坤。

酒神的祭典

（一）酒神狄奥尼索斯出世

在荷马史诗里，有一个奥林匹斯神殿，殿内住着为所欲为的主神宙斯、太阳神阿波罗、战争与智慧女神雅典娜和其他大大小小的神，虽然他们在《奥德赛》（*Odyssey*）和《伊利亚特》这两篇希腊史诗里呼风唤雨，但他们并非希腊原始宗教里的神祇。

酒神是塞墨勒（Semele）与宙斯所生的孩子，酒神的母亲怀着他的时候，因为看见宙斯神光的本来面目而被焚毁；宙斯在千钧一发之际，将酒神从火焰中救出，缝在自己的大腿上，等待他出生。

最早的祭典开始于公元前1500年或是更早的青铜器时代，起源地众说纷纭，可能是克里特岛，也可能是色雷斯，甚至是小亚细亚。酒神祭典影响了毕达哥拉斯、巴门尼德、柏拉图，甚至整个基督教的教义。在酒的发源地色雷斯，酒让人们陶醉、忘我、卸下自我沉溺的沉重的防御甲胄，与他人和外在世界合而为一，进而忘情于自然山水之间，唤起人们遗忘已久的内在性情与自然。

酒神来临之前，弥倪阿斯（Minyas）的女孩们听见欢悦的笛声鼓声，看见头戴常春藤的酒神狄奥尼索斯从织布机上方缓缓降临。[40]他是自然、土地、海洋的神灵，自由的生命活力，他让女孩扯去套在颈背上传统良家妇女的“锁链”，跟着他到山顶狂欢。美丽的女孩们醉酒后在山丘上彻夜跳着狂野的舞蹈，把牲畜撕碎生食（在民间流传的故事里，巴克斯曾经被泰坦族人撕碎生食，只剩下心脏，被还给宙斯后又长出一个新的巴克斯。于是酒神就成了浴火重生的象征），达到浑然忘我的境地。她们的丈夫只能怀着柔情等待妻子归来。

（二）酒神的祭典

在有“人”之前，原本先有神。

而这里所谓“神”，并不是与人对立、手握魔法棒的超人；说得明白些，他是大自然原始生命的创造力[41]，在希腊的神秘传统里，以酒神狄奥尼索斯（巴克斯）为其象征。

神是自然原始的能量，贯穿天地万物，活跃于自然山水间，有着幻化的能力与生灭的周期。神的永恒是能量的不灭，而不是个体的长生不老。这样的神力，只属于自然。由于生命本身的悖论，由大自然创造生命力孵育出的理性，却最终剥夺了人与自然原始的契合。因为“人”的诞生产生了自我的局限、理性的藩篱，遂再也无法“感受”到那个有知有觉的自然，那个“神”与“灵”的空间。只有少许法师仍然拥有神力，进而成为带领众人回归自然的领航者。

在法师的带领下，酒神的祭典既狂野又美丽。古老的年代里，人们的自我藩篱尚未建立，理性的钢刀尚未炼成，仍然可以感受到自然的神力，他们载歌载舞，用身体写下对神的感动。酒神的祭典中，葡萄会在一夜成熟，酒奶从岩石缝中流泻出来。

诗人、歌者、舞者，原都是酒神祭典里的元素，他们代表部落，赞叹着大自然的伟大庄严。就连语言，原本也是用来向自然神力祈福祝祷的。随着时光流转，诗人开始用语言记录当年的“神迹”与感动，他们用想象力和自身的模样，创造出神的图像，于是诞生了神话。[42]

酒神尊重女性元素，女子如水，水是万物之母。女性元素是阴阳的合体，东西方都一样，中国道家的阴阳中，阴的慈柔拥抱了阳的刚健。酒神虽为男性形象，但是自幼受到众女仙的照顾，所以酒神的祭礼都是女子作为祭司。酒神本身也是阴阳的合体。祭祀女子以蛇围在身上，以免受到男子的侵犯，女祭司的激情与享乐纯属精神上的提升，而非性欲的宣泄。

（三）酒神：矛盾的生命组曲

酒神狄奥尼索斯在祭典上以面具形象出现，象征自然的威力，向往激情、欢乐、大胆、无拘无束；他的目光犀利，有穿透力；他的出现，是安稳度日之人心中的恐惧和向往。为了苟且偷安，人们愿意躲在谎言的屋檐下，真相的出现总让人措手不及。

酒神即是生命的真相，他代表生命，亦代表死亡。酒神是鬼魅的生命黑洞，生命之高峰与死亡之幽谷紧紧相依，互为因果，一体两面。

因为双重诞生，酒神成为生命里所有矛盾的化身。[43]凡人若想泅进生命的井里，汲取生命之泉，必须通过生命所赠予的痛苦、自我矛盾、激情与毁灭。死亡如太阳，将人从阴郁的暗室引到自然的怀抱里，在死亡的大限来临之前，人总会愿意将自己的一切摊在阳光下，努力思考此生的目的与意义。

（四）酒神与艺术

其实，每个艺术创作都是一场酒神的宗教仪式。

艺术家本身也像法师，激情、毁灭与恐惧乃是创作的序言。18世纪德国哲学家谢林（Friedrich W. J. Von Schelling）曾说："从亚里士多德开始，大家都认为，伟大的创作必有如闪电般刹那的激情。然而，我必须说：伟大的创作，必须要时时与激情共舞。"[44]

酒神代表的不只是激情，还有激情的创作能量，它其实是英国诗人柯勒律治（S. T. Coleridge）所说的一种创作理性。创作理性编织意象，整合文章脉络。真正的创造力是神性生命力与激情转化成的理性，理性给生命力一个方向与目标，生命力则是理性的动力源头。生命力与理性之间的关系，有如阴与阳，母与子。然而，大多数时候，当生命力孵化出理性之后，理性却挥刀砍向自己的母亲。

人世间到处都有丧失生命力与激情的理性。失去激情的理性，仿佛失去爱情的婚姻，从原来充满活力的原始火山，变成桎梏的牢笼。

奥菲斯的修行精神

许久之后，一个名叫奥菲斯的音乐家改良了酒神祭典。

奥菲斯同样可能来自南方的克里特岛，或是北方的色雷斯；[45]可能真有其人，亦可能只存在于神话里。他也许是众人努力成果的象征，只是作为神话里的人物，被寄托了某种集体意识。在希腊神话里，奥菲斯也是预言家和诗人，也有记载说奥菲斯传统是由埃及传到克里特岛再传到希腊。希腊瓶画显示，奥菲斯传统只是狄奥尼索斯祭典的一个小支派，奥菲斯的宗教信仰将原本代表大地灵气的狄奥尼索斯神局限在个人的生死轮转上面。[46]

奥菲斯传统相信轮回，主张克制欲望，深深影响了毕达哥拉斯。毕达哥拉斯虽然尊重激情，但亦强调激情应和理性平衡，互相牵制，之后这种矛盾平衡的思考模式影响了柏拉图。一般人误认为希腊哲学是理性的开端，都是因为误读柏拉图的同时，忽略了奥菲斯传统这个重要的因素。希腊哲学应该有两个平行支派，一是情感、精神、神秘、宗教，一是科学、理性、知识、经验，而柏拉图的哲学融合了二者。[47]凡是读过柏拉图《会饮篇》的读者都应该知道，欢愉与热情是知识的根源，炽热的爱情带领人进入神的境界。

希腊哲学之所以有这样近乎极端拉扯的两种倾向，是因为埃及、巴比伦文明的几何数学理性传统撞上了希腊本土神秘激情的酒神传统。

最早体现奥菲斯精神的诗歌出现在公元前6世纪，古典学者约翰·伯内特（John Burnet）认为是辛西亚（Synthia）人同时把奥菲斯精神传到希腊和印度。[48]伯内特这个论点大胆而前卫，但也将东西方散落一地的哲学门派一线牵起，然后编成一个仿佛太极的圆卵，还原天地未开、混沌未得眉目之时的状态。[49]从这个混沌的状态里拓展出了东西方数千年的人类文明史，二者的路线虽然迥异，起点却是雷同：在希腊文明和中国文明之始，东西方都看到了自然大化的能量和永恒，人类自身的渺小，阴阳的互相切入，只是中国易经思想予以肯定，希腊阿那克西曼德予以否定，进而发展出截然相反的世界观。东方思想以直观（道家的天道）、悖论（佛家的色空）与感性（儒家的人伦真性情）为主，西方思想以二元与法治为主。其实，当巴门尼德看到那个永恒不动的“一”的时候，毕达哥拉斯也看到了相反的合一，阿那克西曼德看到了宇宙原始的“一”是“无限的物质”。他们都透视到一个与中国哲学相仿的“道”的境界。只是强大的理性驱动力，让这个感悟经过柏拉图二元论和亚里士多德逻辑观念的演绎，发展出严密的法治精神，相对地产生了二元对立的人与自然、人间与天堂。

大地的灵动力量

在酒神狄奥尼索斯时期，神的灵性/自然原始的能量充满大地，不分个体，如四季般周而复始，死而复生。万物自然生自然死，花开花落，不着痕迹，没有半点勉强。

那是一个怎样的世界？那不是我们可以用当下理性来理解的世界。在泰勒斯所描绘的世界里，“万物皆有灵性”。那时，天地万物的神识互通，循环成非我非物的大化性情，天地间仿佛有无数五颜六色、形状不一的小精灵飞翔着。夕阳里漫天的彩云愿意为地上翩翩起舞的万只粉蝶镶上缤纷的色彩，山上的树灵可以护佑夜归的孩子，浪中的游龙亦可承载少年远航。

远古的祖先们，理性的自我意识尚属懵懂期，因此与自然世界血肉相连，如诞生的赤婴以脐带与母体的脉动相应。日月星辰、山岩海涛、飞禽走兽，传递着天地间永无止息的生命能量，让人们尽情享用。那种神性，无须宗教的依托，那种对生命本体自然的感召力，无须任何神祇的教条与得道者的加持。自我的诞生与毁灭，都是自然生命力的一部分，牺牲是一种必然，死亡是一段回归母体的旅程，辞世与新生同样值得喝彩。

然而，随着理性与自我城墙的铸成，内外世界壁垒分明，人性活泼的生命力逐渐消退，仿佛新鲜欲滴的玫瑰逐渐老去，成为干燥花束，尽管美丽却芬芳不再。人们渐渐感觉到已然失去与宇宙自然的联系，于是惶惶然在法师的带领下，架设灵台，唤回自己的神性，抑或唤回那个失落的自己。

于是，人类开始有了宗教。

虽然理性分析能力是心理时期（后文说明）的人类大脑演化的必然产物，可是埃及和巴比伦这两个以数学著称的古文明，确实间接影响到地中海的思潮。康福德说，从理性时代开始，分析力让人们开始怀疑眼前这个可以看得到、摸得着的自然，并且大胆探索它后面的“那个世界”。人类对于表象后面的法则的兴趣，在巴比伦和埃及文明里数学知识的进步中已现端倪。于是较为喜欢计算、测量的人就把那个飘忽不定、无法测量的自然能量与灵性从思想中移除，只留下可以计算和复制的数学公式，就是后来科学的前身。另外那个无法计算的，逐渐退到测量范围之外的时空，成了后来的神秘学和宗教。[50]

禁锢的精灵

到了竖琴神奥菲斯的时代，理性自我已然形成，集体灵性枯萎了，人身肉体不再是传递能量的密码，却蜕变成死守一方心室的城墙，那原本弥漫在大自然中的灵气萎缩成一潭小小的心湖。个体灵魂困陷在肉身之内。

于是，灵魂不灭、重获自由，就成了奥菲斯教义里新的生命归宿。

奥菲斯教徒重视纯洁，不食肉类（除了特殊祭典），相信轮回，认为人一半从天上来，另一半深陷在地上。[51]如果修炼得当，达到纯洁的境地，人可以成为神，一个巴克斯神。对奥菲斯宗教而言，酒，只是象征而已，他们所谓“陶醉”是变成巴克斯神后忘我的喜悦。奥菲斯宗教是一种生活态度，不只是思考形式而已。这个宗教的因素进入毕达哥拉斯和柏拉图的思想体系，再往下影响了整个西方哲学与基督教。这种情形到了基督教时期有所改变，人在基督教义里永远不能成为上帝，顶多可以参与神性而已。

酒神狄奥尼索斯与太阳神阿波罗之间的纠缠

希腊哲学，乃至整个希腊文化，总被世人视为冷静、理性的，其实，这只是它平静的水面而已。

希腊哲学，正确地说，是酒神动感生命力的神性，却被阿波罗神的理性撞击，甚或拉扯与纠结，整个希腊精神承担着这样的宿命。

命运之神的恣意与高深莫测的秩序，转化成酒神狄奥尼索斯（或奥菲斯神秘传统）与太阳神之间永恒的纠缠，他们亦代表千古以来理性与激情的战争。酒神代表的是宇宙中让个体消散的力量，从有到无，从有形到无形，放下自我，为爱献身。太阳神代表的是宇宙中让个体形成的凝聚力，从无到有，从无形到有形，汇聚成拓荒者坚韧不拔的个性，固守家园的执着，与开疆辟土的壮志雄心。

这个宇宙自然的模式与中国道家学说里的阴阳理论不谋而合。阴与阳同根同生，互相依靠。自然界的“有”和“无”是永恒的共生，正如酒神与阿波罗神似一对孪生兄弟。

公元前1000年左右，文明已经由青铜器时代进步到铁器时代，心的进程也到达理性思维。公元前6世纪，在前苏格拉底哲学时期，所谓哲学、宗教、科学，本为一体，血肉相连。西方文明与东方文明分道扬镳，却也是在此时。中国的春秋战国时代，思想界百家争鸣，已处在“二元理性”和“相反共存”两种思维模式的交接处，有着法家与墨家的理性模式，也有着儒家与道家的悖论式（paradox，或者称为“相反共存”）思考。中国古代文明为何摒弃了极度理性思维而走向儒家、道家的悖论式思维，除了汉代的政治因素外，应该还有别的值得探讨的原因。无论如何，儒家、道家的理念事实上延续了《易经》式的远古思潮，也就是“相反共存”的悖论式思考模式。

西方文明里，赫拉克利特和毕达哥拉斯是唯一重视且肯定“相反相成”的悖论式思考的两位哲学家，柏拉图试图将其传承下来，可是显现出来的却是极为理性的二元论。而亚里士多德强大的理性力量与分析式思维更开启了科学的世界观。

这个理性的开端时期，被深层心理学家惠特蒙（Edward C. Whitmont）称为“心理时期”（mental age）。

从科学角度谈人心的演化

在西方现代论坛里，诺伊曼（Erich Neumann）以《意识的起源》（*The Origins and History of Consciousness*）一书建构了意识进化论，盖博思（Jean Gebser）和史提芬（Frederick A. van Scheltema）接着跟进。脑神经科学家麦克莱恩（Paul MacLean）则从科学的角度提出同样的理论，他发现人的大脑结构是人类历史经年累月的累积：首先，最高层是新哺乳动物层，主管感官知觉；其次是主掌记忆、情感的中层；最底下是爬虫类的生存本能。[52]

惠特蒙是荣格（Carl Jung）的学生，在《女神回归》（*Return of Goddess*）中，根据诺伊曼的人类意识进化论与麦克莱恩对人类大脑的分析，他认为人类意识进化历史经历了三个阶段：第一阶段，原始合一/魔法时期（the magic stage），从远古到公元前3000年的新石器时代

（neolithic age）；第二阶段，二元互换/神话时期（mythological stage），介于公元前3000年到前2000年之间的青铜器时代（bronze age）；第三阶段，心理时期，从大约公元前2000年开始，公元前1200年进入铁器时代而逐渐稳固，一直维持到现在。第一，魔法时期：生命只有生死轮转，大地只有原始欲望；人类还处在动物阶段，与自然的关系，或者与群体的关系，就像细胞和身体的关系，没有自我意识。第二，神话时期：人类开始有了懵懂的自我意识，但仍以群体为主，自我无条件奉献；原始人类开始有好/坏、对/错的二元相反概念，可是相反概念不是对立，相反可以相成。第三，心理时期：理性建立，自我意识巩固[53]，但是，在理性和自我意识里都藏有让二者毁灭或者超越的因子。

其实，在弗洛伊德的“本我”“自我”和“超我”的理论里，自我和超我都不存在，全部都是本我产生的幻象，仿佛本我有两组兵团，一组帮超我打仗，一组帮自我打仗。自我意识由本我的自卫本能产生，超我的道德意识也是由本我的原始本能产生，但是，超我的原始本能是人类特有的“高等的”原始本能，目的是瓦解自我意识。这就好像自然在对人类呼唤，希望人类不要只是局限在小小的自我城堡里，要回归自然母体的怀抱，回到与自然合一。

这个倾向不断跟自我意识做斗争，像是人的灵魂里有两个累世累劫的仇人，不能妥协，必须做永恒的血腥杀伐。

魔法、神话、心理三个时期

魔法时期，人与自然合一，与中国的天人合一概念相合，人是自然的一部分，自然也在远古人的心里和身体细胞里。自然的能量也是人的能量，祖先在心智上没有现代人聪明，不会分析，但是也正因为如此，他们有强烈的感受力，可以感受到山川大地的能量，大自然的能量如江河般流淌入人的心灵。仿佛一对恋人，爱情在感觉里生长，在分析里枯萎，感觉让心合而为一，思考让心独立且分离。

当人类跋涉到神话时期，天地的能量变成族群部落整体的能量，可以想象原始部落夜晚载歌载舞的情景，整体气氛感受让心灵得到强力的加持。这种感受，在现代就如亲临盛大的演唱会，或是置身教堂，听到圣歌吟唱。

古典哲学学者康福德说：这个时期，山有山神，树有树神，这些神都是自然的神秘力量，而人心可以“感受”到那种能量。那个力量就是自然本身，不是在自然的后面藏了一只神秘的手。但这个自然不是现代科学测量出的物质自然。慢慢地，感受这个力量的人心把这个力量分成了两个支派，一支进入原始部落，集中到酋长或者英雄身上，最后变成个人内在的灵魂，另一支留在大自然，由多神教聚集到一神教“上帝”的身上。事实上，直到心理时期的初期，哲学家泰勒斯所看到的自然世界，依然是个充满生命的东西，叫作灵体（soul-substance）。这个灵体意味着延续和永恒，自然与自我相同/相通的能量。然而，自我在神话时期逐渐形成，这个大自然能量的整体性被破坏，开始有了相反对立的概念，不过，神话时期的二元思想是相辅相成的，不是互相抵制的[54]，族群与自然互相依存，个体与族群互相依存。中国在这个时期有了相似的发现，商朝卜卦用的就是相反对立的概念。

在心理时期人类逐渐有了理性分析的思维。理性的出现，应该是渐进式的，始于公元前2000年，越往后越强烈。如前所述，荷马史诗中，天（火）、海（水）、地狱（空气）、人间（土），四大领域各有掌权者，各个神祇不能互相干预。这里面就有了理性分析、分离的能力。

命运的轨迹

古老埃及的创造生命力在公元前800年被希腊诗人荷马吸收，化身在荷马史诗里以命运女神（Moira）的威武姿势出现。奥林匹斯神都必须遵守命运女神的安排。她也出现在更早的诗人赫西俄德的诗里。命运女神其实不是奥林匹斯神，但是众神都是她千手千眼的化身，她是生命力本身，也是生命力前进的轨迹，创造力的显现。

到了前苏格拉底哲学时期，对“命运”这个概念的看法，着重于一种固定的安排或者秩序，而不着重活动的能量本身。当阿那克西曼德把神灵的故事背景拆除，留下了四种元素，形成了他的哲学时，“命运”这个大自然的能量开始被认为是大自然的安排（把自然划分成四种元素，各自划出自己的领域，不可以跨越），于是，“命运”就代表了“限制”。阿那克西曼德把自然动感的力量变成死板的法则，四种元素变成四大领域，不可以跨越、混合，这就是最初的道德与律法。[55]他强调命运的跋扈与至高无上。命运女神本身就是命运（fate）自己，而不是造出命运的神。

对希腊人而言，“命运”这个概念代表必然（necessity）和正义（justice）。只是这里的正义不是从人的立场出发，它是自然里的大秩序，然而却永远凌驾在人的智慧之上，永远无法被人类完全理解。人类这个“小我”却因为有着与自然一样的创造生命力，因而发展出理性，企图去理解自然里的法则；同时，人也企图去改变自然的大秩序，这些可能是科学的萌芽。

希腊悲剧作家索福克勒斯（Sophocles）的《俄狄浦斯王》（*Oedipus the King*），讲的就是这样的创造力与它的轨迹。俄狄浦斯知道命运将会让他弑父恋母后，决心离家逃亡；可是不论怎么逃，都逃不过命运的主宰，最终他弑父娶母，再承受天谴。若是这里将命运解释成大自然生命力自己创造的轨迹，那么，俄狄浦斯个人作为人之生命力的创造，最终无法违背那个更广阔的自然大秩序。而悖论是，在命运的尽头，等待他的，确实是按照自己的自由意志创造出的生命结果。换句话说，生命力的创造确实有轨迹，然而，这个轨迹是否否定了自由创造本身？

轨迹与自由创造，如何并容？

大自然的创造生命力在某一时空有其局限性，因为局限，所以留下范围界限而形成轨迹。从细微处说，生命创造力瞬息万变，有其绝对的自由，也因为它的局限性，从宏观处看，应该留下某种大概的轨迹，这个轨迹在细微处仍然是动态的，但是整体而言，出现了一个轮廓。而人作为大自然的一部分也必然有这个生命力以及寻找或者创造这种轨迹和规则的潜力。人的一生，仿佛“自由地”走着一条命定的路，好像所有竞赛的选手目标已在大方向上设定，个人只能在设定目的地的前提下，有着修改目标的某些细微特征以及选择如何到达目标的自由而已。

康福德认为，命运意味着两种相反的力量，它既代表生命的大秩序，一种克制、划线的力量，告诉人“你不可以跨出界限”；同时，也孕育出诺墨斯概念（Nomos），告诉人“你在界限之内可以尽情挥洒你的热情”。但命运女神也有可能是诺墨斯的延续，自然先有不羁的能量，再有能量的自我限制，也就是作用力与反作用力。当然它们也可能同时发生。

我们自身也是如此，激情（感情）的生命挥洒与理性的自我限制总是交替出现。没有激情，理性无法持续；没有感情作为内涵的理性会把人变成恐怖的冷血机器。

自然天成的道德力量

人，是否天生渴望善良，厌弃恶浊?

也就是说，人心所酝酿的道德和律法意识，到底是不是社会群体因自身延续的需要而外加在个人身上的?是纯粹的社会功能，还是每个心灵都有这样的渴望?答案应该是二者都是。

对远古人类而言，自然的生命力，在人心之外，也在之内。同时，远古人类的社会，没有所谓个人与社会的差别，他们所有的就是社会，一个大的“个体”，一个无可划分的“个体”。所以那时的社会是一个巨大的“灵魂”，一个原型的能量（archetypal force），一个集体的灵性或意识。我们常说传统、文化、习俗不是自然的产物，其实从古人的角度来看，它们都是自然天成的，因为它们都来自人的内心，只不过那是一个巨大的“内心”而已。远古人类的内心，是社会，也是个人；是自然，也是文化。

远古人类没有很强的分界能力，自然界的所有能量、飞禽走兽、巨岩阔海、森林草木，都是“我”的一部分，所以“我”也觉得“我”很有力量，这就是人与自然灵性的接触。在图腾文化里，“我”若是跟野猪同一种族群，“我”就可以繁衍它；“我”若跟雨同一个族群，“我”就可以让天上下雨。

大自然的力量，就是“我”的力量。这不是穿上戏服的模仿扮演，而是真实的感受。

人类历史再往后一点，人的意识虽然跟自然大我灵体脱离，却仍然以群体为主，远古人类的意识里只有“大我”的情感。在部落的舞蹈里，个人感觉不到自己，只感受到人我融合的幸福感。这种力量大于自我，却又渗入自我。人的内心虽然驻扎在不同的身体里，却能感应到外在众多“心”的呐喊与波动，为其两肋插刀，舍命相挺。

这时根本没有所谓道德与宗教。只有在自我意识增强，人们失去了和外界灵性的接触，开始变得自私自利时，才需要道德与宗教的约束。

人在变得不道德的时候，才有道德的概念。

后来从宗教里孵化出来的上帝或其他神祇，其实就是这个集体灵魂被压进潜意识，再被投射出来的。如前所说，人对自然的灵性接触被分成两股力量：上帝和灵魂。当人的个体意识出现但是尚未完成时，他的集体意识仍然很强烈，包含山川、动物、植物，于是他感觉到山有山的灵性，海有海的灵性，就有了山神、海神等。当人与自然分得越开，自然的意识、力量离人越远，越不在人心里面了，人和自然的感应消殒，于是开始称那种感应为“超自然”，进而出现了神、神秘等概念，必须通过特殊方式来跟神接触，就有了宗教的仪式。

心灵的演变之旅，先是与自然一体，然后一点一点分离；先是对自然仍能感受其力量，之后想用模仿的方式回到自然，最后只能用语言来表述自然，希望终究能够回归。

哲学就是这样开始的。

无论如何，虽在自然茂密丛林里探寻生命归途道阻且长，然探险者的脚步，自古未歇。

结语：永远消失的远古灵性

（一）远古的“自然”比我们的自然更广阔

泰勒斯说：“万物皆有灵性。”自然有一股内部的力量，一个万物恒生的原则。Physis这个希腊词并不是指现代物理学里自然机械的运动，而是灵体（soul-substance）的概念。它指的不是我们现在能感知到的自然界物体（sensible object），而是比它更高（supersensible）的东西，所以应该不是我们现在所说的“物质”。“神”这个字，最初不具备宗教的意义，而是人可以感觉到的力量。这个力量在人之内也在人之外，不在另一个世界，而就在这个世界里。[56]

最早的形而上学（metaphysics）谈的就是这个自然本身的能量，神话时期的祖先称之为“神性”的能量（daemonic energy）。它是无所不在的生命力，或许就是现代人说的“神学”（theology）最早的源头。我们本来都有这种自然灵性的能量，也能够感知到大自然的灵性，但是后来人的理性给它另辟了一个空间——在表象的“下面”“上面”或者“外面”——变成后来的科学家致力于探索的宇宙定律，以及宗教里全能的上帝。

对阿那克西曼德而言，无限实体（unlimited substance）是个有生命力的自然母体，生出我们这个千差万别、水光潋滟的世界，每一个个体一出现，她就得“分娩”一次；最后这个世界的一切终将回到她的体内。母体对我们而言，既是另一个个体，又是我们内在的一部分。巴门尼德把这个灵性的母体说成是“一”，而赫拉克利特着重在变化的部分，说成是“多”，这些都只是他们对这个灵体看到不同的层面而已。

在酒神的祭典上，大自然的生命力意味着大地所有生物生死的轮替，到了奥菲斯教派的时代，它从大地升华到天上，那是纯然光明的完美世界，人的灵性从那儿落到身体里承受死亡的痛苦。毕达哥拉斯是奥菲斯教派的改革者，同时是神秘学家和科学家。毕氏的教派通过烦琐的祭典来达到与自然力量的合一。在他那里，自然中让人感动的“灵性”变成了人用理性可以理解的“真理”。[57]

柏拉图和亚里士多德都受到毕达哥拉斯集体灵性的影响。柏拉图的理念形式（form或idea）哲学，既是形而上哲学，又是宇宙通用的模式，应该算是集体灵性的一个理性浓缩精华版。比如，“猫”的理念涵盖了千万只真实的猫，既不受时间空间的限制，又躲避了死亡的残暴。亚里士多德把这个集体灵性浓缩成个别的灵魂，他的形式概念指的是个体内在的精神与灵魂，让个体独一无二。

柏拉图延续了希腊神话善于划线的传统，把人与自然、上帝与人之间都画上了不可跨越的界限。柏拉图自身强大的理性力量，封死了巴门尼德的“有”的概念，使之变成僵化的完美神性（基督教的上帝是从自然推论出来的）。但是，在柏拉图哲学与基督教里，这个完美神性仍然与人间互通；只是这个“互通”蕴含了褒贬的意义。

“一”是完美的上帝与天堂，“多”是缺憾的凡间人世。

柏拉图像一个理想主义的少年，拥有一双渴望看到永恒的眼睛，为这个污浊的人间编织了一个永恒不变却遥不可及的梦。“多”是人间，“一”是天上，天上人间虽然互通，却各有各的地位、价值和实体性，不能混为一谈。现实的一切虽然来自天上的灵感，却永远只是理想的一个有瑕疵的影印本，天堂永远比人间完美，上帝永远凌驾于凡人之上。[58]

然而，“一”与“多”这对概念，只有在它们都是动态的时候，才有意义，比如说酒神时代部落的整体能量（“一”）借由载歌载舞的狂欢，传递到每一个个体的灵性里（“多”），虽然同时流进所有群体的个体里面，但是仍然不失为一个整体。“一”与“多”本来没有价值的差异。

如同我们愿意给人间付出大爱（“一”），不会因为不断的付出而减少一样。当我们付出大爱，我们并没有比那些接受付出的人（“多”）伟大，这里不该有价值的差异，反而我们应该感谢，感谢有人愿意接受我们的付出。

柏拉图也许是最伟大的一个用理性的语言来阐述神秘信仰的西方哲学家。康福德认为，柏拉图的理性形式指的仍然是自然的灵体。[59]柏拉图理性形式的特色——永不改变、神性与长生不老，从某种角度而言，是对自然灵性的正确看法。唯一不足的是，理性形式变成了不动的概念，而不是让人感受到的真实情怀。

（二）理性时代的来临

亚里士多德把第一因（first cause）给了上帝。上帝是个抽象的形式，没有内容。上帝已经和那个活泼的自然创造力、生命力无关。那个充满生命力的能量也被亚里士多德转化成他的生物学的基础，被称为运动原则（principle of movement）或者灵魂（soul）。而且只有生物有那个灵动的东西，无生物则没有，因此，他把自然分成了生物和无生物。无生物也有这个运动原则，但已不属于“感受”的范畴，因为只有生物可以感受；而在所有能够“感受”的生物中，人的感受与其他生物不同，亚里士多德称之为“理性”。

理性时代来临，人的价值来自理性。

渐渐地，生物和无生物的“运动原则”都被转化为科学家积极探索的、埋在自然下面或者外面的物理法则，没有生命灵性却永不枯萎。而那个创造的神性、自然的灵体，最终成了基督教的上帝。西方宗教和科学看似相反，事实上来自同一个起源，用的是同一个方法，都是理性。

西方现代的大哲学家，很多都是科学家，也同时都信上帝，探索生命源头的旅程，是那么诱人，却又如此艰辛。从古罗马时期开始，基督教不止不息地传承了1600年，一直到笛卡尔和所有17、18、19世纪的哲学家——洛克、莱布尼茨、斯宾诺莎、康德、黑格尔——都忠诚地寻找上帝的足迹。笛卡尔所传承的，是柏拉图一贯的思维模式：用理性把上帝从人间分离出去，放到一个高不可及的位置，再努力地用理性证明上帝的存在。黑格尔与斯宾诺莎讲的基本上是泛上帝论，都有巴门尼德的影子。尼采、达尔文是最大的例外，他们从不同的渠道挖掘形而上的线索，拒绝膜拜那位唯一的天父，但这并不表示他们不相信大自然的神秘与高远，以及它沁入人心的性灵。

而那个自然界原本与人心浑然天成的灵动的东西，变成以笛卡尔为中心的唯心主义哲学的主干。“我思故我在。”不过，在笛卡尔勾勒的画面里，人的内在心灵是那个性灵唯一的栖所，把活泼的大自然交给了科学机器的物理法则，认为跟人心没有一点儿关系。

笛卡尔的二元论把人与自然的关系二元化：主观与客观、主体与客体，让后来的现代哲学家头痛不已。经验主义者洛克、贝克莱、休谟，基本上怀疑外界“客体”的真实性，休谟连内在的真实也怀疑；康德总结出，主体客体的真实性只是我们看到的客体经过主体“心网”的过滤而已，这样的结论总算让痛苦平息了一阵子。然而，康德的论点也影射着：众人肉眼感官所接收到的“客体”，并非那不可知的“外在真实”（thing-in-itself，或称“物自体”），也就是说，我们看到的自然，并非自然本身（一个石头本身的模样如何？是不是我们看到的样子？）。

这是一个理性主宰的时代。因为理性，我们与自然分离，与别人分离，与自己分离；但是，也许透过理性，我们又可以找到回归自然的道路。

现代哲学受笛卡尔的主体/客体、心智/肉体二元对立影响太深，当然，这也是理性挂帅的必然结果，17世纪的洛克，18世纪的休谟、贝克莱、康德，都拼命在找寻什么才是“真实”。

真实到底在心里，还是在自然里？

庄周梦蝶犹然在耳，我们怎么知道我们的所见所闻不是一场虚幻的梦境？

（三）真实与幻灭

沧海桑田，物换星移，面对自然界无止境的生灭，人生短暂，世事无常，我们在何处可以找到让心停泊的港湾？

从18世纪启蒙运动开始，西方哲学家一直在找寻上帝与科学所探索的物质世界的联系。这样做其实是人类到了心理时期的一个自寻烦恼的过程。先把那个生命灵动力揣想成上帝和人自身的灵魂，再把那个感受不到任何精神关联、认定为“没有生命”的物质世界交给科学。柏拉图分离了自然和超自然；笛卡尔分离了内在的心理活动和外在物质世界；洛克说只有由经验所产生出的思想是真实的，却不确定眼睛所看到的世界是否为真，因为我们无法确定双眼看到的世界就是世界的原貌；贝克莱则是根本否定了外在世界。

只有斯宾诺莎一口咬定上帝就是物质世界，让人仿佛一下子坐着时光机器回到了远古的酒神时代。山河大地都是活泼的生命力。这位走在时代前端的精神导师把分裂已久的宗教与科学重新捏成一个圆融的顿悟，结果却在教会里引起轩然大波，最终被教会放逐。

斯宾诺莎的理论重新找回了前苏格拉底哲学家的生命理论：这个世界就是一个灵体。虽然今日的泛神论也认为上帝可以从自然里显现出来，但此论毕竟和斯宾诺莎的不同。今日的泛神论谈的是自然在上帝里面，而且上帝比自然更广更高；而斯宾诺莎的泛神论却相信：上帝即是自然。除了自然，别无其他。上帝有无限特质，心和物质世界是其中的两个。此后，莱布尼茨的小单子或者小灵体（monad）理论再次代表了现代哲学对古代灵体生命力的看法。小灵体可以有内在的变化原则和内在的关系，也可以感受宇宙。感受是承受效果的意思。这个解释意味着生物与无生物都可以感受。当莱布尼茨说小灵体之间没有相互作用，所有的作用都发生在小灵体里面时，他已经暗示了小灵体之间没有界限，所以没有相互作用。如此说来，所有的小灵体其实就是一个“大”的灵体。这样的看法等于重新诠释了远古时代整体的灵性生命力。莱布尼茨的理论是这条探索神性与灵性道路上一道亮丽的风景线，在这道风景线里，没有幻灭，处处为家。

然而，到了20世纪中叶，美国分析哲学家罗蒂（Richard M. Rorty），从笛卡尔主体客体的二元基础上出发，认定人绝对不可能触摸到真实的外在世界，人的内心是透过无数层眼镜（文化的、科学的、理论的、判断的、成见的、语言的）来看世界的，罗蒂称之为“最后的词汇”（final vocabulary）。与德里达（Jacques Derrida）一样，罗蒂认为所有我们以为的“真实世界”，其实是由语言所产生，真理只存在于语言里，我们的想法和我们所经验的世界有永远无法跨越的鸿沟，而且我们根本无从验证语言和我们所体验的世界之间的关系。

我们其实永远无法触摸到外在的真实，我们能够触摸的真实，难道只是主观的一厢情愿？

这个论点带出了一个极为重要的问题：所谓“客观世界”或者“主观世界”是否真的存在？还是仅有二者之间的交融？而科学家心目中的自然“客体”，以及我们平时肉眼所看到的世界，是否真的如笛卡尔所言，跟人的内在思考没有任何关系？当代物理学家李嗣涔在《难以置信II：寻访诸神的网站》一书中强调：

> 在理性主义蓬勃发展的过程中，也有一些对理性本身的省思。德国的理性主义者康德就曾经主张，人类无法确定他们从自然界辨识出来的“秩序”，是否和“外在真实”有关，还是只是人类自身思维的产物而已。所谓的“科学定律”透露的会不会是人类的心理状态而非宇宙本身？当我们透过感官接受外在物质世界的讯息，就会根据本身的内在结构重组这些资料，以便了解其意义，因此人们所谓的理性观点，其实根本无法排除自身心理状态的影响。[60]

从尼采开始，客观真理（objective truth）这个名词不再是美好的代名词。到了德里达与罗蒂那里，“我要去探寻真理”似乎变成了荒谬剧的开场白。从柏拉图时代所提倡的二元思维模式开始动摇，如果“真理”不重要了，“外在真实”寻不到了，那么人的生命价值在哪里？

人的一生，那么长。饱食暖衣之余，心的航程、灵魂的归属，望断天涯。

（四）“一”和“多”即是德勒兹的无器官身体与欲望机器

德勒兹所传承的，就是这个来自远古，却渐渐消失的宇宙整体生命力（灵体）的脉动。而他毕生所想要突破的，就是人因为理性产生局限而无法“感受”到的那个多情澎湃的自然！只不过这一次，前苏格拉底哲学家认定的“一”重新变装成“无器官身体”，而那个“多”则成为“欲望机器”的概念。

换句话说，德勒兹所做的，是一个企图拯救人类心灵的工程。小我（自我）看似脱离大我（自然与人、人与人之间的相关与循环，内在的真实与外在的真实），事实上并没有完全脱离。心所看到的世界，是一种内外的交融，只要心灵的能量扩大，能看到的世界也会扩大。

我们在巩固自我利益的同时，仍然有能力去“爱”，也许小水滴把自己打破的时候，才能拥有整片海洋。只是，怎样让自我维持生存，心灵的空间还能不断扩大，有能力去感受、去相信、去不顾一切地付出，乃至关怀全社会、全民族、全人类，甚至全宇宙？在后现代的今天，这虽然是个听起来像教导儿童遵守交通规则般的老套话题，其实却是每个人一生的情感航程里最渴望拥有的心灵能量。它亦可以储备自我疗伤的能力，能让我们在与他人的世界彼此缠绕、纠结，因碰撞而伤痛的时刻，默默回来舔舐自己的伤口。

不知道从什么时候开始，在每个东西上面都有一个日子，

秋刀鱼会过期，肉酱也会过期，连保鲜纸都会过期，

我开始怀疑，在这个世界上，还有什么东西是不会过期的？

——王家卫电影，《重庆森林》

第二章

泗入空虚的人：后现代的困境与德勒兹的身影

战争梦魇的惊醒？

这是我们的时代，我们辛勤工作，快乐消费。这个五彩缤纷的后现代世界如同一条巨大的河流，我们仿佛只是其中的一尾小鱼。这条河源自何处？又将缓缓流向何方？

后现代主义和后工业主义一样，都诞生于第二次世界大战之后。它是人面对生命与生活的一种极度荒凉的感受。死伤遍野的毁灭性战争过后，人们企图逮住那个导致恶果的元凶，于是开始反思过去，甚至怀疑传统。在6000万人从地球上被抹去的同时，剩下的生灵总该从极度震撼、惊恐里学到些什么。然而，战争的肆虐仿佛一场森林大火，只留下残败的断木焦土与荒芜的渺茫空虚，填满人的视野，向人类宣判一个永无止境的囚刑。于是，人心开始朝着空茫望去。

后现代思潮

（一）另类的“美丽”

后现代主义始于20世纪60年代，是一种“文化的转变”。后现代学者修耶森（Andreas A. Huyssen）说：“后现代主义是一种心情、情感、做事态度、言论上的改变，表现出后现代人心中的预设立场、经验和观点。”[61]什么是“后现代人的观点”？就是整个人类世界对生活的一种全新的态度，这种态度大多表现在各种形式的艺术上，包括绘画、小说、电影与电视之类的大众通俗文化。

所以，后现代思潮不是纯粹的哲学产物，而是代表一种心态、人生态度与生活方式。它本身可能既是一种解放，亦是危险的深渊。

这种人生态度不但叛离传统，而且倾向于多元性、地方性与不完整性。后现代人的人生态度已经不愿意迎合任何传统的教条，也不再认为那个“我”（或主体）必须表现出完整的样貌与靓丽体面的容颜。同时，主体不再是中心点，也不再是结果，而是一个建立的过程；换句话说，后现代思潮着重个人对自己心路历程的剖析。

后现代思潮愿意呈现内心思绪的混乱、挣扎、晦涩与人性的阴暗。仿佛一个人在一场灯红酒绿的社交应酬结束后，回到家面对卸妆后的容颜；尽管许多人都不愿意面对，或者刻意回避与人深谈，内心世界的挣扎却依然在翻腾。那是一场醉酒后的清醒，不论人在人生的道路上追求什么，或是逃避什么，总有个内在声音告诉自己：那个被囚禁的灵魂需要被理解，渴望飞向蓝天或潜入大海。

后现代思潮起源于现代主义，应该算是现代主义的一种延续与再生。

现代主义强调自我（self），文学家（如海明威、福克纳、斯坦贝克）从方方面面探讨自我的价值，或者悲叹自我价值的丢失（它如天山雪莲般难以寻觅），伤感于自我与社会的隔离。但是，其实现代主义的作品（如法国诗人波德莱尔的诗）中，已经显露出对于生命中短暂、破碎、焦躁、完全没有秩序可言的现象的锥心之痛。

法国思想家萨特（Jean-Paul Sartre）在其存在主义哲学中，通过对生命严格的剖析，直视万象背后只有虚无；尽管如此，他仍然坚信：生命的虚无，一如雪白的画布，生而为人，我们有绝对的义务为它画上色彩。意义是人心给自己创造的。而生命的目的就是像学生写考卷一样，必须“给自己填上一个答案”，因为没有人会帮你填那份考卷。

到了后现代，那种强加给人生的意义已经不能满足人心，就算人可以给自己的人生任意定义，任何一个人所填写的答案未必比另一人更好，人生的考卷，开始没有统一的答案。

于是乎，寻找自我价值便成为一个人一生重要且艰难的功课。

后现代人生态度，开启了另一种对“美”的鉴赏力，认为所有外在与内在的混乱，我们都应该全部接受，与之共存，甚至认为那是人心获得自由的表现，应该为之欢唱。所有对人生痛苦的感受与内心的混乱，如果用更包容的态度来对待，也许将是一种真正意义上的解放。其实在理性思维的底层，内心有着意识巨流的流淌，再往下沉潜，还有潜意识的海洋。后现代的人生态度，像一个饱受礼教束缚的孩子，突然在森林中走失，伴随恐惧而来的，是无尽的好奇与探索的欲望。

（二）幸福在过程?

传统的观念仍然在当代社会领航，比如，“结果决定一切”。“过程”从来都不是追逐梦想者在意的。没有一家公司的老板会用一个只在乎过程而把结果做得一塌糊涂的职员。当然，也有过程做得糟糕而结果却好的情况，但并不多见。在我们的现实生活里，我们更想知道结果，甚至用“结果”来绑架“过程”，试问有哪家的父母只希望子女享受准备高考的“过程”而不在乎“结果”?

“幸福在过程”应该是一个社会价值外的感悟。它无关于现实生活的成败，倒更像是一个锦囊，教你如何制造一具心灵导航仪。

没有人能够百分之百掌控生活里所有的细节，达到自己或社会要求的结果。于是挫折、绝望、自责，千夫所指的社会舆论排山倒海而来，让人不知不觉走上心情的悬崖。但是在一切努力以后，除了反省缺失，如果还能肯定自己、肯定“过程”，这种韧性方能带领自我缓缓自悬崖上走下来，储备新的能量重新出发。

同时，倘若一个人总是以目标作为人生的指南和意义，在达成一个目标之后（也许快乐几天），会立刻陷入失落的低谷，仿佛人生再没有为之奋斗的必要，所以必须立刻设立下一个目标，然后才能让心灵弹药上膛，再次活出一个光鲜亮丽的自己。

这样的人，渴望成功，成功却不能真正满足他。

什么才是我们人生真正的意义?是一个接着一个的顶峰，还是沿路的风景?

这个感悟其实非常“后现代”。它是必须与以理性、效率、功利为主旋律的“正常的社会期盼”一起鸣奏的副旋律，它也许无法独挑大梁，可是没有它，这首曲子不会有层层叠叠的华丽共鸣。

（三）"统一性"：人心僵化的元凶

后现代思想反对传统的权威和阶级，仿佛一个朝传统呐喊的少年，他不要那么沉重的包袱，因为那个千年的包袱并没有给人带来幸福，而只是一个又一个硝烟弥漫的战场。这是少年青春期的态度，在对传统的一切进行批判的同时，他大声喊出自我的需求，以及人人平等的理念。

后现代思想对中心性（centrality）嗤之以鼻，也就是对"统一性"的质疑。这里的"统一性"指的是一般人视为理所当然，会让人聚焦的概念（比如："真理""上帝"或者"自我"），或是唯一的价值观（比如："万般皆下品，唯有读书高""金钱至上"），似乎人生所有其他的事都应该以这个概念或者价值观为中心，服从这个概念的指挥。人们总有自己的一些原则，所有的作为都以这些原则为底线，这也是"统一性"的实践。

这些原则让人心得以安顿。原则本身也许是对的，可是后现代思想家提醒人们，原则来自一些习惯的想法，而所有我们非常习惯的想法，可能是我们的理性思考方式给自己做的一个茧。

理性思考的路径，会自然而然生出"概念"，许多概念合一之后转变成"看法""态度""规范"，再僵化成"成见"（stereotype）。在这些平凡的概念背后，是什么被有意或者无意忽略了？

被忽略的，正是林林总总的"多元"或者"不同"。比如，天真的孩子们总有着多元的性情与才华，你会弹琴，可是我会爬树。然而，传统有着不容改变的规范，比如，读书总是比游戏有用，读大学总是比不读大学有出息，等等。当然，传统式的学校教育，鲜少认为"爬树"是一种值得鼓励的才华。天真的孩子们长大后，便会走上父母的老路，把自己像饭团一样挤压进模子里，活出“像样”的人生，因为大家都如此。

（四）真正的“小”时代来临：相对的价值观与权力游戏

我们似乎已经处在一个真正意义上的“小时代”里。

后现代主义认为追求“整体性”（totality）是人心给生命本身加上去的，所以后现代摇旗呐喊，希望大家都能放弃对“中心”的渴望。比如，我们要不要有一个核心的道德观？这个道德观该不该放诸四海而皆准？任何一种含有宇宙整体的观点，都会被扣上“超叙述”或者“大叙述”的帽子，遭受后现代思想家的唾弃。

这种思考倾向很容易变成价值相对论。而价值变成相对的是不是一件幸事？价值相对论确实是一把双刃剑，可以解放人心，也可以毁灭人类。在尊重不同文化、孕育不同价值观点的同时，有没有一种凌驾所有一切之上的“观点”？比如说，上帝是否存在？中国哲学里的“道”是否可以放诸四海皆准？

后现代现象仿佛一个大水球被打碎了，可是落在地上的水珠，又形成了无数的小水球。每一个小水球滚动的方式和水分子结构，与大水球在本质上无异。后现代思想家利奥塔（Jean-Francois Lyotard）说：“在后现代的社会里，游戏的规则是区域性（local）的，只要玩游戏的人同意即可。”[62]换句话说，任何一个社会组织，小至家庭，大至国家，都有自己的规则、自己对话的方式；就连知识界也是一样，物理学、生物学、化学，每个领域各自研究，好像完全不相干，也不想做任何整合性的努力。在古希腊时期，哲学是一切的基础，想要了解宇宙，人必须什么都懂一些，可是自从自然科学在18世纪脱离哲学，社会科学在19世纪脱离哲学，现代知识界都是各自经营，互不干涉。

说它是一种完全的解放，也不尽然。

后现代社会唯一继承传统的，其实是一罐毒药。它是亘古不变的人性：权力游戏。

从“心理时期”开始，人性中唯一不曾改变的，是人心所建筑的城堡——自我（ego）。城墙上机关重重，枪械弹药一应俱全。正如大卫·哈威（David Harvey）引用福柯的话说：“每个人脑袋里都有一个‘法西斯’，只要有人的地方，就有强欺弱、大欺小，权力斗争无所不在。”[63]权力倾轧如空气般弥漫在世界的每一个角落，几乎没有一个拥有权力的人会主动放弃使用权力。后现代的现象是有知识的人掌控没有知识的人，掌握技术的人凌驾在未掌握技术的人之上。在不同的组织、机构里，仍然有什么该说、什么不该说、话该怎么说的顾忌。唯一与传统不同的是，这样的规矩不是一成不变的。

在这样的大环境下，后现代精神与文艺作品很容易掉入一个无底洞里，那里暗无天日，流淌着人心的意识流，孵化出幻象、仙境科幻感。这些作品一般没有明确的主题，个人对周遭的环境没有认同感与归属感，作者也无从找到自我价值，整个后现代社会失去了道德标准。

而更让人关注的是，如果一个大范围内道德的规范已经瓦解，人想要活得有尊严，是否不应该容许自己或他人不断进行权力的倾轧？我们能否在后现代的思潮里找到滋养新道德秩序的养分？

后结构主义家：德里达

引领后现代思潮的是法国后结构主义思想家德里达。他的理论要旨在于，符号无法找到它所代表的意义。我们永远无法触摸内心那个声音的源头——灵魂，因为不论我们怎么找，找到的都是“符号”或者“语言”。本来文字代表内在的声音，可是在它被创造出来以后，人们对它有了新的理解或者诠释，那么，当它被再次使用时，听者（读者）就不知道它到底代表哪个意思。比如，“老师”到底需不需要真正在学校教书？“做人”意味着为人处事，还是孕育下一代？这些现象好像意味着文字可以不断衍生出新的意义，最终脱离原有的意志。

德里达的理论有着某种程度的正确性。任何一个语言符号，一个文字或是词语，想知道它的定义，我们必须用更多的文字去描述它。而且一个描述又可以生出更多的描述，比如，何谓“爱”？“爱是对人对事深挚的感情。”何谓“感情”？“心理感受和情绪。”何谓“感受”？……如此定义下去，将会是无止境且无结果的过程。德里达的这项发现是人类在追寻生命意义的航行中遭逢的最大暗礁，一触即葬身海底，永无救赎的机会。

因为他似乎在告诫我们：文本/文字与符号决定一切，而精神层次的世界如梦如幻。

德里达的学说导致了一系列骨牌效应：意义无法触及，真实不能掌控，自我空洞缥缈，自我主体失去创造的能力与资格，完全受语言文本的摆布。这样的现实啃噬着人心主观的意志力量，打击着人类早已千疮百孔的精神堡垒。

德里达之后，西方思想的基调彻底偏离传统的主旋律，颠覆了人类对自我与世界认知的基础：不是作者创造文本，而是文本创造作者。文本创造自我，意象创造现实，后现代社会里充斥着所谓“形象”概念，明星、名人、政客私底下是什么状态已经不重要，重要的是他们营造出的公众形象（public image）。

虽然德里达的发现可能是一个不争的事实，但是，把自我完全贬低为文本的奴隶，也是一种错误的认知。其实人心和文本一样，都没有统一性，我们都不是所谓“统一”的个体，有着一成不变的特质；我们心中无时无刻不充满了矛盾与混乱。自我内在的和谐只是一种如风景画般的假象，真实的风景里，有着各个层面犹如食物链般的残酷斗争。人心和文本是个互相影响的循环，我们创造了文本，文本也同时影响和塑造了我们。孰重孰轻？谁是起源？这已经成为先有鸡还是先有蛋的问题。

激情过后

除了某些较为正面的特质，整体而言，后现代的心态是一种没有历史感、否定传统的意义、否定个体与集体的记忆、没有信仰、没有深度“内涵”的流行文化。它仿佛一部画面精美的电影，细细观赏下来，却没有任何打动人心的深度主题。

后现代学者大卫・哈威认为“后现代式”的流行文化之所以大量生产，是因为媒体在推波助澜。媒体对“效果”的过分强调，也反映出后现代社会里紧张繁忙的生活。[64]普通人的生活过于紧绷，只有用大量的感官刺激，才能温热一下身心，让石化了的情感苏醒过来，“感受”这种刻意营造出来的情绪氛围。

这种现象也反映在全世界的媒体与娱乐界，煽情的新闻总是吸引眼球。我们可以说是传媒带领群众，但又何尝不是因为后现代社会的状况已然如此，电视、电影等媒体只是迎合大众的口味？

后现代的激情是纯物质的瞬间激情，是一种非常强烈的感受，类似梦幻的能量舒放。它也可能是一种纯感官的刺激、欢乐或恐怖，[65]詹明信（Fredric Jameson）认为它像是精神分裂症患者的感受。詹明信在《后现代主义：或资本主义晚期的文化逻辑》一书中写道："既然人无法拥有历史感，一种过去、现在、未来的整体感，那就只好享受'瞬间'的激情。"[66]

可是激情过后呢？接着来的是不是情绪的低谷？

问题是，如果一个人没有过去与未来，他能在多大程度上享受这个"当下"呢？我们所谓时间的"整体感"，到底是真实的存在，还是幻象？在万物瞬息万变的前提下，"整体"似乎是虚幻的；可是，若每一个"现在"是无数"过去"的总和，则否定过去，无异于否定现在。

人一生的光阴是无数个"当下"的汇流，像一条长河，带着细小的水滴，一路缓缓地流淌。只看见水滴，看不见长河，这种人生景象狭隘且封闭。

极度的自由：跨越二元藩篱

这是一个自由的年代。

社会开始重视多元化的生存模式，以前受人轻视的弱势族群渐渐得到重视。不论慈善者的心态如何，慈善的声音总是此起彼落。社会上各行各业也都渐渐被平等对待，至少表面上是如此，所谓"政治正确"（political correctness）就是一个例子。"人人平等"的思想深植人心，自媒体的出现让许多人一夜成名，成为社会的焦点。在直播的网络世界里，点击率才是至高无上的上帝。电影的票房与电视节目的收视率，都来自每一个平民百姓，似乎落实了"人人平等"的思想。

社会的开放与自由，与后现代的思考模式有关。

传统的逻辑式思维中，相反不可能并存。一位逻辑学教授会在教室里大声对你说：你怎么可能正在吃一个汉堡包而同时又没有正在吃一个汉堡包？所以相反概念必须对立，不可能同时存在。可是后现代思考模式确实在不断突破传统逻辑思维的“A=A”，因此，“相反共存”或者“相反相成”（A＝-A）的悖论思考模式本来只属于中国哲学阴阳思考范畴，如今已经在西方萌芽。阴阳思考模式甩开了理性的驾驭，走向柏格森式的思维（或者直观式思维）。这种思维包含逻辑但是比逻辑更广阔。

“现在”与“过去”没有决然对立，“爱”与“恨”其实常常难解难分，施与受、生与死、对与错、福与祸，都是相依相存。有时我们对一个人越恨，爱的紧箍就勒得越紧；两个一世相撕的仇人，往往在一个离世后，另一个顿感失落。

后现代思潮依循着这样的思考模式，让心变得更广阔，更有包容性，在艺术表现上，它让人接受甚至欢迎不协调的空间并存，彼此随意切换。电影《重庆森林》就是典型的例子。脏乱的生存环境，象征着混乱无序的人心，里面没有对永恒的期待，人生充满不确定性和人性的怪诞、内心的寂寞，所有东西都有一个过期日，包括爱情。然而，人心却有发自内心对负面或者对立事件的包容。不协调的对立空间不但并存，而且交融，例如警察爱上罪犯；外在环境和内在居室界限不清，比如潜入人家家里的女贼其实是仰慕者。内心与外在环境、心灵世界与物质世界变得界限模糊，房子会哭，肥皂需要减肥。

在现实世界里，后现代精神开始允许种类迥异的社会现象存在。以婚姻为例，闪婚、隐婚、裸婚、不婚、离婚、复婚，只要勇气足，似乎没有什么不可以。只是这种自由有没有道德底线？这仍然需要进一步思考。

重要的是，在后现代的思考模式里，我们看到了它回溯远古的倾向，走向人类理性开发之前的青铜器时代。

人类在公元前1200年左右塑造理性的能力，是一个划时代的进步；在获得理性的同时，人类建立了自我意识，这些都是突破性的创举。但同时，理性产生二元思维，制造了二元对立的世界，也导致了形形色色的自我内在压抑、社会压迫和人事倾轧等。适度的内在压抑是健康的，因为我们都必须学会培养自制力、自我约束，可是过度的社会先例、常规、文化习俗、传统道德限制，常常把人逼到心灵的断崖。

人类终于了解到理性的不足，开始对之批判，这样的批判开始于19世纪，从尼采、弗洛伊德，到拉康、荣格（J. M. É. Lacan），都以毕生心力探索理性之下（前）的人心状态是一个怎样混乱的领域。这样的努力一直延续到后现代主义，人心开始正式接受潜意识的召唤，进而产生一种对理性、传统的全然反叛。

其实，后现代的精神看似走向源头，并不等于回归源头，这个人类整体的思考路线图，也是每个单一心灵构成的路线图：在形成自我、形成主体的同时，建立另一个突破自我、突破理性的发展方向。虽然现象本身看似混乱，但后现代的方向是前进而非退步。只是在传统/自由、理性/激情之中，有没有一个中道的空间，才是我们应该思考的方向。

泅进空茫水域的人

在这方面，德勒兹像是一个泅进空茫水域的人，在绝望里找生机，在枯死的灵性水草里，看到生命里生生灭灭，又不生不灭的永恒。

德勒兹钻进古典文献、现代思想、科学、人类学、语言学、文学、艺术，脑洞大开，企图建造一个思想天地，一个属于“中道”的空间。这个天地不是一个“王国”，里面没有一成不变的法规，但有一张提供大概方向的地图，让旅游者参考。这张地图包罗万象，却又谨小慎微。他协调了西方千年以来二元思考模式的对立，却没有像黑格尔那样在二元辩证中发展出一个更高的统合整体。德勒兹批评黑格尔的“正”（thesis）、“反”（antithesis）、“合”（synthesis），犹如裁缝师不但没有为客人量身定做衣服，而且不负责任地把三个大布袋子当衣服扔给人家。

人心需要的是更细致的思维，所有的问题都出在二元思维方式上。逻辑式的二元思维不是不好，而是有它的极限。

德勒兹接受了斯宾诺莎的宇宙自然理论，认为“思想”和自然本身是两个互相拥抱切入的“弯褶”（fold）[67]，很像中国思想里的阴阳模式，它们本该是一体的两面。而大自然里没有二元论的辩证，只有无尽的变化与创造。如同大自然一样，人的思想是无限的运动（infinite movement），充满创造性。

在现代物理学的加持下，德勒兹大胆引用分子质量（molecular mass）和摩尔质量（molar mass）来探讨肉眼看不到的大自然运动，带领我们进入一个“微观”的世界，一个没有“个体”的世界。用这样的一种想象力，他将物理学的思维用在哲学的思考上，创建一个不受二元思维制约的思想空间。德勒兹设计了许多崭新的概念来描绘事情的真实状况，比如“根茎”（rhizome），人的思考方式不只是在二元钟摆间摆动，在“是”与“非”、“对”与“错”之间抉择，在“成”与“败”之间忐忑，人的思考可以像大树的根须一样，在二元之间不断伸展出“第三个”可能性。有时候，人与人之间没有所谓“对”与

“错”、“成”与“败”，双赢的局面是大家都向往的结果，而且也许唾手可得。在情感的世界里，我们也常常沉浸在“要”与“不要”、“爱”与“不爱”的迷雾中。但也许感情的真相并不是“爱”与“不爱”，一直追问“爱不爱”会让人钻进逻辑的死角。

人的问题与痛苦的根源，来自逻辑思维不能容许矛盾的存在。可是美国诗人惠特曼却说：“我们心灵的伟大，正因为它承载着矛盾。”

德勒兹一方面用弗洛伊德心理学里性欲（libido）的概念，暗示所有的社会活动都离不开人的欲望；另一方面引用了马克思的“生产”（production）概念，精心阐述尼采的力量意志与斯宾诺莎的“欲望”概念，赋予它正面与创造的意义。[68]

于是，他用机器概念取代“我”的概念，每个人都是一部欲望机器。

就这样，物质与精神、外在世界与心灵空间的二元划分消失了。可是这里的“机器”不是我们一般定义的机器。德勒兹的机器，是一种运动能量的象征，所以，宇宙万物，都是机器。德勒兹的欲望机器似乎要告诉我们：人，除了欲望，别无所有。若真是如此，那么人只是一个自私利己的欲望运动而已。然而，德勒兹消灭了自我的概念，我们一直守护备至的“我”其实只是一个幻象而已。德勒兹认为，“我”这个主体概念只是一个社会习惯，一个一直想说“我……”的习惯而已。[69]据此，德勒兹又创造了“无器官身体”概念来阐述“人”最后的精神依归。在宗教之外，在物质世界里，以身体能量建立起来的一套道德价值观，最终“超越”了二元思维里相对于精神的物质概念。

德勒兹本人不大在意别人对他的看法，也不想证明自己理论的价值。若是有人前去与他辩论，他总是先鞠一躬，然后说一句：“你是对的！”接着，离去。

可是我们看到的那个离去的背影，有着深深的时代使命感与对人世的终极关怀。

近30年来，整个西方学界疯狂地研究他，美国的大学图书馆收藏着数百本直接探讨德勒兹的书和上万本间接受到其影响的书。这证明了什么？学界想要知道他到底在说什么。他的想法到底是接近“真理”，还是接近“疯癫”？

他的声誉总是在天堂与地狱之间游走。

为什么福柯说“20世纪是德勒兹的世纪”？因为，德勒兹是一个在思想上泅水的人。他潜入深深的思想海底，看到了海面上看不到的景象。人心是一片深深的海洋，世界也是。我们只看到海面上的小岛，看到五彩缤纷的海浪，却没有见到深海。尽管在20世纪末期，美国实用主义哲学家罗蒂已经斩钉截铁地说：“我们无法脱离语言、文化、信仰的眼镜来看世界，对于真实，我们无法直接触摸。”这个结论有如魔咒，阻绝了人心所有希望。

可是德勒兹要提醒我们的是：真实也包括那个眼镜。

德勒兹的思想带领人心正面面对物质世界，肯定物质世界，接纳物质世界，并且安心地过着一种超然的生活，因为物质与精神并非分站生命之河的两岸。他要我们正面面对“欲望”的海洋，面对生活里的卑微、阴暗。虽然它们让人窒息，但我们一定能够耐心地游过，避过暗礁，最终享受射入一整片海洋的阳光。

人是一种必须被超越的东西。人是一根绳子，绑在禽兽与超人之间，一根悬在万丈深渊之上的绳子。人的伟大在于他是桥梁，而非目的。

——尼采《查拉图斯特拉如是说》

第三章

思想的三棱镜：影响德勒兹的三位思想大师

生命的本质，到底是什么？

镜花水月，是“有”，还是“没有”？

柏拉图说“有”，有花，有月；可惜我们看不到。

我们看到的是镜里的花，是水中的月。

柏拉图认为生命的本质（或叫作形而上“存有”）[70]，不存在于我们这个世界，我们这个世界所拥有的，只是它的投射而已。一个茶杯的存在，是因为在一个超越有形时空的世界里，老早存在了一个叫作“形式”的东西，有了这个茶杯的“形式”（一个茶杯的“概念”），才有了茶杯。世界上千万个茶杯都会毁坏，可是茶杯的形式会不朽。

柏拉图这个“形式”的世界，是一个静止的空间，没有纷扰，没有矛盾，是一个安详却失去动力的国度，这就是他所谓“存有世界”（the world of being）。柏拉图认为存有世界是真善美的化身，是一个遥不可及的“彼岸”；而我们这个“动感的世界”（the world of becoming），只是真理的影子，一个幻象而已。

像一个孩子看到天空中那渐行渐远的气球时会问：“气球飞到哪儿去了？”德勒兹思想也起源于那举头一问：“生命的本质，到底是什么?”这一问，问出了他如江河般源源不绝的思想脉络。

德勒兹的“动感世界”理论，像一根针，刺破了柏拉图2500年的真理气球。德勒兹说，我们这个纷扰的世界，这个变化无常的国度，就是真理所在。而所谓“不变”的人生状态（例如，一份稳定的工作、一场如胶似漆的爱情），才是幻象，只表达了某一个特定时空的暂时状态而已。

然而，是什么让德勒兹把柏拉图的“人生图像”反转的?

拉开布幔，藏在德勒兹思想之后的是西方三大哲学家：尼采、柏格森、斯宾诺莎。

德勒兹对形而上“存有”的关怀，由于尼采、柏格森、斯宾诺莎的影响，变得既复杂又活泼。可以肯定的是，柏格森的“内在异化”（internal difference）概念让德勒兹的存有概念“动”了起来，而所谓“内在异化”，强调生命现象本身会不断在内部创造、衍生。宇宙万物实际上都在“整体”的里面，因为根本没有所谓“外面”。这个“整体”不是传统意义上的整体，因为这是一个“动感整体”或“开放式整体”，并且与“部分”不能分开，就像人的身体和它的心脏器官不能分开。

这个概念其实与斯宾诺莎的“单一”（singularity）概念相同，“单一”即是“整体”，而且是一个没有界限的整体。这个概念不能用理性逻辑去“思考”，必须用直观去“体会”。每一个极小的个体都是它本身的整体，但是却包含在更大的个体或者整体里面，而且跟其他的整体密切相连、不可区分。比如，个人、家庭、社区、社会、国家、民族、世界、人类、生物界、地球、宇宙等。这个整体的概念是没有止境的，并且没有所谓真正的“外面”。所以西方基督教里的上帝、天堂，也不能和人（或者人间）划分成两个互不相通的世界。“单一”

则在强调这种创造在时间上亘古不断，在空间上无远弗届。宇宙万象从根本上说实为一体，互相关联，但又在不同的时空架构里有各自不同的体系。

然而，是尼采的“力量意志”（the will to power）和斯宾诺莎的“力的感受”（the affectivity of power）让德勒兹思想从一种对生命本质的静态冥想，拓展到一个瞬息万变的力感宇宙观。这个力感宇宙包罗万象：从茫茫星河到广袤草原，从政治、经济到心灵提升，它包括了自然与人文世界的一切。不但如此，它还超越物质界，直奔精神领域，让人对生命本质进行探索，不只认识生命，而且能以人自身的道德修养为依归。

德勒兹所写的三本书——《尼采与哲学》、《柏格森主义》（*Bergsonism*）、《斯宾诺莎的实践哲学》（*Spinoza: Practical Philosophy*）是他发展自身哲学的温床。单就这三本书，我们很难判读出到底是德勒兹因阅读了三位先驱哲学家的著作而激发了自己的思考，还是在这之前已经有了自己的思想体系，只是利用别人的文字来表述自己的想法。

尼采：人人皆可成为“超人”（overman）

尼采是19世纪西方哲学史上一个铿锵的名字。

对德国人而言，尼采是他们的骄傲，他的一生是一部传奇。不但如此，他那渊源于希腊民族雄伟生命力的积极人生态度，如轰然的雷鸣，深深震撼了20世纪纷纭杂沓的文学与哲学论坛。

尼采的全名是弗里德里希·威廉·尼采（Friedrich Wilhelm Nietzsche），1844年10月15日出生于德国罗肯（Röcken）村。尼采的父亲是一名牧师，尼采是家中的长子，从小在基督教环境中长大。4岁丧父，由母亲及祖母带大。少年时的尼采崇拜希腊哲人柏拉图和剧作家埃斯库罗斯，热爱音乐，也写诗。

1858年到1864年，尼采在普福塔中学（Schulpforta）求学。当时尼采对自己的未来并不清楚，但有一点尼采知道：他绝对不要像父亲与祖父一样走进教堂。在这一段时间里，学校非常重视古典教育，尼采也发现自己对这些知识驾轻就熟，因此非常投入，这也奠定了他日后钻研古典哲学的基础。

1865年，尼采在莱比锡（Leipzig）念哲学，他无意间在旧书摊上拾起的一本书，成为他哲学思想的转捩点，那就是叔本华的《作为意志和表象的世界》（*The World as Will and Ideas*）。这本书与瓦格纳（Richard Wagner）的音乐成为尼采第一本巨著《悲剧的诞生》（*The Birth of Tragedy*）的思想启蒙。

1869年，尼采以24岁的年轻之姿，接下巴塞尔大学（University of Basel）古典语言学教授一职。尼采的推荐教授在推荐信中说："在39年的教学生涯中，我看过无数有才华的年轻人，但是我从未看过一个年轻人，一个像尼采这样的年轻人，能够这么年轻就这么成熟。只要是他想要做的事，他一定可以做到！"

普法战争中，尼采担任德军救护队员，随后因病退役，接受治疗。许多资料显示，尼采后期精神异常绝非起因于他的思想，而是由于这场大病波及脑部。1879年，尼采以健康状况极差的理由辞职，开始了他往后十年的漂泊写作生涯，足迹遍布瑞士、意大利。

1889年，尼采在都灵（Turin）的街上，因为无法忍受目睹一匹马受鞭挞而晕厥。此后的十年（到1900年病逝），尼采处于精神错乱状态。尼采病逝后，戴罗（Clarence Darrow）在1916年写道："自从尼采死后，地球上没有任何一个哲学家像尼采那样被人谈论……尼采将整个宇宙颠倒过来……他让人坚强并勇敢地面对这个世界。”[71]

悲剧的诞生——狄奥尼索斯和阿波罗永恒的依恋与战争

（一）众神

在奥林匹斯山上，住着一群喝酒吃肉的神仙。

他们高兴时欢声雷动，生气时风云变色；男神是宇宙大地雄劲山脉转世，女神是大自然浮云流水化身。

他们是希腊神话里的主角。

在众多角色中，酒神狄奥尼索斯与太阳神阿波罗慢慢走来，像雷与电、光与影的纠缠，他们是宇宙间最耀眼的精灵。

酒神是流体的、音乐的、激情的，让世间所有伟大的成就都经过“醉”的洗礼。少了他，生命是无趣的，有了他，生命是危险的。因为他拼命想离开自己、摧毁自己。

太阳神阿波罗是固态的、雕像式的，是个编织意象的高手，一切幻想的代名词。他努力地塑造自己，成就自己，集荣耀于一身。这个世界，唯他独尊，他是宇宙的中心，光明的源泉。

（二）宿命

一个怎样的民族，会创造出这样一群健壮活泼的神仙？是不是一群欢乐的、不识愁滋味的子民，依照自己的模样塑造种种神祇？

答案恰恰相反。

古希腊人塑造出奥林匹斯众神，是因为认识到自身的渺小。古希腊人对生命的艰难与自身力量的有限有着深沉的体会，这让他们幻想出活泼而充满力感的神仙；借着对神的崇拜，对艺术的投入，给自己更多的力量来承担生命的重荷。然而，体会生命的艰难是否呈现出一种悲观的情调?

是的。这是一种悲观的情调，可是，这种悲观是“强者”的悲观。

强者的悲观是一种对生命的悲苦有着最敏感、最深沉领悟的姿态，能够承受这种震撼的灵魂必然是强健的生命。唯有强者，愿意面对生命中的污秽与黑暗，在与其搏斗的过程中，展现自我的韧性与厚度。

在这样的观照下，酒神狄奥尼索斯与太阳神阿波罗的诞生，就有了他们诠释生命的意义。

酒神狄奥尼索斯象征着变化莫测的人生，他是痛苦、矛盾的根源，这样沉重的生命，足以压垮最刚健的灵魂。而太阳神阿波罗则是一种艺术的向往，暗示着人可以经由艺术里的意象编织，寻求灵魂暂时的安顿。

这样的诠释仍不足以写尽此二者的神秘意义。

（三）肯定

因为，酒神还代表着苍茫的大化。

只有从这个角度看去，悲剧艺术才翩然诞生。

简而言之，希腊悲剧诞生于狄奥尼索斯和阿波罗永恒的爱恋与战争。酒神的自我溶解、消散——那“无情游”式的醉酒解脱，和太阳神强烈的自我意识、自我完成，形成极端的对比与张力，造成希腊悲剧雄浑的气魄。狄奥尼索斯和阿波罗象征着大自然里两种相抗衡的力量——消散与聚合。同时，他们也是人类潜在的两种基本的能量与冲动。这两种冲动随时互相吸引与排斥，像一对性情刚猛、敢爱敢恨的恋人。

“悲剧”在希腊语里的意思是“山羊之歌”（goat song），即“献给狄奥尼索斯的歌舞”。歌舞团不但舞出对酒神的敬意，更重要的是，他们舞出了一种深度哲思的庆贺，不是庆贺英雄的胜利与荣耀，而是庆贺他的痛苦与死亡。

这是希腊悲剧最基本的精神所在——它要肯定生命，即使是生命中的痛苦与死亡。

然而，肯定生命中的痛苦，难如登天，古希腊人是如何做到的？

尼采认为，他们肯定生命的过程起始于肯定生命的消殒。当人肯定死亡不是如灯灭一样的虚无，而是一种从现在的形式里解脱，回归大化，重返自然，死亡就不是结束，生命就没有疼痛与失落。换句话说，人要从大化的观点看，也就是从叔本华“宇宙意志”（the universal will）的观点看，故事中英雄的落寞与自残，应是一段回家的旅程，所以剧中的歌舞团要如此欢欣地庆贺。

（四）梦中

人，如何在梦中醒着？又如何在清醒处筑梦？

若人生是一场虚幻，而艺术作为虚构的存在，则更是虚幻中的虚幻；那么，不论是艺术还是人生，你如何在知道它的虚妄后，还能欢欣歌唱？对尼采而言，这是希腊悲剧精神的最高境界。

人，可不可以对待人生一如艺术？尽心尽力地热爱，像一树怒放的玉兰花，尽情燃烧精魂里的香气而不悔，即使知道花终将摇落，如梦。

酒神的境界，是自我意识的消殒；落散的意识，如漫天雪花，直冲入大化的虚空。人若了悟世间一切有形必毁，一切生命、一切形式必从丰腴走向凋落，必然伤己感物，潸然落泪。而凌驾虚空之上的神识，带来生存的渴望、生命的期待，让人在与大化结合的刹那，突感生命的可贵、生存的欢愉，进而珍爱生命，尽心呵护万物一如大自然的慈柔。

生命中的淋漓尽致：力量意志（the will to power）

对尼采而言，生命比理性重要。

他认为生命本身是尊贵、美丽与值得祝福的。

在《悲剧的诞生》[72]里，尼采把希腊原始的悲剧和欧里庇得斯（Euripides）的悲剧作比较，说明在人类原始的生命里，有着酒神狄奥尼索斯与太阳神阿波罗的纠缠，这是生命最健康、最刚健的显现。然而，属于阿波罗的这种原始能量——从编织梦想、组织形式，到强而有力地去固守形式，慢慢地变成一股“理性”的力量——尼采说，是苏格拉底把它从创造者改变为批评家，进而主宰人类。批评，是理性的剪刀，它可以任意裁剪欲望，但是，过度地使用只会让人的创造力锐减。

对尼采而言，理性仍然是重要的，但它只是处于仆人的地位，不应该晋升成为主宰，进而扼杀人类原始活泼的生命力。如果理性不是主宰，而是和生命欲望同等地位的另一股力量，那么，它们的互相牵制，就会让人类回到原始的山林、绿野，和大自然携手起舞，同生同灭。

这将是生命最美的乐章。

可惜，在西方的理性传统里，自柏拉图以降，理性变成判官，而活泼的生命变成了阶下囚。理性一方面做判官，另一方面充当牧师，可以把人送上天国。它告诉人们应该把充满了痛苦、矛盾的生命现象，看成是一场虚幻，为了逃避生命的痛苦，人可以透过它（理性）来建立另一个新的国度，叫作天堂。

天上与人间的差距一拉开来，人的精神就像远离家园的魂魄，在其中游荡，历尽虚无与失落。它必须以回归天堂作为此生唯一的生存目的，每一个当下的生命，都只是手段，而无法认真体会与尽欢。

尼采反对基督教的理由之一，是基督教的道德观延续了这个理性传统，认为生命的本质是一场错误，所谓“错误”是因为它必须受到纠正（也就是说人有原罪，因此我们必须受到惩罚）。尼采反对的是基督教的制度，而不是基督本身。尼采认为，基督是歌颂生命的，他希望每个人都能像神一样活着。尼采出生于基督教家庭，父亲、祖父都是传教士，尼采所反对的绝对不是基督的精神；但对于一个热爱生命的灵魂而言，尼采所受古典文学哲学的专业训练告诉自己，他必须对生命负责，对自己负责，于是，他把自己在基督教制度内所发现的问题逐字写了下来，这就是《力量意志》（*The Will to Power*）和《道德的谱系》（*On the Genealogy of Morality*）这两本书的由来。

人身从大自然而来，凝聚天地精华，拥有与生俱来的生命力和奋斗意志。

力量意志（will to power），就是这一股生命力，也是尼采思想的基础。

尼采的力量意志概念从物理学的力感（force）概念获得灵感，但是力量意志不是一个科学概念。无可否认，我们都可以感受到自己的心灵力量，以及来自社会的力量（压力）；同样，宇宙也有它的自然力量。尼采的力量意志最初受到叔本华的启蒙，叔本华的“意志”[73]概念来自佛学，指的是一种不为人类所控制的宇宙本身的意志力，它不同于基督教的上帝，不在乎人类的存亡或痛苦。

可是，叔本华的“意志”概念是人类痛苦的根源，应该努力摈弃。尼采的力量意志则是人活下去的唯一动力。在《尼采与哲学》一书中，德勒兹强调尼采的力量意志不是“想获得权力的意志”（will that wants power），而是“内心的力量在展现它的能量”（power that wills）。这是什么意思？由于历史上的一些阴错阳差，尼采被戴上了一顶纳粹的帽子，力量意志被曲解成向往权力的欲望。其实，力量意志指的是：我们每一个人都是一个力量的发电厂。即便是从物理学角度看，我们的身体也是各种能量的竞技场。若从心理学来看，我们亦不断渴望创造，获取新的经验、新的点子，收获新的朋友。

力量意志是大自然在“人”的身上凝聚了它自己，最骄傲的自己。

对尼采而言，生命不是为了生存而存在，它是为了发展而存在。达尔文的学说最终强调的是，能够存活下来的，必然是最适应自然的；同样地，在不断进化的过程中，生物唯一想做的是“存活”。尼采不屑这样的论调。

尼采觉得只有脆弱的生命力才只想着“存活”，刚健的生命力想的是比存活更重要的事，它想着如何挥洒生命，如何活得比现在更好。

因为要活得更好而丧失生命的人不在少数。有人穷极一生，攀最高的山峰，潜最深的海洋，冲最危险的战场，他们为的不是存活本身，而是存活的意义。

力量意志的展现即是存活的意义。

力量意志，是每一个生物个体都有的一种力量，它让种子渴望发芽，让平庸的茧变成美丽的蝶。它是一股不断想要自己长大，不断想要自己更好、更健壮的生命源流。

人性终会战胜兽性：尼采的“超人”理论

在尼采的《查拉图斯特拉如是说》里，超人是一个神秘的人物，是前苏格拉底哲学家所说的自然灵动的力量的化身，他在现代复活，给人类指出一条自我修炼的道路。

超人诞生于上帝的墓穴。尼采在《查拉图斯特拉如是说》里写道：因为上帝的死亡，人类必须停止为人，而成为一个半人半神的超人。

其实，超人的原始意义不是超越别人，而是超越自己。

超人的出现，表达出尼采对人性的绝对信任。尼采把人的精神力量从上帝的圣地取回，放回自然的动物本能里，这是一个大胆的动作。从此，人可以成为神，抑或是，人根本不屑为神。传统的西方基督教文化认为，精神与肉体，形而上与形而下，应当决然分离。从尼采开始，二者可以慢慢合一；而所谓精神，其实是人自然本能的一种表达方式。

超人的基础，是一个刚健的灵魂，他有着用不完的精神力量、极为强健的内在能量，乐观，活泼，永远肯定生命。因为生命本身刚健如天，慈爱如地，其能量亦如太极的两端，开放与收敛，是阴阳的替换，因此，超人的人格特质，有着日升月落的周期，可以美如春花，亦可寒如冬雪。

超人即自然的化身，刚健的自然力凝聚成有形的魂魄，却也把自己拓展成酒神与阿波罗厮杀的战场，一死方休。超人的磅礴气质、刚健灵魂、取之不尽的精神源泉与生命力，最终将用在对自身的克制（Self-Overcoming）上；他勤于自我的修炼，压制欲望，塑造人格，把对自己的雕刻作为生命最终的艺术。它让一个人成熟、稳健，在疼痛里体会“不忍”的大爱，在伤郁里结出“了悟”的疤痕。超人是一位艺术家，他的作品叫作：自己。

斯宾诺莎：带领人心远离恐惧的智者

斯宾诺莎生于1632年，荷兰的阿姆斯特丹。

开始阅读《圣经》的时候，斯宾诺莎接触了犹太教的神秘主义；与此同时，他开始阅读其他人的著作，思想起了另类的变化。他喜欢上格尔森（Ben Gerson）、以斯拉（Abraham Ibn Ezra）与格斯卡（Hasdai Crescas）的作品，进而领悟到：“上帝等于宇宙，等于自然。”他也从迈蒙尼德（Maimonides）的作品了解到，永恒是一种无关乎个人的真相。

最值得一提的是，斯宾诺莎阅读了大量布鲁诺（Giordano Bruno）的作品，这些阅读对斯宾诺莎后来的学说产生了重要影响。布鲁诺学说的精华是：上帝与真实合一，物质与心合一，所有的相反都合一；所有的真实同时是物质，是精神。这些理论也成了斯宾诺莎学说里的精华部分。[74]

斯宾诺莎发现，平日里大家阅读的《圣经旧约》充满所有旧的信仰和许多无法解答的问题。斯宾诺莎觉得《圣经》是写给广大群众看的，尤其是给那些没有受过教育的大众看的。《圣经》强调圣迹（也就是所谓奇迹），或者上帝的出现等神迹，主要是想满足大众或者没有受过教育的民众的一种想象力，所以《圣经》所记录的并不是真实发生的事情，而是如同寓言故事一样的描述文体。这种体悟多少跟时代的理性大背景有关。[75]

斯宾诺莎的这种转变，让当时的教会犹如芒刺在背。

1656年，斯宾诺莎24岁，犹太教认定他为无神论者，先是宣布他的学说是邪恶言论，进而用残忍的手段将其逐出教会。当时，犹太教面临外在的孤立。教徒在信仰之外，还能呼吸到17世纪科学的空气，因此教会得承受内部教徒的各种异议。斯宾诺莎不是唯一的一个，普拉多（Juan de Prado）也在同年被教会要求忏悔。犹太教不允许任何不遵守教规的成员存在。而斯宾诺莎自始至终拒绝忏悔，最终教会将斯宾诺莎赶出他的故乡阿姆斯特丹，严令不准任何教会成员与其来往，同时，教会极端分子甚至试图取其性命。[76]

其实，只要稍稍换个角度，就可以看出斯宾诺莎不但不是无神论者，反而可以说是一个至为虔诚的上帝崇拜者。

随后的21年岁月里，斯宾诺莎像一个隐士般过着简朴的日子，除了制作显微镜片、望远镜片，剩下的时间全部用来阅读和写作。他拥有众多科学家与哲学家朋友，大家都发自内心尊敬他如圣者般的人生态度。这位精神至为高贵、情感至为纯粹、理性至为坚韧的大时代启蒙者，在“真理”面前忍受了教会的诋毁、驱逐，以及生命的危险、彷徨。他坚持自己的信念，认定宇宙本身和理性都是上帝的化身，上帝不具备个人特质。这些信念让他直到辞世前仍然淡定冷静。

在《斯宾诺莎的实践哲学》（*Spinoza: Practical Philosophy*）中，德

勒兹写道："斯宾诺莎一直穿着一件他遭暗杀时被人用刀子戳破的衣服来提醒自己：自己的思想，是不被人们喜爱的。"最后德勒兹还幽默地补上一句："有哲学家因为自己的思想而被法庭公审（苏格拉底），却从来没有一位哲学家在自己思想的道路上，始于被教会驱逐，最终还险些被暗杀。"[77]

德勒兹说，对一个哲学家而言（比如尼采和斯宾诺莎），贫穷、卑下与禁欲，是一种生活方式，这种生活方式在物质世界中将其身躯如小草般压低到泥土里，却能够在精神领域里让其灵魂升到天际。[78]也就是这样的生存模式，让人更贴近宇宙自然。因为人在放弃肉身享受的同时，也获得了一种精神的超越。

斯宾诺莎一生清贫，把他生活里所有的激情都献给了哲学，以及他见到的真理。他把世间其他"幸福"，都献祭给了他的思想。这也是为什么斯宾诺莎"看到"的自然，是"充满创造力量"的自然，而不是为了"目的"所思考出的像"手段"一般的生活轨迹。[79]

这个自然，就是他的上帝。

当然，提到对斯宾诺莎产生影响的人，绝对不能不提到笛卡尔。笛卡尔在现代哲学里被尊为"现代哲学之父"。他以科学家的头脑怀疑宇宙万象，再从中建立新的信仰，提出"我思故我在"；心是一切认知的起点，我们所知道的外在世界其实是它们烙在心上的一个印象而已。笛卡尔的唯心主义，有着文艺复兴时代的个人主义色彩，同时也开启了现代主义中认知论的先河。

笛卡尔认为，在物质之下，有一个造成物质的源头，一个支撑物质的条件，即形成物质的"实体"（substance）。而在精神世界即人的心里，有另一个支撑的实体。在物质世界里，所有的活动都可以用数学和机械的法则来解释，因为这个物质性（materiality）世界（比如我们的肉身）就像一个机器，在这个机器之外是上帝，在这个机器之内是灵魂。[80]

对笛卡尔而言，心智与肉体、精神世界与物质世界是分离的。思考再怎么运转，人的身体若是不动，思想都无法将其撼动，正如你无法用意念举起桌上的刀叉，于是他下了一个身心互不干涉的结论。斯宾诺莎要辩驳的，就是这个看似真理的论调。斯宾诺莎不认为宇宙中有两种实体。他认为宇宙万象只有一种实体，就是上帝或者自然。这就是德勒兹从中感悟极深的“单一”的概念。个体是单一的整体，而宇宙亦是单一的整体，没有什么东西与其他东西是“真正”分离的，他们都是同一个实体的显现。

17世纪，欧洲逐渐脱离中古神学的枷锁，借着科学仪器的发明，人类看到了更宽广的天空，更高远的宇宙，与更微小的生物。可是，人类却见不到朝思暮想的上帝。

斯宾诺莎哲学的基调，和笛卡尔一样，都试图在科学的氛围里找到人和上帝的关联。斯宾诺莎不仅是一个时代的先驱，更是一位智者，他崇尚对上帝理性的爱，认为人对世间事的体会越深，越能体会到上帝的爱。

（一）自然与上帝

西方的形而上学始于柏拉图，而这个实体的概念则是亚里士多德提出来的。斯宾诺莎一直被认为是形而上学的支持者，对他而言，那个形而上“终极实体”（essential substance），高于一切并且统筹一切。宇宙自然虽然只有一个“实体”，却有无数它的“特质”，精神和物质是其中两个。而世界上所有有形体的物件都是实体显现出的不同的形式/种类（mode）：身体（body）和心（mind）是其中两个。可以打个比方：如果实体是水，它的特性有流动、润滑、在不同的器皿里转变形状等；它的形式则由装它的器皿决定。

实体到底是什么？斯宾诺莎的实体和亚里士多德的实体基本上一样，但不一样的是，对亚里士多德而言，实体是某个东西的精髓，比如人的实体是灵魂。斯宾诺莎认为实体不属于某个东西，它应该还是宇宙整体的永恒秩序（eternal order），也就是自然存在（being）本身。[81]

这个实体，即是斯宾诺莎的"上帝"，也是自然，更贴切地说，是自然的能量、生命力。

然而，在这里的自然不是我们看得见的自然。那它到底是什么呢？它就是远古太初人类可以与之沟通的自然生命力。斯宾诺莎认为，上帝包含物质和精神，它是一个巨心，充满宇宙，让一切有了生机。斯宾诺莎相信这个等同于上帝的"自然"，这个看不见的自然，似乎有自己的定理。它包含了笛卡尔所谓物质世界所有的科学定理，但不限于此。上帝（或自然）这个实体，包括了物质世界和精神世界，它们是自然的两个特质，在这两个世界里的万事万物，都是种类，像水被装进不同的容器而已。

这种对上帝的理解否定了传统教会的教条，把泛神论与无神论都装进了魔术师的魔法口袋里。[82]

科学家同样不喜欢斯宾诺莎的学说，因为他们认为斯宾诺莎所谓形而上世界就是在自然之外又建立另外一个世界。但是从另一个角度而言，科学本身也是形而上的，因为科学追求的是一个脱离这个看得见的自然世界的真理世界。

斯宾诺莎说："特质不会互相产生彼此，它们的存在是在体现那个实体。”[83]所以物质世界与精神世界（或者身体和心灵）不会互相影响，因为它们根本是自然那个灵动生命的两个面向而已。在内心世界里所发生的任何事情，在肉体细胞里也同样发生一些变化。当我们生气或者快乐的时候，身体里的细胞同时会萎缩或者舒展，这是它们“同步”表现出生气或者快乐的模样。

唯心主义认为所有物质都是心的展现；唯物主义认为，心的本质应该是物质的，比如，科学家用大脑里的细胞组织来解释我们的心灵意识与日常行为。其实他们都不对，因为他们都只看到心灵或者物质的部分。然而，我们的内心和物质世界，并不是两个互相独立、互相平行的世界，也不是对方的因或者果。[84]其实物质世界和精神世界只是自然生命力的两种显现而已，我们拥有的只是一个相同的过程，这个过程从外面看是运动，从里面看是思考，是心的活动，它们其实是一个混合体，是我们的心把它们“感觉”成两个不同的世界。心的思考就是心的运动，身体的运动就是身体的思考。

（二）身体和心

斯宾诺莎在讨论人的身体之前，先定义了自然界的物体：“自然界的物体都是在运动或是停止状态；而这二者又都是由另一个物体所决定，而另一个又再被另一个决定，直到无限。”[85]可见，斯宾诺莎注重的是自然界的运动、能量与因果效应。因为这些自然界的物体、运动、速度、能量，都是上帝的显现，所以上帝即是能量。

然后，斯宾诺莎从自然世界的物体转向人的世界，给哲学界一个全新的思考方向：人的肉身。

他说：“我们甚至不知道身体能做什么。”身体和心念是一个整体，发生在身体里的任何状况，都会被心念的意识感受到，只是有时感受过于轻微，我们并没有意识到。同样地，发生在心里的任何感受，也会被身体细胞感觉到并记录下来。[86]斯宾诺莎鄙视“意识”的功能。我们一直以为意识等于心，其实，心比意识大得多，因为我们的“意识”对于身体里的变化以及心理的变化似乎都懵懵懂懂。意识看到的，只是事情发生的结果，至于事情为什么会一步一步发展到如今的地步，意识却没有能力感觉到。因为意识本身的局限，人所意识到的事物，往往总是一个“结果”而不是“原因”。

凡是基于这个结果而产生的对事情的看法，都是残破的碎片。其实，事情发生的每个瞬间、每个细节，虽然被“意识”漏掉，却被“潜意识”（或者身体的所有细胞？）收藏。我们大多数人对潜意识一无所知，然而我们的行为、语言，甚至情绪却无时无刻不受其支配。如果我们能够认识到“意识”能力的有限，就会在人生的旅途上寻找另一扇门。

斯宾诺莎认为，所有变化的真正原因，是每个人不同的身体或者意念之间的相互作用与相互关系。人与人的相遇，只是身体的邂逅和意念的邂逅，之后会产生两种结果：互相成全的结果，与互相削弱的结果。互相成全的是正能量的交流，让彼此更丰富，在意识里我们感知到“愉快”的感觉；互相削弱的是负能量的冲撞，我们的意识会感受到“不愉快”的感觉。[87]

斯宾诺莎同时也解释，一般人认为人的内心有很多机能（faculties），如意志力、智力、想象力和记忆力。这样的看法其实并不正确。同样地，认为我们有一个“内心”，它像经纪人一样帮我们处理很多念头，也不对。我们所拥有的只是一连串的念头而已。所谓智力也只是一连串念头的抽象的代名词而已；意志力代表的是内心的一种行动，更严格地说，意志力就是一个念头，存在了很久，到最后变成行动。而且意志力其实是一种冲动的力量，更确实地说，它应该是“欲望”。[88]

（三）欲望与自由

斯宾诺莎认为，意志力其实就是欲望，它是保护自我的一种冲动。这种冲动会让某一种概念在心的世界里存在很久，最后转化为行动。

如果意志力只是强大的欲望，那么，人是没有自由意志的，因为人的所有欲望都被想要生存那样一个本能主宰。因此，人的行为遵守着自然的法则，研究人的内心可以像研究数学、几何学一样有客观的标准，达到一种客观的结果（这个观点受到最多的争议）。

欲望是生存的本质。

欲望是身体本能的一种形式，它以保护自我为依归，所以斯宾诺莎认为，自我为中心所发展出来的思想行为没有什么不对，每个人所做的任何一件事情，都是为自己好。可是，如果一个人的行为或者思想都是从自我中心出发，只被欲望左右，那么这个人是不自由的，他被困在小我的欲望里，这是大多数人所犯的毛病，因此，斯宾诺莎相信决定论，因为从某个角度而言，我们确实都是为我们的欲望所决定的。

让人琢磨不透的是，为什么这样的决定论思想可以给人带来内心真正的平静？

斯宾诺莎所认定的决定论（determinism）并非命定论（fatalism）。决定论是因果律，万事万物都受此控制；若无因果律，我们的努力就毫无成果，教育也完全没有意义。而斯宾诺莎的决定论里，有一把让人进入“自由”的钥匙。

自由是什么?

自由不是为所欲为，这个世界从来都不会让一个人在行为之后不承受后果。

斯宾诺莎说:“一个自由的人，知道如何避开危险，甚至与之抗衡而克服危险。”[89]自由是知道如何挣脱因果锁链。因为看到事情的因果锁链，于是知道如何避免。坏的行为会产生坏的结果，我们若知道事情的后果，就会避免去做坏事，这应该是一种道德规范。

所以，带人进入“自由”的钥匙，就是明白：因果锁链的“因”是人的自我欲望。人心唯有挣脱自我欲望的枷锁，才能自由，才能找到让心灵平静的生活方法。[90]

那么，如何寻找那扇让心灵平静的门扉?

（四）理性

有一种东西，在我们的心里面，斯宾诺莎称之为“理性”。这种理性不是平日算计利益得失、规划事物的理性，而是一种加上想象力与直觉的理性。[91]理性、直觉，加上想象力，就可以让人从大我的立场出发。理性是一种超越自我限制的东西，它是人的“实体”，让人成为上帝或者自然的一个展现，与宇宙万物相关相契。

斯宾诺莎是这么一个全然的理性主义者，但是这个理性却不是与感性对立的理性，而是融合感性的理性。他认为纯粹的情感或者感性是一个不完全、不够充分的想法，当我们极度兴奋或者情感满溢的时候，我们以为我们很主动，其实我们是非常被动的。我们在被一种原始的欲望控制。

斯宾诺莎说："所有由身体或心里的欲望所产生的想法，都是对外界不完全的认知。"[92]但是，完整的认知来自直觉、理性，它能看到所有物体、事件、行为之间的关联，而多种关联又形成更广阔的视野。[93]所以，他非常强调我们必须培养的理性是一种看到"整体"的能力与眼光；而这个"整体"可以是家庭、公司、学校、社会、民族、国家，甚至可以扩大到全人类和宇宙。这种能力每个人都有，只是有些人很容易发挥出来，有些人必须等它像种子一样慢慢地长出来。这种能力在"长成大树以后"，就有上帝的慈爱与自然的能量。

这里斯宾诺莎所讲的很多的道理，都偏向于希腊哲学而不是基督教的教义，而且，他也承认，情感的冲动没有理性的控制就是盲目的，没有情感的理性是冷酷的。冷酷的理性，等于死亡本身。比较理想的方式，应该是一种理性所指导下的情感。思想要有情感的火苗，情感需要思想的光芒。斯宾诺莎在形而上学里发展出独到的"理性和情感融为一体"理论。在瞬息万变的自然里，他找到了一种法则，同样地，在瞬息万变的欲海情涛里，他找到了理性的方舟。[94]

（五）整体道德观：优质与劣质的生活模式

德勒兹说，斯宾诺莎的生活品德指的是一种视野与力量，一个真正的智者不相信希望与勇气，因为他已经"看到"了未来；智者拥有的是内在的视野和喜乐。[95]斯宾诺莎看到的内在视野，是一个人的"内在道德"。它是人类最强大的能量，它就是实体终极的表现。

基督教形而上道德观，认定人的一切行为准则皆由上帝的意旨所决定。而斯宾诺莎的"内在道德"，一反传统的基督教教义，强调物体或者身体的物质作用才是人类行为道德的准则。

对于传统基督教而言，这是多么大逆不道的言论。

斯宾诺莎道德论的基础是“身体的能量”。任何东西的精华是什么？它的存在是什么？是力量（这也就说明了，斯宾诺莎的实体的概念，跟柏格森的生命力的概念是雷同的）。这种理论让斯宾诺莎以物质主义的道德家著称，虽然他的理论奠基于物质世界，却最终超越了物质世界。

理论的中心原则是“物体（身体）的相遇”。物体相遇的情况一般分为三种：成就彼此、一方成就另一方、毁灭彼此。对于某个特定的物体而言，只有成就，或者毁灭两种。斯宾诺莎用“好”（good）与“坏”（bad）取代基督教传统里的“善”（good）与“恶”（evil），来解释两个物体的相遇。为此，斯宾诺莎受到传统基督徒的摈弃与嫌恶。好的定义是两个物体（身体）彼此成就，坏的定义是彼此毁灭。成就彼此的两个身体，让人感到喜悦；互相毁灭的两个身体，让人感到痛苦。

什么是喜悦？斯宾诺莎认为，喜悦是人的行为的目标。喜悦是人感觉到自己的能量（力量）增加了，而痛苦的感觉刚好相反。人的能量可以增加到接近上帝的位置，这就是斯宾诺莎道德的终极目标。

与其谈善恶，不如谈优质与劣质的生活模式。[96]

优质的生活模式，是努力寻找主动的能量，吸取养分，提升自我价值与能力；劣质的生活模式，是软弱被动地面对生命或者生活给予的次等待遇，但是内心深处却充满悲戚，埋怨命运的刁难，责备社会的不公。

所有负面的情绪，包括嫉妒、仇恨、害怕，只是一种发泄后就能找回快乐的排泄物吗？不是，它们是林林总总的被动的负面心理能量，使我们陷入劣质的生活模式。这种模式本身犹如一片黑暗的森林，遮蔽阳光射入的是自私的欲望，而且是弱者的欲望，因为得不到而产生嫉妒、仇恨，因为得到而害怕失去。嫉妒与仇恨是弱者的表现，揭开了我们内心的软弱与自卑；强者不会嫉妒与仇恨，他会直接去挑衅、去战斗、去胜利。

斯宾诺莎说："凡是阻挡我们行动力的东西，它必然阻挡了我们的思想力量。"[97]这句话提醒我们，必须先从思想上建立主动正面的能量，寻找可以赋予我们正面能量的人或事，才能真正加强我们的行动力量。

德勒兹在《斯宾诺莎的实用哲学》一书中指出，对斯宾诺莎而言，自然界有两种能量——上帝（自然）的能量和人的能量。上帝的能量叫"主动的感受力"，人类的能量叫"被动的感受力"。"主动的感受力"指的是一种作用在他物的"感受的能力"；"被动的感受力"指的是一种承受作用的"感受的能力"。[98]这里德勒兹想说明什么？

德勒兹想说明的是，物理学中有作用力和反作用力，也有承受作用力的个体。我们人类的感受能力，由于"自我"的存在而拥有"对外部世界的作用力"和"我们自身承受外界给予的作用力"，两者交替循环；对我们而言，更重要的是我们内心的感受力，也就是承受作用力的能力。

但是科学家眼里的物质层面的大自然不同，它没有感受作用的能力，只有作用力和反作用力。而斯宾诺莎的"上帝"（即自然本身，却不只是我们肉眼可见的"物质"自然）具备灵性的特质，他可以感受，但是他的感受是万物的感受，不是自我的感受，也可以说他的"自我"无限广大，包含一切。但是他的感受不是被动的感受，因为对他而言，没有内在与外界，一切全是他的"内在"。所以他的感受力是主动的感受力，产生对他物的无限作用力。

一个如基督或佛陀般无限慈爱的人，总是以他人的感受为感受，所以产生的能量也无限广大，这就是斯宾诺莎道德论的终极目标。

可是一个寻常之人只有被动的感受力：喜悦的感受和痛苦的感受。只有喜悦的感受能够逐渐扩展成为自然主动的感受力，也就是行动的能力，并且让人的生命有了追寻的方向和价值。[99]

那么，人如何增加自己的能量获得真正的喜悦？他必须在人间世事里，有能力看到“和谐元素”。

在斯宾诺莎的《伦理学》里，最重要的就是“和谐元素”。[100]一般而言，只有两个相互成就、关系和谐的物体之间，可以找到和谐元素，也就是彼此的相同/相通处。可是,《伦理学》里真正要讲的，是在互相毁灭的物体之间，也能找到“和谐元素”。例如，老鼠和鼠药之间，是互相毁灭的关系，应该没有“和谐元素”。可是死去的只是老鼠，有毒的鼠药或许和老鼠身体里新的秩序产生另外一种“和谐关系”。比如老鼠的身体经过腐烂变成了许多微生物的食物，所以鼠药和那些微生物之间是和谐的关系。同时，死亡的只是老鼠的“身体”而非其精魂（essence）。“对于精魂而言，即便它失去了物质的身体的存在，但它并没有死亡，因为它从来没有想要‘存在’过。”[101]

从人类社会的角度看，所有不好的事物，只是在特定的时间，对特定的需求而言是不好的，一旦时过境迁，角度转换，或者在人的欲望、周围环境变化后，原本不好的元素竟然转变成好的，即俗话说的：塞翁失马，焉知非福？斯宾诺莎认为，即便一件事对某个人永远是不好的，它也可能对别人是好的；若对人类是不好的，也可能对这个大自然是好的。

在物体与物体之间永恒变化的关系中，斯宾诺莎用直观理性感悟到一种“潜在的空间”（virtual reality），亦即“开放式整体”的空间，它非空非有、亦空亦有，亦好亦坏、非好非坏，超越人类的视角。这是事物之间的真实存在，也是德勒兹的“无器官身体”概念的源头。

在这个空间里，事物、人我之间没有真正的界限，因为彼此都深度关联着；只要人心能够放下“我执”，有能力看到这个“大我”的和谐关系，心胸就能逐渐开阔起来。个人看到这个空间时，才会产生强者的内在能量与喜悦感受，以及行动的能力与爱的能力。一个胸怀天下的人，才有真正的能量，才能播种道德。

而道德，即个人的能量。

斯宾诺莎说：“我认为道德和能量是同一件事。”[102]道德概念其实就是能量这个概念，而且这个能量的基础是自己。什么叫作“我很有道德”？其实就是“我很有能量”，“我很有能力为我自己做事”。斯宾诺莎看不出为自己做事有什么不好，他不是一个利他主义者，但是这里必须注意的是，斯宾诺莎这个道德的概念必须和他的直观理性概念一起来解释，否则会把他变成一个决然的自私主义者。当一个人以自我为中心去行走人间，并且遵守理性的自然法则时，总有一天，这个人，会因为想成为更好的自己，想做对自己更有用的事，而变得越来越不自私。

这个具备“和谐元素”的空间，是一个巨大的“整体”空间。

斯宾诺莎真正要说的是，我培养自己具有很大的力量、很强的能力，我为我自己做事，我做对我自己好的事，但是我又有很强的理性告诉我，最终对我自己好的事，其实必须是对大家都好的事。这不一定是理性计算的结果。比如说，我爱我的国家，因为我的国家可以保护我，这可能是其中的一个原因，但是当一个人最后选择为国家尽忠而杀身成仁的时候，那份对民族国家的挚爱，对后代子孙的关怀，早已超越工具理性的计算。那不仅仅是感性，也包含他对世间事直观的领悟，了解万事万物的息息相关，他要爱那个更大的“我”，就是民族国家，他觉得他和他的国家是一体的。

斯宾诺莎定义的理性有能力看到“整体”。看到整体之后，人就自然有道德意识了。而那个有无限整体的能量，就是斯宾诺莎的“上帝”。

柏格森：一个把时间从钟表里解放出来的哲学家

1859年，柏格森出生于巴黎，父亲是波兰犹太人，母亲是英国犹太人。柏格森幼年受到犹太教的洗礼，却在少年时期叛离。达尔文的进化论刺激了这个从小在法国生长、受教育的少年，他觉得如果达尔文是对的，那么我们的确不需要任何神的眷顾。柏格森的长项是数学，喜爱科学，却弃理从文，着实让他的老师百思不得其解。

在巴黎高等师范学院的知识殿堂里，柏格森邂逅了赫伯特·斯宾塞（Herbert Spencer），斯宾塞的自然物质主义深深影响了年轻的柏格森，使他成为一个彻头彻尾的无神论者。然而，他的心中不无挣扎。漫步在克雷蒙的乡间小路，大自然的和谐曼妙，蓝天白云的清澈明朗，绿树山涧的清新音律，都仿佛在向他诉说着什么。与此同时，他也受曼恩·德·比朗（Maine de Biran）的学说影响，认为人类思想不应该受到二元论的限制。[103]

《创造进化论》的出版，让他一夕成名，成为哲学世界的新宠。

1927年，柏格森获得诺贝尔文学奖。

（一）内心和物质交战的战场

现代哲学基本上是内心和物质世界交战的战场。

1890年，西方经历着“第二次科学革命”。在机器的时代里，人们可以坐在电灯下给全世界发电报，甚至打电话。然而从1890年到1930年，世界又经历了什么灾难？第一次世界大战的硝烟与牺牲证明科技的世界亦代表着毁灭，疯狂的希特勒旋风透露着另一场浩劫的来临。量子力学的出现，让人们看到比原子更小的物质，原来的秩序里出现了混乱，这种混乱与世界政治军事局势互相呼应。[104]

柏格森学说的兴起，也跟生物科学的兴起有关，人们对生命的律动与生命的秘密产生了兴趣。而物理学里的电流、电子、磁场学说，都在物质世界里加上了律动的层面。继“宇宙是什么？”之后，“宇宙为什么会动？”是另一个深邃的课题。

柏格森的“生命力”学说，主要是针对当时偏向物质世界，把人的精神领域用生物学、化学、物理学来解释的科学家。他们认定思想、意识等同于人的大脑，而人脑又可以由化学、物理学的原子运动来解释。柏格森认为，我们不可以因为人类有一个大脑，就说是大脑让我们生出意识，好像没有大脑的生物就没有意识一样。这就好像说因为我们有胃，所以我们能够消化，那些没有胃的生物就没有消化系统，这样的理论有明显的错误。实际上，越高等的生物，生理功能分工越细，因此，器官可以做更有效的工作。比如人类的意识，因为我们是高等动物，所以意识就集中在脑部，某些低等动物的意识则散布全身。而且，即便是人类，意识也不一定只局限在脑部。[105]

柏格森说意识是河流，脑只是河床。

（二）创造进化论

19世纪末，有个学派的门口挂着一个非常厚重的招牌，叫作“理性自然形而上学派”，这派的学者对达尔文的进化论有着非常激进的看法。他们受到达尔文学说的启发或者刺激，但是又不同意达尔文的看法。这个学派的影响在1920年达到高峰，柏格森就是其中最重要的元老。

柏格森又可称为后达尔文主义的自然哲学家。当我们说自然哲学家时，其实有两层意义。一层意义是指具有科学倾向的哲学家，他们都是物质简化主义者（reductionist materialist），认为一切事物都可以降到物理物质的层面来理解。但是柏格森不是这一派的哲学家。如果哲学家都喜欢划线的话，笛卡尔在内心与外在世界中间划了一条分割线，柏格森则是画了一条联结心灵与外在生物世界的线。即便是最细小的微生物，亦有“生物的生命力”，不能用纯粹物理化学的“死的物质”来解释与决定。柏格森说：“如果你觉得一个活生生的生命可以细分成无数原子、分子、小体（corpuscles），那么就等于你觉得无数张从不同角度拍摄一件物品的照片可以变成物品的本身一样。”[106]

他从达尔文主义的生物概念出发，也谈进化，但又不同于达尔文的进化论。

他所提出的“生命力”（Élan Vitale，vital force，vital impetus），已经超越了物质的进化理论；原本“生命力”指的是生物生长的秘密，但这种能量不是物质的，而是生物的，任何一个生物生长的动力，比如由种子变成大树，其中一定有一个内在的创造机制，让种子不断长大。柏格森认为，这个动力不能用化学或物理原理来解释，同样也不能用宗教的神秘命定论来解释。柏格森用“眼睛”的形成来解释生物的生长动力，不是物理化学讲的原子元素而已，当然也不是亚里士多德神学里上帝的造物图纸，柏格森想要探讨的，是物理科学不断在“眼睛”的“物质”内去寻找无限小的物质时，忽略了物质彼此之间互动的能量，[107]就是这种生命动力让生物代代繁殖演化，同中求异。

同时，生物的演化也不是纯粹为了适应环境。尽管适应环境是其中一个重要部分，适应不良的生物确实被环境淘汰，但是这并不表示，生物就会为了“不被淘汰”而“选择”适应环境，使之成为他们生存的唯一目的。就好像你从乡间走到城市，“环境的适应”是你可以抄的一条近路，但它不能决定你的目的地。[108]从研究生物开始，柏格森了解到，不论动物或者植物，所有细胞都是为了维持生命能量而存在，都是为了神经系统所形成的感受而活，[109]它们除了适应环境，还有一些其他存在意义。

从单细胞生物到脊椎动物，神经系统的联络通道里，总有许多科学无法解释的“岔路”“不连续”与“不确定”出现，好像神经元细胞自己必须随时做“自由”的选择。[110]

柏格森后来也用这个理论来解释精神领域，包括人的思想、心灵层面。

在柏格森的创造进化论中，生物不是为了适应自然而不断变得更能适应，而是处于某种创造性的进化过程。无论是植物或者动物，它们都跟着一种记忆体在走，这一点从再生动物的例子中看得最明显。物质世界，或者人身体里物质的部分，包括器官、本能，其实都是“心”或曰“创造的生命力”的一种工具。这里的心其实是一种在本能后面的精神力量，姑且称之为上帝。上帝和创造性的生命是等同的。

这样的自然主义跟科学的自然主义不同，虽然它们都不相信超自然，但是科学的自然主义认为所有自然的东西都是物质的，柏格森认为自然包括超越物质的东西。换句话说，柏格森学派相信超自然力量，但是不叫它超自然，仍然叫它“自然”，他们的“自然”范围更广大。

（三）什么是时间?

柏格森的时间是人“内在经验的时间”，不是数学尺度的时间。好比无趣的课与有趣的课，在学生的内在体会、经验、感受中，这两节课的长短决然不同，尽管时钟的数学尺度是同样的一个小时。

柏格森认为一般人是用空间思考，不是用时间思考。我们肉眼所看到的世界是由一个个单一个体所构成。在一般人看到的世界里，万事万物均有自己的界限；可是柏格森不这么认为，他认为这只是我们肉眼所感受到的影像，反映在我们的大脑而已。我们看不到的，是它们之间无止境的互相关联与作用。

柏格森的思想以时间的思维模式为基调：通过对时间的思考，我们也许可以了解真理。

对柏格森而言，我们没有过去、现在与未来之分，这种划分法是我们运用心智（理性）去切割生命的结果，就好像我们的身体就是一个整体，但是我们却硬要把它切割成各个部分，以便利生活上的需要、言语上的沟通，以及医学上的说明。理性对生命延续性的切割绝对有其必要，尤其是人类生存上的必要。但是理性的切割不等于生命本身。

切割过的时间也不是宇宙运动的本身。

什么是“用时间思考”？时间是什么？时间在严格意义上说并不

存在，存在的只是“生命的延续”（duration）。时间就物质世界而言，只是物体的不断变化；就意识而言，是记忆的不断累积与扩大，也就是“过去”的不断扩大。

严格地说，“过去”也不存在，“过去”之所以存在是因为记忆存在。

所以，用时间思考，就是用感受、直觉，进入万事万物的“变化”里，而不是用理性去分析具象实体的世界。这是一种怎样的体会？可以用游泳的意象来解释。在学游泳的时候，我们把游泳这个整体的活动分解，先学划水，再学在水中闭气，再学让身体浮起，等等。可是真正在水中游泳时，我们用的不是理性的分析，而是全身心的“投入”与“体会”，并且必须“全神贯注”，人与水互动的程度在人的意识里几乎到了没有区分的境界。所以，游泳的时候，我们是进入柏格森的“时间”里，也就是进入生命的变化海洋里，肢体和心灵的变化，都与如水的“生命”契合。

柏格森说：“我在每一个瞬间的心理状态都不断在与其他瞬间的心理状态融合，成为记忆的储藏室。这个储藏室永远在扩大，像雪地里滚动的雪球一样。但是每个心理状态转变到另一个心理状态的变化是细微的，所以也可以说是同一个心理状态的不断变化延展。这就是‘生命的延续’的意义。我们对这种变化却一无所知，直到有一天，我们发现这种累积变成了一种人生态度的全然改变。”[111]

每一门技术的学习，语言、乐器、绘画、舞蹈，都是如此。开始时总是仿佛掉进一个黑暗的深洞，在摸索、气馁、失败中缓缓前行。可是，夜以继日地练习，如同一个苦行僧的旅程，然后，我们会在不经意的转角处，惊讶地发现学习技艺的长进，然后又是一段漫长的休眠状态，虽然日日功夫不断。这样的台阶，一个接着一个，总是间隔好长一段时间出现一次，最终，我们攀上峰顶，回望来时路，有股说不出的心酸与骄傲。

不论正面还是负面的人生态度，都不是瞬间铸造的。

现实的世界里，负面的人生态度无所不在：失败论、刻薄、怀疑、恶意、仇恨、虚无感、恐惧、嫉妒、孤独等。人生态度来自记忆的储藏室，都是每个瞬间感受的累积；然而，瞬间感受是一个复杂的过程，对同一个情景，每个人的瞬间感受都不一样，因为每个人的个性、价值观、过去的经验、判断力都不同。基本上，正面或负面的人生态度是一个滚雪球般的良性或者恶性循环，因为过去会永恒地扩张。

柏格森说："生命的延续给我们的启示，就是过去永恒地扩张，它甚至啃噬着未来。"[112]

每一个生命的瞬间所做的决定，看似受前一刻事件的影响，其实是整个生命的过去历史都压缩进了那个"前一刻"，[113]因为"我们大部分对过去的记忆，都进了潜意识，只有少许留下来成为我们以为的回忆。而潜意识的信差随时来敲门，告诉我们它的存在"[114]。它们无时无刻不在影响着我们的思考与行为，只是我们没有察觉到而已。比方说，当一个人不断地抱怨，诉说委屈，觉得世界对不起他时，也许他抱怨的不是一个现实的世界，而是他内心从小到大所受的压抑与不满。

柏格森说："我们所知道的可能只是小部分的过去，可我们却在一个庞然大物般的过去里面生活，并且向往着我们的未来。"[115]人的内心是一个巨大的储物柜，储存着过去。若是仔细探讨，我们会发现，在机械化的科学里所有公式所代表的对未来的预知，都是"虚妄"的。对此，经验主义大师休谟已经做了详尽的解释：所有的科学定理，都不能百分之百决定未来，因为科学定理所意味的是一个会重复的世界；因为事情会重复，所以用规律法则来预知它的发生。虽然经验告诉我们，太阳明天会出现，另一个白天会降临，可是在明天以前，这样的预知不是一个实际经验的结果，只是过去经验的依据而已。所以休谟认为我们是用“习惯”在思考、生活，不是用真正意义上的经验。

柏格森说：“但是心智却在我们的生活中，扮演着预言者的角色，它不停地寻找万事万物的相似处，在新的情况里找到与旧的情况相同的东西，因此看到‘重复’，以便建立法则，让人有安全感，因为未来在某种程度上依然掌握在自己的手中。科学与我们平常百姓所用的心智，基本上一样，只是，科学更求精准无误。”[116]

（四）心智（intellect）和直观（intuition）

柏格森学说最动人的部分，是对直观的论点。

柏格森说：“心智与直观本能，都来自生命的同一个法则。”[117]心智与理性试图切割自然，在重复的轨迹里寻找规律，进而发现统一性，在物质世界中创造新的物质组合，制造工具和器皿。心智更接近（自我）意识，直观本能更接近潜意识。[118]

柏格森认为人类的心智经过千年的演化，只认识物质世界，它一直这样被训练着，因为这样可以跟物质世界互动，进而让人类得以在地球上生存繁衍。换句话说，人类心智所看到的世界，是一个“静止”的世界，它所吸收并且映在人的大脑的，只是一个又一个静止的画面。重要的是，理性只能够看到生命真相里静止的部分，而看不到它流动的部分，也就是最精彩的部分。理性看到了物质世界里的质量或者物质，却看不到里面的能量。19世纪的数学之所以能够进步，就是在传统的静止的几何空间里引进了流动这个概念。当代的许多科学家不得不承认，所谓精确的科学也只是一种估计，它只能够看到世界静止的一面，却看不到生命的本身。[119]

如果说，这个世界的真相是变幻无穷的能量，那么，我们又怎么能够用智力去捕捉它呢？我们如何用心智看到完整的内心世界，感受内心世界？我们感受到的，到底是时间还是空间？我们所面对的，到底是自由抉择还是像机器一样的死板运作？

心智，就是一般人理解的理性，是一把锋利的刀，它可以切割世间所有的事物，找到彼此的不同，然后将之分离。从对人类有利的方面看，理性贡献卓著，它进行了社会分工，制定了法律，列出条条框框便于传授与学习。它代表着眼睛的视野，看到的是物与物的纷纭杂沓。面对世间千万种事物，理性跃跃欲试，想立马将之分析、排列，找出其中的秩序。

可是心智有局限性，它看到事物由一个状态变成另一个状态，但是，它看不到变化本身。人类心智所看不到的，是能量，那个源源不断、变化不断的能量。但真正的世界，是能量的世界，是不断变化的世界，而不是静止不动的世界。心智无法理解它，就试图在它的后面找所谓定理。

在变化的世界里，真实是什么？真实是万事万物没有真正的切割，只有无止境地流动。如何用理性去思考流动？这几乎是一项不可能的任务。流动只能够用直观去感受，甚至把整个自我的生命融进去，和它成为一体。只有直观可以看到变化本身——柏格森称之为“延续”的生命力。

柏格森的“直观”来自潜意识，是生物本能的一种，是宇宙间一种源源不绝的生命力。因为直观是生命力，所以，无论是对于生命或者是对人的内心，它都会源源不绝地创造。

直观学说是什么呢？就是在同一个直观的当下，许多过去记忆时空里的因素都集合起来而产生的一个新的感觉或想法。直观包括理性，却深入到理性之外的心灵空间。理性的思维有自己的局限，因为理性具有“清晰”“切割”的特质，它也必须实际“掌握”到东西，于是理性的能力通常只能在意识的范围内发挥。直观就不一样了，直观允许我们进入一个像迷雾一般的世界，可以迅速搜索人一生的经验，将之串联。直观进入的世界是变化的世界，不是日常肉眼看到的平静世界。

柏格森的直观学说似乎意味着不费吹灰之力的直觉，在每一个直觉的刹那间，都汇聚着过去无数的刹那。然后那样的汇聚产生一种奇妙的变化与能力。如果心智是一个盲人，必须经过无数次失败的摸索，才能找到目标，那么直观就像锐利的眼睛，能瞬间看到目标，跳过摸索。[120]

如同艺术家对自己的艺术品有穿透方式的直观，让自己与艺术品合体，直观是一种穿透力，让自己与宇宙自然的生命产生共鸣的感受；它让小水滴流进海洋，让孤独的灵魂回归自然母亲的怀抱。直观让人心不再局限在“一个”又“一个”外在具体的事件里，因为人心感受到一个比自己更宽阔的空间，以及每一个事件之间深沉的关联。

直观需要心智，没有心智的直观，只是动物的本能。那么，直觉或者直观与智力理性的认知有什么关系呢？理性的认知也是过去无数认知的总结合，而且偏向于逻辑方式的串联总和，但是这个总结合发生在意识里。而直觉这个总结合发生在潜意识里，这样的直观所产生的决定或想法，比较能够脱离因果的牵连，因为它不是逻辑式地由想法A带出想法B，再导致想法C。即使如此，人依然可以把直观的能力从潜意识中调出来，像卫士一样执行排忧解难的工作。[121]一个具有直观能力的人，同时也会是一位智者，他用悲悯的情怀，感受到人间疾苦，并且愿意投身其中，分担苦难。

（五）决定即创造

柏格森的学说强调创造，所有的决定都是创造。

柏格森创造学说的出现是对当时科学所产生的机械命定论的一记当头棒喝。柏格森认为："对于一个有意识的生命而言，我们活着，只是在改变，改变意味着不断地成熟，不断地创造自我。每一个新的瞬间，我们都产生一个新的生命，并且不可逆转。"[122]每一个现在不但是新的，而且是全然不可预知的。[123]这样的看法，似乎与前面的论点矛盾。

生命的轨迹里，我们到底是被过去决定，还是有绝对的自由？

"过去永恒地扩张，它甚至啃噬着未来"表达的是一种过去对现在与未来强大的影响力，但是这种"影响力"并没有绝对地抹杀创造本身。我们的未来和现在都从过去里出来，但并不是说它们就被过去决定了，因为过去并不等于未来，这中间有着一些微妙的变化，到底是什么加了进来？过去永远存在，每一个新的现在，在绝对的意义上而言，都不能说是全新的，都是所有过去的、旧的一切在做某种交互变化，然后加进新的元素。

然后，现在与未来，不断地生出来再融入过去，让过去在每一个瞬间，都建立一个新的版本。

所以每一个"现在"即是"创造"。

这个创造，不是命定，也不是偶然。每一个生命的瞬间，宇宙万象的瞬间，都有全新的元素加入，并且与所有旧的元素再互动，而原有的无数元素也无时无刻不在进行内在生命宇宙里的互动，产生内在的新元素。

柏格森认为：记忆越多，人做决定的选择范围越大，“一个决定”的周围潜在空间（potential zone）就越大，可以选择的项目也越多，这是一种成熟的表现；所以人的年岁越大，就越自由。[124]年少轻狂的我们，总是以自己认定的道理行走江湖，往往很容易就做了决定，事后再后悔；当时认为自己很“自由”，因为牵绊的因素很少。可是，年纪大了以后，知道容易做的决定有时并不是正确的，而当时以为的“自由”并非真正意义上的自由，因为我们其实被情感冲动主宰。反而在年长之后，痛苦做出的决定，体现了做决定者的细密心思与仁慈心肠。柏格森说，若是现在的一切行动由过去的力量决定，动机很容易就变成行为，可是事实上，从动机到行为，人们总是做着漫长痛苦的决定，许多力量的拉扯，道义上的、人格上的力量会胜过原始自我的本能。在所有的衡量因素之间，人心任意游走，因此最后的抉择取舍，虽不能面面俱到，但已经不再容易被某些力量控制了，甚至加入了某些创作者的巧思。

决定就是创造。

生命与生活，何时会裂为两半，彼此毫无相干？灵魂与躯体，何时会形同陌路？在未形成我之前，我是谁？在结束我之后，我又是谁？当神识暂脱生活的轨道，自由穿梭在上下四方，那个神识是什么？

第四章

变装舞会：德勒兹的基础思想与概念

德勒兹这个人

1925年1月18日，这位20世纪末伟大的思想家，诞生在法国巴黎的一个传统保守的中产家庭里。德勒兹曾幽默地说，他的早年生活像是溜滑梯——一路下滑，先是出生在接近凯旋门的高级住宅区，二次大战期间搬了数次家，后来住进了普通工人住的公寓。德勒兹说，照这样的速度，不知道数年后他会沦落到哪里。

德勒兹展现给大众的，是极为简单的一生，好像可以用毛笔沾了墨汁，随意在宣纸上勾勒一两笔象征性的泼墨线条即可。第一笔是充满战乱的童年，浓缩成一个站立在海边的小男孩的背影。德勒兹在接受访问时，轻描淡写地描述了第一次去海边的情景。因为出身普通中产阶级，父母没有经济能力，度假只是他的奢望。他并没有讲述自己的内心，反而说他看见一个跟他状况类似的小女孩，在海边深深望着大海，一望就是五个小时。第二笔当是年少轻狂的少年，当这个法国少年第一次在课堂上听到哲学时，就为之深深着迷，每一个概念，都像是穿着戏服出场的角儿，在他眼前搔首弄姿。第三笔该是沉稳的中年，德勒兹相信，写作不是写自己，写作是企图“变成不是自己”。当你开始学习说话时，你就在学习“口吃”，因为你在努力把语言推到它的极限。

说话如此，生活更是如此。对德勒兹而言，活着，就是努力展现自己的极致，让生命挥洒得淋漓尽致！

德勒兹的思想工程：生命的流转

（一）超越经验论

人的七情六欲是布满夜空的星子，熠熠生辉，它们照亮了我们原本灰暗的生命，可它们的光与热，却常常转为燎原的星火，让心的平原，寸草不生。

德勒兹的思想工程来自一颗高远的企图心，一个孩子想伸手摘星星的愿望。

他想要努力为人们解释的是什么？其实就是我们所有经验的基础。

我们的心，到底有何种能力，可以让我们这样经验着我们的世界，感受着我们的经验？爱恨情仇，人间冷暖，为什么我们的心对这个世界，以及生活里种种际遇，会有如此这般的感受能力？

这是可以惊起千层浪的大哉问！

因为凡人大都只求解决问题，以便消灭制造内心负面感受的外来因素，所谓“触景伤情”，或是“眼不见，心不烦”，等等，却不会把解剖刀刃面向自己，对自己的内心做一次血淋淋的剖析。也因此，人们总是受困于自己的感受而不自知，如同鱼受制于水一般地无奈。若是我们能够理解自己的“心”为什么会如此感受，也许我们可以凌驾于外来的刺激之上而不产生负面的情绪感受。

德勒兹的思想工程叫作超越经验论（transcendental empiricism）。

什么是“超越经验论”？

人心所有对经验的感觉、思考，都循着某种轨迹，在做一种对自身的超越。所谓“超越”，是在凌乱的意念里“产生”一个“我”，在波涛汹涌的情感里“产生”一个理性。就是意念或情感在超越它自己，创造出另一个“东西”。而“我”和“理性”与原来的意念和情感，并没有本质上的不同，仿佛一群吵吵闹闹的演员，最后觉得这样也搞不出一个结果，就从中选出一个导演，来完成一出戏剧一般。

这个见地是不是匪夷所思？

邦德思（Constantin V. Boundas）在为翻译德勒兹《经验论与主体》（*Empiricism and Subjectivity*）一书而撰写的导论中说：“德孔布（Descombes）在他的《当代法国思想大全》里认为，德勒兹的企图就是经验的超越。对德勒兹而言，哲学除了辩证以外，就是直觉。”[125]这句话的意思，是说人心原本只有原始本能与直觉/感觉，可是理性成形，人学会思考以后，人心的运动轨迹就产生各种形式的辩证，在二元之间反复游走。善恶、好坏、对错、人神、男女、阴阳、理性感性、物质精神，等等。二元模式彼此斗得死去活来，人间价值因而错综复杂。

于是人心常处于困惑之中：

“人性本善还是本恶？”

“为自己而活到底是错是对？”

“男尊女卑的观念如果错了，那么，男女主要的差别在哪里？”

而德勒兹认为，这个二元世界的源头，也是我们人心经验的源头：心的能量，或者本能感觉。柏格森了不起的地方，就是他追根究底，对人心原本所谓“再自然不过”的感觉开始质疑，因为这种“感觉”其实会让原本瞬息万变的内在自然能量“暂停”下来。人心若要有感觉，就必须执着某物，而执着某物的同时，还必须有已经根深蒂固的观念去加强那份执着。柏格森想还原那个尚未“暂停”的原本的“内在自然”。[126]

西方过去百年的理性传统，总是相信人的内心是一片黑暗混沌，因着理性思考的光芒，或者说是上帝给予人的理性的光芒，照亮了人心黑暗的本能欲望，给予人心一个正确的方向。其实西方这个理性传统，也适用于一般人对理性通俗的理解。我们汉语里常用的“明白”就是从黑暗中由于“光亮”而看见了东西。也就是说，理性是一个聚焦镜，把内心的能量聚集起来，或者内心的原始能量聚集起来的时刻，我们称之为“理性”。

而德勒兹却反对这个传统或通俗的看法。德勒兹同意柏格森的看法，认为人心本来是光辉灿烂的宇宙星辰，而思想、理性是一把不透明的刀，把散漫四射的光束给挡住了，因此反射出心里的所有思考内涵。[127]

对于这个现象世界，包括外在与内在，德勒兹努力为我们还原并且描述出它的“本来面目”。这个本来面目，德勒兹称之为“混沌宇宙”（chaosmos）。它不完全是混沌杂乱的，但也无法用一些确定的规则去解释清楚。若是非要找到规则，这些规则本身亦连着混沌，随时会被“天外飞来的”一个因素修正。也正因为如此，德勒兹的“混沌宇宙”虽然本来就在那里（pre-existing），却不能命定（determine）我们的人生。

德勒兹接下来要做的，就是去探究那个原本的内在自然能量怎么会最后“产生”出理性和“我”（主体）。

而他所谓“对内在的批判”（radical critique of interiority）[128]其实是在寻找一个比内在更“内在”的目标，突破自古以来哲学家探索的理性与主体，以及一般人常为之苦恼经营的“自己”。

自古以来，东西方哲学家、文学家、科学家，都致力于了解“我”。凡夫俗子则耽溺在自我林林总总的欲望与痛苦里。当然偶有人生片刻，夜深人静时，我们会将自己从工作、情感、课业、人际关系、社会压力的洪流里拉出来，想想“人”这个事实，以及“存在”“生命”等疑问。

而德勒兹希望我们扩大那个“片刻”，认真去探索一下人的内在世界，才可以理清自己痛苦的源头，不再被“现实”吞噬。

（二）物质心理学

同时，德勒兹也要众人明白：人的内在自然和宇宙自然并非截然不同，同样地，精神与物质、内在与外在，也并非两个截然不同的世界。

在《斯宾诺莎的实践哲学》一书中，德勒兹认为斯宾诺莎对自然（上帝）的看法总归成一个信念：精神与物质世界这两个“特质”，它们共同拥有的是“能量”（power）。不论精神或是物质世界，自然的能量像空气一样弥漫在宇宙中。斯宾诺莎认为上帝的能量是“主动的慈爱”，人类的能量是“被动的情感”。这里“人类的能量”包含了身体与心灵。人之所以有被动的情感，是因为人有自我，这个自我总是被动地接收外在的刺激，让人的感觉受制于外来的力量，而成为“被作用力”。自然（上帝）却不同，它没有自我，所以它的慈爱是作用力，也是主动的慈爱。

当大家认为德勒兹努力突破了内心世界与外在世界的藩篱，其实他也因为受了斯宾诺莎的影响，而突破了身体与心的二元界限。继承斯宾诺莎理论的德勒兹，相信身体与心不是两个实体，而是一个混沌宇宙能量的两种显现而已。所以，跟斯宾诺莎一样，德勒兹也是个物质心理学拥护者，他所谓“物质”，不是肉体（physical），亦不是自然界的形体；他所谓“心理”，也不是唯心主义者认为的那个与外在肉体世界相对的内在精神世界（mental）。

德勒兹的理论用简单的话说，应该叫作物质心理学。但是这个物质不是肉体，而更像一种超物体的思维模式。这个思维模式试图融合科学与宗教的领域、物质与精神的世界。他在书写物质世界时，承认能量是具有神性的，在进一步书写精神时，他认为的精神内涵、意念，都仿佛变成了纷乱撞击的原子。德勒兹说：“人的无意识（一般人说的潜意识）属于物理的范畴。”[129]

德勒兹在《经验论与主体》里主要谈的是休谟的理论，他也借此书向休谟学习。休谟对于内心的看法应当是受了物理学的影响，哲学受物理学影响的哲学家里，尼采算是先驱了。深受尼采精神影响的德勒兹，见到休谟的理论，自然欣喜若狂。但德勒兹并不主张人心只是纷乱的原子而已，否则这跟彻头彻尾的物质科学家有何不同？

德勒兹认为：人心能够在拥有原始的能量的同时，又根据人性的原则，不断超越自身的原始能量。这一点很重要。

（三）生命的流转=无止境的欲望

德勒兹综合了尼采、斯宾诺莎、柏格森的理论，又加入了马克思、弗洛伊德的哲学/心理学概念，以此创造出了他自己的一套崭新的学说。

例如，在《反俄狄浦斯》里，德勒兹用的最常见的比喻是偏执狂症（paranoiac）与精神分裂症（schizophrenic）这两个名词，让人以为德勒兹和迦塔利在写心理分析学派的文章。德勒兹用这两个词的时候，并没有把它们当成病症，而是以它们为比喻，说明人心基本的两种思考途径。偏执狂代表的是一种倾向封闭式整体性、一致性、统一性的思维模式。我们常人的思维轨迹确实有此倾向：企图在杂乱中找秩序，希望看到从过去到现在事情发生的走势，然后信心满满地用来构建“道理”，仿佛心中有了“理”就可以筑出未来；从家里琐事的争吵到学理上的各门各派，都有自己的理论，理论的根据就是找到一个道理，可以用来解释一切现象。第二种是第一种思维的反面运动，对前者的解构，对自我的怀疑，对世间事的虚无感，对所有传统价值的质疑甚至挑战，对自己以往所有行为的反省，乃至对未来的不确定，这种不确定并非外在的不确定因素，而是内在不确定自己可以完成计划、使命、期望，等等。

而这两种性格倾向也代表了人常常容易产生的两种相反的心情：“我有能力做任何事”与“我什么事都做不好”。我们不是常常在这样的自信与自我怀疑中走着人生的道路吗？

又比如，在《反俄狄浦斯》里，表面上看来，德勒兹用的是马克思的概念：产品制造（production），可是细看，则可发现这个产品制造的机器所制造的是欲望。是的，欲望机器不是我们日常看到的机器，欲望机器本身是欲望，制造的还是欲望，而这个人心的欲望与大自然的能量没有区别。德勒兹之所以称欲望为“机器”，是因为他想做的是：在运用物质主义的马克思名词，与心理学的弗洛伊德名词的同时，写出他对斯宾诺莎和尼采思想的认同，希望用看物质的眼睛去看心理学的内涵、人的内心；反之，在对待物质世界时，又将其看成人的内心原始能量向外流淌的河流。

人的内在灵魂、性情，与外在大自然能量，相互关联、影响、结合、分裂，成为一个混沌宇宙，充斥着无数的“欲望机器”，永不止息。

“欲望”这个概念，不是柏拉图的欲望，而是斯宾诺莎的欲望，西方哲学传统的历史里，这是头一遭，欲望不再是过街老鼠，它可以抬头挺胸地接受欢呼、喝彩！斯宾诺莎写道：“我们不是因为一个东西好而去追求它、想要它；相反的，我们是因为对它的欲望而判定它是好的。”[130]欲望的出现不是因为人世有什么缺憾，我们想得到什么不是因为我们没有，而是因为我们本身就是欲望的化身。

我们的使命即是不断地渴望。

这也是西方哲学史的重要时刻：道德不再是形而上世界的傀儡，从天而降的空架子，道德来自这个世界，道德是对物质世界（包括精神与肉体）分分秒秒的内在感悟，而肉体与精神在后现代哲学的殿堂，第一次正式且唯美地合一了。

德勒兹的思想如同天地间飞越的能量，试图穿越所有理性架构出来的学术藩篱，从地质学、生物学、语言学，到艺术、音乐、文学。他在《千高原》中就表现出这样一种气魄。他深受斯宾诺莎影响，认为只有自然或者宇宙，才是唯一的实体，其他所有的一切，都只是其中的“特质”，而人心所能体会的，是精神与肉体（内在与外在）两种“特质”，也就是同一个东西的两个方面。在这两个方面里所有语言编织出来的名词，都只是形式。

斯宾诺莎的自然或者上帝，其实就是中国哲学里常说的“大化”。

这个大化不是绝对的无序（chaos），也不像理性哲学家认为可以找到的“绝对”，如一种永恒不变的结构般的“真理”。但是如何解释这个不是无序的大化？传统理性哲学家，如柏拉图、笛卡尔、康德，都把这个大化交给心中最美好的影像——上帝。德勒兹没有否定它的神圣，却不再承认这个拟人化的图像。如果“真实”不是康德所说的那个有别于感官认知的世界，那么“真实”是什么？德勒兹宁愿像中国哲学家一样，认为真理只是大化的流转而已。

只是这个“流转”不是随意的无序，它是“一个”没有疆界的动感生命，德勒兹想给它一个名字，却又担心名字带来固定印象。德勒兹在各个学科里寻找灵感：他从生物学里领悟到所有动物都是由“一种”动物变来的，这并不是说真有这种动物，而是每个动物都有“相同”的部分，只是稍作修正而已——人的手臂变成鸟的羽翼，变成鱼的鳍，但并不是所有的组合都有可能。也就是说，任何变化都有一个“限制”而不是无序，不是每个东西都可以变成任何一个别的东西，所以大化流转里应该有个极为松散的“底层结构”（loose deep structure）。

德勒兹所有的概念都是从这个基调产生出来的：欲望机器是自然大化里的能量，无器官身体和一致性恒动平面都是用来说明这个能量运行的样貌，好像有一个极为松散的“底层结构”般的轮廓，就像《庄子》里的混沌被轻轻凿开了眉目一样。

德勒兹编织的概念，像变装舞会的舞者，他们陆续登场，畅快淋漓地随着音乐起舞，姹紫嫣红的装扮让人目眩神迷，其实，脱下舞者的舞衣，也许他们只是同一个人的独舞，抑或一个瞬间即消失的精灵。

第一个舞者："变异"（difference）
舞曲：禅定者的海洋

（一）无常

如果我说，生命的无常让人窒息，一定有人狐疑蹙眉。

下午开车驰骋在公路上，路旁是浩瀚无际的草原，一波一波绿色的海浪迎面扑来，散发着绿色小精灵般的香气及诱惑。倏然间，我看到一队鹿群，轻巧迅速地跳跃穿越公路，仿佛自然的音符，继续它们的生命之舞与大地之旅。这样愉悦的瞬间，让人轻信岁月静好。

然而，只有三小时光景，返家途中，数辆轿车停在路旁，车后灯一闪一闪，像黑夜中的鬼火。我将头伸出车窗外，探视究竟。两具鹿尸，瘫软在路旁，血肉模糊，像刚被炮弹击中。方才生命的欢愉被死亡的巨兽嚼碎。

生死距离竟然是零，而人，又何尝不是如此？

曾几何时，我们也曾带着喜悦的心情给婚宴上的新人献上"永浴爱河"的美好祝福，在听见恋人轻声一句"执子之手，与子偕老"时，我们的心亦涌起温暖海洋般的感动。于是深深地相信，誓言真实，此情长久。奈何"无常"像个顶着铜铃眼的鬼魅，时时躲在影子里，冷不防给你个当头棒喝。总是在最艳红的花儿里暗藏凋谢，在最亮绿的叶片上露出枯黄。

倘若情伤是一大片看似走不完的林子，那么，是不是在那之外，仍有无际穹苍，给那看破无常的人欣赏？

（二）变异

根据现代物理学的知识，我们可以想象，倘若给人一双像物理学仪器那样的眼睛，那么我们看出去的世界，就不是现在这样“静止”的了，而是充满了原子、电子、核子、量子互相不断碰撞的世界。每一个静止的东西，都是一个充满了互相流动能量的物体，每一个看起来稳定的东西，都有不稳定的事物在支撑着。这个物体内在有很多力量互相流动着，还有内在与外在力量的互相冲击。每一个“物体”都只是暂时的状态而非永久的状态，是一种相对的，而非绝对的状态。

德勒兹希望我们去看的世界，就是这个无时无刻不在变动的世界。

然而，德勒兹并不是“变异”这个概念的发明者。在他之前，柏格森已经用“延续”将“变异”解释得很清楚了。柏格森的“变异”指的不是空间里的“不同”（difference），而是时间里的“延续”（duration），所以difference这个词也应该翻译成“变异”而非“不同”。“变异”有着极强的动感，由一个物体转变成另一个不同的物体，而且是“随时随地正在转变着”。如果物体时时刻刻都在变化，在真正意义上也就不能称它们为“物体”了。而“不同”只是一个个摆在眼前静止不动的物体之间的差别。

若是你能把想象力再扩大一些，就可以“看见”柏格森的“变异”理论最后想让你见到的，是一个没有界限的巨大“空间”里充满了“变化”或者“变异”。所以他只谈“内在”不谈“外在”，因为他指的是这个“空间”里的所有一切。这样的一个想象空间最后由德勒兹继承，名之为“无器官身体”，这个容后再讲。

德勒兹的聪慧，让他在读尼采与柏格森的时候，把两者哲学里的精髓结合到了一起。原来柏格森的那个广大无际的“空间”，就是尼采哲学里的“酒神”精神，那个把一切都融化掉的宇宙原始能量；相反而言，“融化”后的流动，又在瞬间互相重新组合，成为一个个不同的个体，完成了阿波罗神的使命。

作为德勒兹中心思想的这个变异的世界，就是中国哲学理念中所谈的大化流转的世界。而这样一个所谓大化流转的自然世界，是由什么构成的呢？德勒兹说是由随机能量强度小点（或称为能量小因子）构成的。我们亦可以用中国哲学中“气”的概念来理解这个能量强度小点。在这样一种理论基础下，西方原来的一些理性二元概念，包括主体/客体、物质/精神、心/身体、上帝/人，都在德勒兹这个能量小点的概念下消融。

“变异”正是在这样的舞台上，演出自己的戏码。

德勒兹说：变异是个“次概念”（quasi-concept）！

在《变异与重复》一书里，德勒兹一再强调，不可以用概念来拴住变异。因为，首先，哲学里的概念是人心对万象的认知经由语言的再呈现（representation）；其次，概念像一块理性的吸铁石，聚集了人心所有的图像和意义，有一个稳定的定义，框住了内心思考它时的脑波。比如，当我们听到“婚姻”这个“概念”，每个人理解的也许都不太一样，所影射的内容也千差万别，但是八九不离十，它表示的是两个人通过法律而结合。

但是，“变异”不像其他的概念那样把人框住。

那么，“变异”是什么？

“变异”还是接受了一个定义，方便理解。“变异”的学术定义是：无数个无时无刻不在变换位置的、不能再小的力量强度小点（能量小因子）。这样一个变异小点，不能被理解成一个个体（entity），拥有一个身份（identity），因此，它也不能被人心复制再呈现出来。因为，当你复制它时，它已经因变化而消失。

“变异”让德勒兹重新审视柏拉图的形而上学，进而运用柏拉图复制的概念引出真相。柏拉图强调：我们所处的世界，也就是所谓“形而下”的世界，是一个变动的、缺憾的、短暂的世界，相应于这样的人间，其实有另一个“天上”的世界。那个世界是永恒的、不变的、完美的，属于真理的世界。我们人间所有的事物，都是真理世界的复制，他之所以反对诗歌，是因为诗人的诗歌世界又是人间事物的另一个复制，第二次复制就是“不好的复制”（simulacrum）了。德勒兹利用了“不好的复制”这个名称，但是他却泛指我们在世间所看到的所有东西，都是不好的复制。因为我们看到的每一个东西，事实上都不是静止不动的，每个东西在每一秒钟都经过异化的过程（becoming-other）。

所以，德勒兹说：变异是个次概念，一个不是概念的“概念”。

其实，简而言之，“变异”即无常，即变化。

变异是不可能被思考的，正如我们无法思考“变化本身”，我们所思考的“变化”，其实是正在变化的“个体”（物体）。

平常人何止不能思考变化，我们连感觉变化的能力恐怕都没有。变化无处不在，无时不发生，仿佛空气，我们是游在空气里的鱼，大口吸吮其养分却浑然不觉，只有在骤然走进零下温度的冷气里时，仿佛割伤的肺忽然感觉到吸进一块冰。

但是，为了让心灵更成熟，思想更细密，以便在生活中更熟练地处理世事，成为生活的主宰，得到内心的平静和幸福，我们又不能不对它做出思考。

而我们必须用语言所形成的概念去“思考”变异，去“谈论”变异，努力去让人“理解”变异，如同用风铃去理解风，用画去理解风景。

变异既然不可能被人类的理性觉察、思考与理解，那么我们平时怎样去理解变异呢？德勒兹说，最坏的理解变异的方法就是用“个体性”（identity）以及“相反性”（opposition），但这是人心仅有的两种思考“变异”的途径，也是人类二元思考模式的唯一途径。

什么是“个体性”？就是把每样东西、每个人、每件事，都看成独立的个体。一朵玫瑰、一串珍珠，相关却不同，弓箭与良田则似乎完全无关，日月轮替，男女有别，我们身处在一个处处被“个体性”框住的人类世界。“个体性”让我们脑海里装满了形形色色的意象、想法，嘈杂的程度不亚于人声鼎沸的菜市场。

什么是“相反性”？相反性是由“个体性”延伸出来的，相反性即是相反的名词，如男女、灵肉、日月、长短、好坏、善恶，等等，也是二元思维舞台上一出出好戏的剧偶。凡是由“个体性”为基础而产生的概念，必然会产生它的相反概念。当“好”的概念形成的时候，“坏”/“不好”也同时出现。

就个人而言，当个人成为独立的个体时，他（她）同时也成为彼此不能侵犯的城堡。城堡与城堡之间难免互相攻伐，城墙越筑越高，护城河越挖越深；攻城的战略，合纵连横的权术，满城飞扬。

“个体性”一旦形成，则无可改变与跨越，一如城墙一旦铸成，飞鸟莫进。这是人间事的轨迹，不容半点质疑。即便你已深知其荒谬与虚幻，也必须遵循。就像孩童之间的游戏，若你不谙游戏规则，必定遭其他孩童的斥责，重则被迫离开。

“个体性”亦来自人的二元思维，它和“自我”是形体与影子的关系。我们一方面不断堆砌自我的城墙，越堆越高，以免受到“别人”的攻击；另一方面，却在城墙内暗自啜泣，埋怨“别人”不理解自己。“个体性”让每个人成为一座座独立却孤单的岛屿，隔海相望，寻不到温暖护持的感情。而西方价值观里强调的“独立”“自主”，若是做得不好，也会成为内心恐惧的源头。

然而“变异”不仅仅在个体的里面、下面流动，“变异”也会穿越个体流动。

无常无处不在。常言道：“计划赶不上变化。”

这是何等惊心的生命领悟？而寻常人怎能时时经受这样的棒喝？仿佛一场期待已久的春游，正当万事俱备，换上千挑万选的衣裳，拎着前一个晚上精心准备的食物，正要踏出家门的一刻，忽然来了一场倾盆大雨。这样的变化正常人无法一次次面对，因为如果事情一直在变，我们又如何面对生活？

所以我们可以大胆地说，一般人的理性思维模式是竭尽所能地把“变异”关在“个体性”里面。

这也是德勒兹对后结构主义最大的贡献，他把变异解放了出来，让它回到了它本来应该在的位置。

但是这个工作极为困难，因为它完全不符合人类理性的思维模式；知识的形成一定要靠理性的思维（知识怎么形成的？你需要定义概念，需要归类，需要推演）。从这一点上我们可以相信，知识的形成绝对不是自然本身，我们或许可以说它代表自然。

对此，德勒兹说出了从笛卡尔开始整个西方现代哲学的困境：“我们怎么‘知道’我们知道了？”有没有可能我们都在说一些其实我们并不知道的事？有没有可能我们根本没有“看到”真实的世界？就如同电影《黑客帝国》里描述的，也许你每天上班，搭公交车，挤地铁，跟男（女）朋友吵架，吃美味的披萨的这个世界其实根本不存在，存在的只是实验室中被几条电线连接到一台仪器的人脑所接收到的几条电波而已。西方现代哲学所探讨的认知论里，始终困惑于一个问题：我们对于真实世界认识的终极基础是什么？

就拿“变异”来说，语言没有办法表达出纯粹的“变异”，语言能够表达出的就是“个体性”和“相反性”，而它们都不是“变异”本身。因此，德勒兹就是要身处“个体性”与“相反性”牢狱里的人，把“变异”释放出来，也把自己释放出来。一个像鬼魅一样的“变异”，被释放了出来，它畏畏缩缩，不知前路如何。

因为“个体性”和“相反性”，我们在人的世界里，画地为界，或攻伐，或守战，形成一个纷纷扰扰的人间。

德勒兹要告诉我们的是，“变异”才是这个世界的真相。

但是，他指的不是以“个体”为基础的变化，比如沧海变成桑田；或者说，以个体性为基础而产生的关系，比如张小姐和王先生结婚，张王两家因此结成姻亲关系。

德勒兹认为，世界的真相是以“变化”为基础的“个体”，此话怎讲？

万事万物，无一刻是静止的，而我们能感受的意象、认知的概念，日积月累放进回忆仓库的，却是静止的画面。即便我们感受到运动，也是“个体”在运动，于是德勒兹说，我们思考的基础是“个体性”。但是，悖论是，连“个体性”其实也无法被思考，德里达已经用语言的模式证明了我们是没有能力在语言的世界完全表达或传递事物的意义的。一张桌子、一朵玫瑰当然可以由语言定义，可是抽象概念呢？什么是幸福？什么是自我？爱情？想念？我们若想表达抽象概念，必须不断用新的词语补充说明，最后也可能越描越黑。德里达在语言里寻找意义的过程是一个“否定”的过程，一个意义总是借由语言从一个概念跳到另一个概念。意义总是在“跳跃”的过程里，在“出现”和“消失”之间落户，完全无法被捕捉。

平凡如你我，面对自己都已经很艰难了，遑论去面对“个体性”全面的崩塌。但是，德勒兹告诉我们，“个体”没有全面崩塌，它只是不能作为一切的基础而已。一切的基础是“变化”。

那么，在德勒兹看来，感受、理解、捕捉“变异”，“最好”的方法是什么？是“相似”和“类比”。天下无完全相同的事物。感觉二物相似或将之进行类比，其实是人心思考的一大进步，是对自我局限的某种突破。

正因为“相反性”是“个体性”所演化出来的，所以，负面的概念不是事物的真相。“变异”是个正面的“概念”。不但正面，而且多样。变异不论其本身或是由其变化出来的万事万物，不但都是正面的，而且彼此都不相同。这样的理解意味着两点结论：一、万事万物原来生成的模样，都是正面的，或者说“无正无负”；二、变异具有捣乱性质，捣乱性是变异的一个特质。

德勒兹的“变异”是活泼的能量，是千万个活泼的动力强度小点。它被隐藏在“个体”背后，或压在“个体”下面，或关在“个体”里面，因此常常颠覆个体，是捣乱的小精灵。它是建立框架的原料与能量，也是拆毁框架的狂风暴雨。它是爱情里想要背叛的情愫，婚姻里想要出轨的欲望；它是一个住在循规蹈矩的成人内心深处的想要脱轨捣蛋的小孩。

“变异”在创造和毁灭间为自己产卵，在成功时给人设下陷阱，在绝望处帮人嗅出生机。

（三）永恒

德勒兹说：无常等于变动或者变化，而什么是变化？

环顾我们周遭，“变异”其实是浮浮沉沉的能量强度小点，如海洋。海洋即使无风无浪，如镜面，亦是生生不息的永恒动荡，承载着地球亿万年的记忆。我们的生命来自海洋，而灵魂深处，亦如海洋般深邃，即便身处陆地，亦是游走在无形的气海里。空气里无数的分子，透明却存在，它们载歌载舞，跳跃在我们的周遭，仿佛身着透明白纱的舞娘，分分秒秒，变幻着她们的曼妙身影。

万事万物，皆是如此。

我们可以触摸的任何物体，即便看似静止，其实也是动荡的。从物理世界里静止的椅子、凝固的钢筋水泥，到人间看似风平浪静的婚姻、街头面无表情的老人，无数的能量强度小点，互相拉扯、牵制，形成短暂的和谐。每个物体内在有很多力量的互相流动，不论是原子、电子，还是微子、量子、质子、夸克；这个整体内在的流动和外在力量产生互相冲击与瞬间的平衡。

所谓无常，即是流动、变化。变化时时刻刻都在发生，只是，人的意识不能，也不愿意发现而已。世间并无永恒，有的只是永恒的变动。

一个真正的禅定者，内在外在都如婴孩般柔软，裹在温暖的海洋里，载沉载浮。在每一刻的变化里，都有着前一刻的酝酿，与后一刻的蓝图。

禅定者活在每一个当下，但也流动在永恒的大化里。

（四）框架："变异"的产品

若说"变异"能量在人心里无时无刻不在制造囚禁自己的框架，你必定不信。可是人心必须用概念思考，因此思考的过程即概念化的过程，我们已经触碰不到事物真相本身，而是被囚禁在概念的框架里，并且用这些理性概念思维的框架来框住我们的世界。

你我都是框架里的风景。

我们从小到大，接收了父母师长所传承给我们的社会关系、文化、人情、道德，价值的框架有大有小，琳琅满目。我们依靠这框架而活，努力完成框架里的要求。那是一种莫名的安全感，地心引力般让我们站直、站稳，让我们的人生有一条前路可行。人生的意义以此建立，目标以此种下，安安稳稳地把日子填满，像画一幅油画，总要有色彩，有线条，有个一眼看上去大家都知道是什么的主题。你我连个抽象画都没有勇气画，更何况交给社会一张没有一点东西的白色帆布。

背着一身的框架行走人生错了吗？没错。谁都没错。

错的是我们常常把自己的框架，架在别人身上。

这个世界的真相是什么？德勒兹说，它是瞬息万变的海洋。为了不被海洋吞噬，我们才把框架做成了小舟，小心翼翼地渡海，可是，心里不能不清楚，最终的主宰是海，不是各种形状的小舟。

我们内心深处的潜意识是一种"海洋"，大自然是另一种"海洋"，它们同样高深莫测，而我们只能临深履薄。

当我们的老祖先取得第一块兽皮，种下第一亩良田的时候，人类就明白了理性的概念与分析力，可以构建各种理论框架，更可以神奇地变幻自己，帮助人类在文明的框架里，不断赚取物质的利润，最后却忘记了，理性本身，其实只是一个工具式的“框架”而已。最后，我们在这个自设的物质文明里，忘记了自己，为自己建筑了一个最大的框架——社会价值，而我们活泼的心灵在里面枯萎、死亡。

德勒兹说，每个人都是活泼的能量强度小点，“变异”的化身。人与人之间，必须尊重这个事实，不再把自己意见的框架架在别人头上，父母子女间、情人间、夫妻间、国与国、家与家，尊重一个个变化中的生命，一如尊重日出日落，花谢花开。

从更大的范围来看这样的论点，德勒兹要告诉我们的是，我们不可以用理性的思维、概念的思维来框住这个世界。但他也知道，这是我们无法做到的，因为我们从出生到辞世，时时刻刻接受社会的熏染，即便让一个婴儿在文明未开的深山旷野里成长，他一样有荣格所说的人的“原型”（archetype），在人类大脑进化到公元2000年之后的今日，理性，理性形成的概念，与概念筑成的框架，已然是我们的存在根基，不可或缺。

框架是必要的，正如概念之必要，知识之必要，与科学之必要。

经验论者休谟说，我依靠一次次重复的经验，知道明天太阳依然升起。可是，在明日看到太阳升起之前，我其实并不能“知道”明日太阳是否一定会升起。正因为这种重复，我们似乎找到了变化里的秩序，我们于是急迫地用概念去描述这种秩序，获取知识。

这种重复的经验，是所有知识的基础、文化的价值，然而，这种知识，有时只是一种假定。

生存的基础，常常建立在一种强而有力的假定（assumption）上，这种假定也是来自重复的经验。对一般人而言，这样的假定给人无以名状的安全感，比如，晚上洗澡的时候，我们会假定浴室花洒流出的一定是水而不是果汁或者硫酸。早上出门的时候，我们会认为自己晚上可以平安回家而不是意外身亡。就某种意义而言，这样的假定支撑着我们走完一生。但是，若我们仔细推敲人生，我们将发现，我们的假定并非事实真相。出门而未能回家的人确实存在，花洒流出的也有可能是果汁，虽然可能性极小。但我们每天依然“相信”我们的假定，安稳度日。

换句话说，我们借由理性产生概念，在“变异”（变化）中寻找重复的依据、规则，用概念建筑框架，这一切，都是为了什么？

安全感，一种让生命感到有所托付的安全感。况且某些重复也许可以进行一万年。正如河流需要河床，人类社会也给万紫千红的风景安上不同的概念框架。

没有概念这个框架我们无以思考，正如没有语言我们表达不出内在的自己。没有社会伦常道德的框架我们无以立足，没有法律制度的框架我们无法让事物运行无碍，也无法保护自身的安全。那么，是不是只要我们将它们按照尺寸套在身上，就像穿上一件合身的衣服，就可以从此安安稳稳地过日子？答案是否定的。

因为，我们的心灵依然不甘心自己被囚禁，我们内心澎湃的生命力在知觉与不知觉之间，永远游走在框架与框架之间，我们的情感常常从框架中逃遁，诺言的放弃、爱侣的欺瞒、婚姻的背叛，我们依赖条条框框的安全感，却也向往那从窗框看出去蔚蓝的天空。

人，是这样一个矛盾的组合！

因为“变异”是一种能量，它既可以产生“个体”，亦可以摧毁“个体”；既可以建筑框架，亦可以拆卸框架。“变异”的能量在人心里，不断创造想法、产生执念，也不断毁灭自身的产品，就像一个在海边玩沙的小孩，用心堆砌出宫殿城堡、花园鸟兽，当一个浪头打来，所有的一切都幻灭。

世间有三种苦："得不到""逃不了"和"守不住"。这三种苦都是人心里"变异"的能量造就的，"变异"先制造了概念，诸多概念集合成"个体性"以及无可撼动的价值框架，人，于是终其一生苦苦追寻。这三种苦都来自人的内心，都是"变异"能量所结成的苦果；苦汁的渗透力极强，人越长大，制造苦汁越多，入骨入心。

既然人人需要框架，那么，怎样的框架不会变成枷锁？

（五）重复

德勒兹发现"变异"的时候，他同时找到了"重复"。

我们之所以可以创造概念，形成知识，背在身上变成我们安心度日的框架，是因为由变异所形成的万事万物有相似性与重复性。当我们说"桌子"的时候，它代表的是无数个四条腿上方顶一个平面的东西。可是，德勒兹的"重复"不是一成不变的循环。

什么是德勒兹的"重复"？所有新的东西都包含有旧的东西，但是新的东西和旧的东西还是不一样。试想：宇宙自然是否为一个大的重复？地球、月球的反复运行，给了我们日出日落与潮汐四季。人，在这样的自然襁褓里，重复着繁衍任务，绵延着文明。可是，在重复里我们总是看到新的元素不断出现。

其实，在前面我们已经理解到，那些变异小点每一刻都在改变自己的位置，但是它们不是胡乱变化的，它们的改变遵循着某种轨迹，当然轨迹也不是永恒不变的。

为什么我们可以找到事情转变的轨迹？因为某些东西在重复。这样的例子，比比皆是。一段情史的结束、一场婚姻的破碎、一份友谊的变质，从开始到结尾，都有转变的轨迹可寻，只是当事人并未察觉而已。若人在事情发生之后，静静思量，深深反省，总可得到线索，在重复里有变化，在变化中有重复，只是非常细微，非智者无法察觉。

即使是有知有觉的重复，也是有的。姑且不说日出日落，春去秋来的重复，或是每天的早晚盥洗，日日三顿膳食等日常，细细数来，若想捡些颇具分量的重复，从幼儿园到博士生涯，“考试”这个劫难就算是一个周而复始的重复。工作环境里，幸运的人日日业务均可尝鲜，不那么幸运的人，则日日重复旧的工作。我们活在重复的影子底下，慢慢老去。

可若仔细思量，又有哪一次的重复与前一次完全相同？

重复有没有它的意义？“重复”总是和“乏味”携手。其实，重复不是完全相同；并且，重复是人心前进的轨道，每次重复里都同时有新和旧的元素，每次都有些细微的变化，却被强大的规则感掩盖。可惜，一般人不愿耐心寻找躲在里面的“变异”，不在意生命能量的涌现，以为日子在敷衍你，所以你也敷衍日子。

芸芸众生，总是把目光放在未来，或者过去。未来让我们着迷，因为它如好戏即将开场，众人欢喜等待和想象戏码的精彩。过去则用它的蜜浆或苦汁浸泡着我们的心魂，让我们深陷其中。

只有禅定者，他活在当下。当下是装着“变异”的透明的盒子，看不见，摸不着，却可以让我们悠游在温暖的海洋里。智者看见德勒兹的“重复”其实是变化与规则的合体，于是能够在寻常里觅到创造的契机，在变化里体会安顿的真意。而万般世事，对他而言，皆如过眼云烟，不留一粒心尘。

第二个舞者：欲望机器（desiring machine）
舞曲：一生的梦想与执着

（一）骑着自行车的小男孩

每天早上，都有这样一幅图画。

有个骑单车的小男孩，拼命踩着踏板，迎着破晓的阳光，飞奔而过。

我总是会为这样的画面动容。总忍不住地想：他的梦想是什么？这么精神抖擞的小模样，内心有多少震撼世界的热与光？他会不会是将来改变世界的那个人？

我想起爱迪生、莫扎特、爱因斯坦、林肯、甘地、孙中山……他们小时候是否也有着这样执着认真的神情？

人是什么？

人是一部欲望机器。他永远为欲望而活，为梦想而生。

我们这个世界，绝不是“缺憾”，它应该是无穷的创造。

正如斯宾诺莎所说，“我们不是因为东西好而去追求它，而是因为我们追求它，它才被说成‘好’的”。同样的，人并不是因为感觉缺乏而追求，他（她）是因为想去追求而（故意）制造了缺乏。

每一个目标、梦想，都因人内在源源不绝的活力而跳跃出来！

（二）欲望是主动去爱的能量

对德勒兹而言，哲学家的使命，就是不断地创造概念。在《什么是哲学》里，德勒兹引用尼采的话说：“哲学家不应该只把概念当成别人给你的礼物，只是不断地擦拭它，他应该自己创造概念，让它们为你所用，并且深入人心。”[131]正如一个画家用颜色来表达世界，哲学家用概念表达世界。

欲望这个概念在西方基督教文化里，是个必须铲除或者隐藏的胎记。斯宾诺莎开始肯定了欲望，尼采将其更名，成为力量意志。到了后现代时期，德勒兹把欲望融入马克思的生产概念中，欲望即是生产，合一成为欲望生产。如前所述，德勒兹之所以把马克思的生产概念和心理学的潜意识欲望概念合在一起用，有两个目的：第一，他想说明物质的外在世界与精神的内在世界没有界限，这个万花筒一般的世界是我们的潜意识制造的，潜意识的世界也是外在世界的果实；第二，欲望和生产概念的结合，是德勒兹个人理论生涯的一个创举，不但连接了两大理论派别，更重要的是强调了欲望的正面价值，欲望可以生产，可以创造，是万有世界的根基。

德勒兹所说的“欲望”，不仅仅是想得到爱的渴望，而且是主动去爱的能量，一种给予、创造和不断翻新的道德。

关于人心中对爱的渴望、对名利的追求，一般人的理解是消极的。因为有一个值得追求的目标、人或者物，所以我们竭尽心力要得到它。这是自我被社会价值的大框架框住的结果。真实的情况是，自我的原始能量必须找到出口，找到它运动的轨道，而此时恰巧社会价值利用媒体或者教育提供了这个轨道。若是社会没有提供这个轨道，原始能量（“变异”）也会编织出其他新的目标（“个体性”），去热爱，去给予，去为之奋斗。而在奋斗的过程里，人这个欲望机器会自动生产出新的想法，认识新的朋友，连接新的事物，创建新的局面。它无时无刻不在“生产”，不在付出，不在燃烧自己。

重点是：人这个欲望机器，该如何找到能够点燃自己的火苗？

（三）欲望机器必须故障？

德勒兹和迦塔利创造机器的概念，用来取代“我”的主体概念，主体变成了机器，跟其他机器互相作用与连接，这样的思考模式试图打破传统意义里的主观与客观、主体与客体、内心与世界、物质与精神等二元思想。同时，机器连接机器，给人一种无关乎个人，却又让人与人、人与世界息息相关的信息。既然德勒兹哲学里，主体离席，只有欲望，也就没有“起源”的问题，德勒兹的宇宙观和世界观里，没有源头，没有目标，只有相互的作用，只有运动本身，只有过程。

德勒兹和迦塔利关于欲望机器的概念，起源于弗洛伊德与拉康的心理分析学与马克思的经济理论。然而德勒兹的机器概念，不是一般意义上的机器。一般的机器要是跑到一半就停止了，那表示机器坏了，德勒兹的欲望机器必须一直跑跑停停，方能长久。

欲望机器必须“故障”，“故障”是欲望机器运行的前提。这个前提，至关重要。因为这个“故障”其实就是欲望机器的火苗。

欲望机器之所以需要“故障”，是因为欲望机器需要“无器官身体”与之共同起舞，也就是说，不论是出于自身的愿望，或者外在因素的逼迫，每一部欲望机器，都必须随时准备“归零”。归零后的欲望机器又会继续上路，成为大自然交响乐的一部分。

欲望机器的“故障”或者“归零”泛指所有被欲望机器生产出的“个体”（功名、财富、爱情、成就等）在世间能量的变幻中消失，亦可泛指所有负面的情况：挫折、失败、困境、折磨、痛苦、死亡、失去、结束等。这些情况也是由人心的感觉定义成“负面”的，它们本身并无正负。“负面”标签的起因是欲望执着于一个目标，凡是达不到那个目标的，都被贴上“负面”的标签。

然而，每一次“归零”都是重新出发的契机，因为当欲望机器所执着的那个目标消失，就是欲望机器内部元素重新洗牌的时刻，这个时候欲望机器内部结构开始松动，懂得思索一种崭新的连接其他欲望机器的方式，寻找新的机会，也包括原来设定的目标的重新调整；即便仍然执着心中的理想，也可以静下心来重新审视当前的局面。只可惜很多人无法承受情感上的“负面”情绪冲击，因此一蹶不振，放弃了未来的成功机会。

德勒兹所谈的欲望不是传统意义上的欲望；因为德勒兹的欲望只有欲望的“本身”，没有一个在欲望的“人”，也就是欲望的主体或“我”。也就是说，德勒兹的欲望无关乎个人，欲望永远是人与人之间的。因为是欲望机器，所以这个在欲望的“东西”包罗万象，它包括自然世界，以及人的内心世界。这是后现代哲学的一个重大突破，只有欲望，没有主体，没有自我，有的只是在欲望的东西，我们常常觉得那个在欲望的东西叫作“我”，德勒兹认为这个“我”是我们自己创造出来的。欲望本身是生产，因为欲望一直在创造新的事物，所以德勒兹经常提到欲望生产（desiring production）。这里的欲望生产指的是宇宙万物的活动，包括人类的社会活动和内心活动。

欲望生产给人的感觉是正面的、前进的、没有对错的、摆脱传统价值包袱的。而且，欲望机器就是欲望生产，物质与力感已经不能区分。即便没有对错，仍然有“强弱”的价值观。德勒兹的价值观是尼采的翻版。宇宙能量的运行轨迹总是不断建立一个系统（reterritorialization），再拆毁（deterritorialization），再建立，人间也是如此。可是，这个“强弱”的价值观，最终可以取代对错而成为一个健康的道德标准。因为一个能量强大的欲望机器，不但有能力准备随时“归零”，甚至有智慧“主动归零”。

德勒兹希望我们去做的，是一个欲望机器归零的境界。一般人在每一次逆境、失败、挫折，也就是当“我”感受到负面情况与负面情绪的时刻，都是斯宾诺莎定义的“痛苦”的时刻，承受与他人或者世界“不和谐”的时刻，感觉自我力量削减的时刻。只有在此时把自我或者自我原来的执着消融、归零，变换角度思考问题，才能在困境中找到“和谐元素”。一个原本是自我“仇敌”的人，可以在瞬间被自我思考成“推手”，不论是上司还是工作伙伴，越是对你不利的人，越有可能成为你最有力的前进因素。

（四）德勒兹式的思维

欲望机器概念，是德勒兹用来企图打破二元思维的利器，尽管这种尝试吃力不讨好，因为读者必须在二元思维的系统里，去理解一个超越二元思维的行程，所以极为难懂；况且，更重要的是，德勒兹本身也是在一个以二元思维为基础的“语言”系统里写作。

德勒兹说，欲望机器有三种状态：欲望机器两两互相连接，叫作“链接”（connection），语言模式是“和”（and…）；欲望机器达到无器官身体的境界，叫作“错位”或是“相反相成”（disjunction），语言模式是“或者”（either…or）；欲望机器产生的“我”感觉，叫作“总和”（conjunction），语言模式是“二者都……”（both…and）。

链接（connective synthesis）

“链接”是什么？“链接”是欲望机器运行的最基本的方式，比方说我们和人的交往或者交谈，虽然可以一次跟几个人同时进行，但是每次真正交谈的聚焦点必然只是针对一个人开始。德勒兹总结出人类的思考模式，我们总是用二元思考，但是这个二元不是传统意义上的“二元论”。因为“二元论”把二元的因素固定住了，认为世间所有的事物都可以用二元定位：冷 / 热，日 / 夜，男 / 女，上 / 下；所有的价值亦如此：善 / 恶，好 / 坏，利 / 弊，得 / 失。德勒兹认为我们只是从二元出发，但是总有东西从这两个“二元”元素的互动里生出来，然后再跟原来的元素互动，再生出新的元素，一直到永远。这个思考模式的数字表达是1=n，或者0=无限。

“链接”在社会功能上可以用“朋友圈”的概念理解。每个人都从自己的某个朋友开始去认识其他的朋友，新的朋友总是从二人的交流中产生出来，然后经过介绍，开始交往。如果每个朋友都是一个元素的话，元素与元素之间的激荡，可以产生出无限的元素。“链接”也可用在思考方面：一个想法与另一个想法的链接就是心理学里的联想，而心在联想的过程中，新的想法会从原来的两个旧的想法中繁衍出来，直到无限。

错位（disjunctive synthesis）

“错位”也可称为“相反相成”。“相反相成”这个概念讲的是欲望机器和无器官身体之间的关系。了解这个概念时，必须放弃所有对“概念”的执着，若用中国哲学的角度来解释，欲望机器是“实”，无器官身体是“虚”。“虚”与“实”是两个既一样又不一样的东西。中医在虚实这个问题上着墨最多，身体实际上的发炎是“实症”，而没有发炎却身体虚弱就是“虚症”。战略上的“声东击西”也是虚实策略的运用。

德勒兹用了许多不同的“双概念”来解释欲望机器和无器官身体之间的互动。比如，精神分裂症与偏执狂、树与根茎、领域瓦解和领域重建等。其目的很简单，只是用不同的意象表述相同的倾向：酒神和阿波罗神的永恒战争，阴阳的不断互相切入；切入后，“阳”（无器官身体）的力量让世间所有的事物都有结束的一刻，进而迈入“阴”（欲望机器）的新生。“相反相成”这个概念主要讲述万物的生与灭，从相对的角度出发，任何一个东西，都可能既正在生成，也正在毁灭。而我们若是能够跳出这个二元的思维模式，则世间的一切变化都可以看成“没有负面，只有正面”，甚至“没有正负面”，只有不断“前进”的变化。

“相反相成”也就是中国哲学里的阴与阳，这是一个极为复杂的大自然宇宙现象。阴阳哲学一般被画为一个圆，仿佛这个圆象征完美、合一，总是回到人心自古以来所怀念的、向往的“一”，是西方基督教的伊甸园，是东方道家的桃花源，是佛家的涅槃，是儒家的天人合一。对于德勒兹而言，这些概念都过于简单了，都是理性的产物。理性是一把利刃，不断切割，却又痛恨自己是个刽子手，一直怀念那未曾切割之前的圆融与混沌，就以自己的方式给它命名，而理性只会走两种道路：一元与二元。既然不是被“一刀切两半”的“二”，那就当然是“一”。

其实真正的阴阳，应该既是相反，又是相成；既是互相消灭，同时又是互相成就（非常违背逻辑的思维模式）。它隐射了痛苦的矛盾、挣扎，与不断的变化、差异，以及随之创造的无限的可能性。

万事万物，都在生成与毁灭之间游走，这种“间性”让它们彼此的差异因此而化解，它们从“无”而来，亦向“无”而去；它们只是大化仙子魔镜中的世界，即使灿烂如花，亦终将灰飞烟灭。

正因为这样的转折，所有事物都只是德勒兹眼中的“部分物件”。“部分物件”暗示着万事万物生灭变化的规则，没有例外。“部分物件”

的概念亦暗示并讽喻西方传统哲学欲寻求“完整”，以及寻求“统一性”“整体性”的痴心妄想，那是我们寻常人心中所谓“理想”“完美”“纯洁”“大同世界”“永恒”等让人一世痴迷，却又增添无限苦恼的人间天堂。

“完美”“纯洁”是人心的产物，是理性的产物，它不是真实的世界。

总和（conjunctive synthesis）

“总和”在《反俄狄浦斯》一书中，代表的是游牧民族（nomadic subject）的主体。“总和”同时代表的是两个相反力量的一种暂时平衡，一种中道的瞬间，这个瞬间让这两个力量形成一个暂时的个体。“总和”理论上应该是两个“错位”的结合。这两个相反的力量可以说既是正在生成，亦是正在毁灭。比方说我们走路的时候，看似一条直线地往前走，其实是无止境的左、右、左、右地摆动，往左的拉力与往右的拉力一直在互相抗衡，对它们自己而言，是无数的自我消长，也就是无数的“错位”，可是就整体而言，它们形成了一个看似稳定的方向。

它是阴阳的互相切入，互相抵消，但却不是消失。当平衡的时刻到来，甲方与乙方这两个相反的力量，在名义上（看得见的空间里）似乎彼此抵消，变成了第三者丙方，但是在看不见的空间里仍然存在。比如，两家公司势均力敌，彼此因为某种因素而产生一场商业战争，结果两败俱伤，纷纷倒闭，被第三家公司坐收渔翁之利，进行吞并。可是看不见的是原来两家公司的职员仍然留守，虽然制度上会因此而产生变化，但仍然有许多东西是过去的遗迹。

两个相反的力量互相斗争时，并没有像黑格尔说的那样变成第三个个体，而是产生出一个“剩余”的力量（甲方“胜利”一点或者乙方“胜利”一点），成为继续交战的动力，直到达到平衡为止。而此处所谓的达到平衡，并不意味着原来的两个力量消失了，也不意味着各自原来的状态依然存在。

其实，这三种状态一般而言同时发生，欲望机器彼此的连接（链接），连接之后的互相影响、共振、纠葛、冲突，让彼此都产生自我摧毁的动力（错位），最后达到和谐（总和），但是，和谐并不是原来的二者消失了，和谐的状态也是稍纵即逝；然后，又重新启动这三种状态。

是不是任何事物、东西，都有这样的内部平衡？看似稳定，其实，随时都会因为平衡不了而瓦解，可实际上又不会随时瓦解，反而可以长长久久。以婚姻为例。男女双方先因爱情而结婚（链接），共同经营婚姻生活。然而相爱容易相处难，双方都必须改变许多原来的习惯（错位），以营造一个和谐的家庭氛围（总和），然而，和谐总是稍纵即逝，必须时时经营，全力以赴。婚姻是两个力量的互相纠缠，互损的同时也互补，然后达到一种瞬间平衡；一个长长久久的婚姻是无数个“瞬间平衡”的总和。在拉扯的过程里，总是丈夫或者妻子“胜利”一点点，或者“吃亏”一点点，成为二者关系继续的动力。同时，不论丈夫或者妻子，都在细微处互相改变对方。这其中当然不乏因为无法达到平衡而半途瓦解的婚姻。

第三个舞者：无器官身体（body without organs）
舞曲：思想的魔术师

（一）魔幻黑洞

德勒兹的后现代思想，包罗万象，若是用一句话描绘，那就是它是一部零点哲学！

这个零点“O”，是一个黑洞。

不管你在他的哲学世界里“躲”到哪里，总有一个声音紧跟着你：“我们的七彩世界其实紧邻着一个黑洞，会像旋涡似的把我们吸进去。”

然后，我们就真的一个一个被吸了进去。

走在光与夜的交界，精神上有着触电的震撼，而意识呈半清醒状态。此刻，所有意念上可以抓得住的东西，全部溶解消失。静态的景物开始流动起来，世界变得如疾风一样迅速，像云彩一般变幻莫测。似乎，没有什么东西是值得追求的；因为，没有永恒的存在。

这个黑洞，又叫作“混沌”，它并不一定是黑色。严格说来，它应该是无色，无色的光；因为它解构了色彩——人生的缤纷绚烂。事物不断地出现与消失，是永无止境的转换及一种绝对的速度。

还好，昏眩过后，花鸟、树木、爱情、金钱、功名，已逐一回归本位。

其实，我们并没有真的进入黑洞，我们仍在这个大千世界徘徊。

黑洞或许并不存在于我们的感官空间，但它却紧邻着我们，或是内存在我们生活之中，随时随地给我们的世界注入源泉活水。而我们的世界也如此受它的养育、呵护。德勒兹称我们这个动感的世界为

“混沌宇宙”，一个“有细微组织的无序”（minimally structured chaos）。

这个黑洞到底是什么？

也许是梦，也许是死亡，也许是潜意识，是我们内心深处一个正在翻腾的深渊，没有名字，永不枯竭，我们现在所拥有的一切，都由此处涌出。

也许是无数个内心想“突破”的时刻，也许是人生每一个觉得几乎灭顶的灾难。

德勒兹说，万事万物都是纯粹的多元，拥有无止境的可能性，而这个“混沌”也没有真实地存在，它只是一个抽象的观念，因为混沌随时随地与一个“界面”（screen）衔接，这就是德勒兹说的“混沌宇宙”的概念，也是我们生存发展的这个大千世界。这个“界面”是后面要解释的“一致性恒动平面”。界面之所以不断产生新的事物，就是因为它与提供无限可能性的混沌相连。可界面同时也是一面筛子，只允许可以相容的元素进入。[132]也就是说，每一件事情的发生，都不是一蹴而就的，新的事物的创造，有一定的轨迹和漫长的酝酿过程。

我们一般人说的“幸运”或者“不幸”看似偶然，其实绝非偶然，即便那种轨迹无法被人由感官系统捕捉。它的出现经过了漫长的过程。无器官身体紧邻着每一个界面（感官可以接触的世界），就像潜意识紧邻着意识。我们生存在可以感知的“界面”上，仍然可以部分掌控我们自己的命运，正如意识面积没有潜意识大，仿佛由潜意识操控。比如，倘若生活遇到挫折，想要改变现状，只要我们认真在意识的范围内不断尝试去改进自己的某些思维习惯或者生活态度，仍然可以有一定的成效。同时，潜意识也是我们灵感生命力的源头，借由打坐，我们亦可以逐渐接近潜意识。

（二）放下执着

德勒兹和迦塔利在《反俄狄浦斯》一书中给无器官身体一个定义："生产过程和产品变成所谓的一体，好像一个巨大的混沌，这里面所有的东西都停止在一个瞬间，然后又重新开始，进入生产过程。"[133] 无器官身体是一个反生产状态，是生产的动词与产品的名词合一的一个新概念。"所有一切都停止，然后重新开始。"一向反对"一"这个概念的德勒兹，忽然让世间事物的形成过程与出现的形式"合一"，并且给了它一个名字：无器官身体。这里"合一"的目的，只是想毁掉人心对于"产品"（或者任何一种已获得的成就：名声、财富、爱情等）的执着，揭露真实的世界里只有生产，只有过程的流动。所有有形的东西都会消失，只有流转（flux）的大化常在。以商界为例，即便你手中握有最先进的产品，若是你志得意满，让思维停顿，不再进行创造的挣扎，你的产品终将消失在这个巨大的生产世界里。

无器官身体就是大化的本身，八卦里面的无极，佛理中空的本性。它可以让一切回归"本源"，也可以幻化出曼妙的世界。

顾名思义，德勒兹设计出无器官身体的概念是为了抗衡传统意义上的有器官身体，所以，理解无器官身体的第一步是认识到普天之下所有的事物，宇宙万象，都是没有统一性的无器官身体。它是一个未成形的物质（unformed matter），或者纯粹的强度（pure intensity）。我们一直以来所认定的这些概念："结构""系统"都暗示了固定的"统一性"。所谓统一性就是它只有一个中心，那个"一"凌驾于其他的"多"之上，比如我们此生唯一的人生目标，又比如一个企业公司里那唯一的高层。

而德勒兹所要昭告天下的，正是这些概念的错误。这样的控诉会不会让人不知所措？仿佛正在吃着香喷喷的饭，突然有个陌生人闯进来急切地对你说你的饭里有毒。

其实，无器官身体不是要把传统的“结构”“系统”“形式”全部推翻，但是这些名词所给人带来的那种紧密的“统一性”“永恒不变”的感觉，不是宇宙的真相。宇宙真相是永恒的流动，尽管我们仍可以使用传统名词“结构”“系统”“形式”，但人必须认识到这些名词所暗示的“不变性”是一种误导。所有的系统、结构、形式，都可能因为面对外来或者自我内部的挑战，而随时修正自己，不断翻新。而那个“一”虽然可以存在，可是必须与“多”共存，也必须时刻与“多”互动，保持平衡。人若是执着“唯一”，虽然会产生动力，亦可能会是一种危险；比如太过执着“唯一”的人生目标则意味着对人生其他事物的忽略与牺牲，而当其他事物被牺牲掉的同时，那个“唯一”目标的价值也会跟着动摇。

（三）一个巨大无边的“蛋”

无器官身体是“散”的哲学，是“毁灭”的符号；可是这个“毁灭”一点也不会令人伤心。

最常见的例子是站在教室的一个角落，观看一堂课的开始与结束。满满一屋子的人，聚精会神地听课，仿佛这样的课堂“样貌”可以持续到永远，可下课铃声一响，打散了宁静的教室磁场和演讲者与听讲者融洽的气氛，仿佛因着一颗石子投下，变成由水池中央往外四散的涟漪。这个涟漪由学生身体的移动开始，有人顺势摸摸背包、看看手表，有人的眼光早已飞出窗户，神游化外。接着，老师的一句“下课!”带动了整个课堂氛围的轰然四散，学生离席，教师退堂。可是只有一瞬工夫，新的一批学生又入座，新的磁场慢慢聚集，新的课本被翻开。

这样的新旧替换，时时刻刻以不同的形式，在不同的地点上演，里面住着德勒兹的“无器官身体”，那个“散”的瞬间。但仔细忖度，又仿佛无处可寻。那个特定的课堂，是从何时、何处开始“散”的？难道不是一开始就压着“散”的因子？是否可以说它从来未曾真正“散”去？因为每一个“散”里都已经有新的元素在“聚”了。由于“散”与“聚”无时无刻不在交换着脚步，所以无器官身体不是“因”，不是“起源”，不是“基础”。对于宇宙的探索从来也不应该执着于它的起源。

所以，这个无器官身体并没有实质的存在，它是“虚”的概念，一个通往零点的方向，也是阳的力量。

同样的，它也无处不在。

德勒兹和迦塔利写道：“无意识是物理的范畴，无器官身体和它的强度不是比喻，是物质。”[134]无器官身体不是比喻，是世间真实的物理现象。那么，它是什么？

简而言之，它是万事万物都可能化为无的可能性，一个结束的瞬间；同时，它也是生的契机，创造的源泉。

德勒兹最常把无器官身体比作一个巨大无边的“蛋”。它与宇宙里运行不断的欲望机器之间的关系，是“排斥”与“吸引”。这个“蛋”其实是永恒分裂的领域（zone of differentiation）。德勒兹说，欲望机器被无器官身体极为痛苦与快乐（简称痛快！）地排斥出来。从细胞的分裂，到母体的生产，到艺术作品的诞生，似乎所有的创造都是一种从“无”到“有”的生产。可细细琢磨，又发现那个“无”其实不是真的什么都没有。家庭成员的增加到分出更多的家庭，社会上团体的增多到分出去另起炉灶的支派，每一次分离都既痛苦又喜悦。

这个“蛋”的形象只是一个比喻。其实无器官身体是无形的卵形状空间，是每一个欲望机器之间的“空间”，那个“空间”的形成来自欲望机器彼此的排斥、撞击，它们彼此的排斥就是回到无器官身体那个“无”的空间里，也就是被无器官身体吸引回到原点，然后新的欲望机器会再被孵育出来。

因为无器官身体没有形象，无法想象，所以它不是理性思考的对象。

它是一个连抽象的羽衣都嫌重的大化空无的仙子。

真正的无器官身体是创造的契机，改变的传奇，而且创造也是永恒的进行式。

它所代表的，其实是宇宙能量的时刻变幻，每一个被人的意识捕捉到的事物或者因素：一次次期待的浪漫约会，一场庄严华丽的婚礼，一场隆重的毕业典礼，可是因为速度太快，在人的感觉里，总是“快要来了”或者“已经逝去”。无器官身体在我们一生里，代表每一个“现在”，总是从眼皮下溜掉，而我们能够思考，能够感怀与憧憬的，只有“过去”与“未来”。

德勒兹的无器官身体也是大化的本身，也是神的精神所在。德勒兹和迦塔利为此写道：“无器官身体不是上帝，而且跟上帝的概念恰恰相反，但是，从它身上穿越的能量，却是神圣的。”[135]世界所有宗教都强调在自然大化之外、之上，还有神的世界，德勒兹却和斯宾诺莎的看法一致，暗示着神即是大化的本身，此外无物。

（四）阴阳交界处

中国有一个很有智慧的成语：否极泰来。可谁又知道否“何时”极？泰“何时”来？墙壁上挂钟的钟摆可以让我们很轻易看到它何时从一个极端摆向另一个极端，可是在其他所有的日常事件中，我们都无法看到那个所谓“阴阳交界处”。爱情如何从甜蜜走向枯萎？健康如何从手指间流逝？成功何时转成失败与崩溃？最让人惊心动魄的莫过于股市如何开高走低了。即使是最幸运或最睿智的人，能够看见的也只是根据经验及各方数据分析而得来的资料，判断未来股市可能开始下滑或者上涨的趋势，而不是那个真正转变的瞬间时间点。

那个阴阳交界处，那个从一个极端的消殒到另一个极端的萌芽，也是德勒兹的无器官身体，一个抓不住、摸不着的幽灵。

（五）“我”的现形

人类的欲望只是自然大化里宇宙能量的一种形式而已。那个能量在“人”这个物种身上体现出来，再经由欲望集中出一个“我”字，亦是天地精华萃取的宝钻。

在《反俄狄浦斯》中，德勒兹和迦塔利用精神分析理论中的精神分裂者作为比喻，告诉我们“我”的概念出现的过程。他们写道：“纯粹的能量小点来自两个力量方向：互相吸引和互相排斥；以及它们之间的敌对现象。这些对于无器官身体而言，都是正面的关系。这些能量小点永远不能达到‘最后平衡’，只是为达到最后平衡目的前的无数个状态的延续。精神分裂者在吸引与排斥的敌对状态下，将两者都吞下，喊出了“我”这个声音。”[136]这段话是什么意思？

前段主要的意思是：“我”这个概念，是由潜意识（或无意识）里所有相反力量的撞击所产生的。

一般弗洛伊德派心理学家认为，人的意识为排斥不想要的东西而形成了“无意识”或者俗称的“潜意识”。可是，德勒兹却把这个理论翻转过来，他认为人原本有的只是广大无边的“无意识”，就是无器官身体，在那个无边的海洋里，人的无意识和大自然的无器官身体不分彼此，也就是人的原始能量。

无器官身体因为排斥而生出无数自然或者人世间的个体，包括“意识”。

人的内心，原本没有“我”的概念，在无边无际的无意识里，却有无数仿佛大自然世界里相反力量的撞击。这些不断形成的欲望之流，即《反俄狄浦斯》提到的“记录”（recording），是人心潜意识所有的种子在人的心里和身体里记录着。“自我”的存在，那个“我”的感觉，其实是相反力量拉扯中产生的“剩余”力量（extra energy），这个剩余力量必须被整个过程重新消融（consuming），消融的过程，产生了移动式的“游牧主体”（nomadic subject）。

德勒兹这个移动式自我的概念，非常难懂。但是，如果我们仔细想想，“我”在哪里？它不就是一个移动的意识或者注意力吗？当一个人无比思念情人，他的注意力只有他的情人，以至于他可以忽略周遭所有的人和事物。也就是我们常说的：一个人好像掉了魂一样。又比如，人总是在“痛苦”时更容易感觉自身的存在，“我很痛苦”比“我很快乐”更容易让人感受得到。而痛苦是两种力量拉扯时“不平衡”的一种突兀的感觉。身体里的各种气（力量）不能平衡时人会感觉到疼痛（气滞）。心理不平衡时也会感觉痛苦，而痛苦时，人总喜欢找人“诉苦”，这个诉苦的过程把多余的负面能量重新融化在欲望机器彼此交流的过程里。消融的过程也在相反力量之间，找到新的平衡点。

理解德勒兹最简单的方法，就是用弗洛伊德的“本我”和“超我”来解释“自我”。“本我”和“超我”亦是潜意识(或无意识) 的两种相反的力量。本我和超我的拉扯，合体，消融，从而产生了自我。而实际上那个“平衡点”几乎不可能达到。人一定处在“本我”或者“超我”的某一端多一点，所以常常“为所欲为”或者“充满罪恶感”。可是超我其实并不是真的存在，它只不过是内在自然对本我的压抑。如果超我是全部的压抑，本我是全部的为所欲为，那么所谓自我则是个折中的角色，自我里包括超我与本我，自我的形成是压抑的结果。

自我价值的定义，是在超我上面，还是在本我上面？一个以超我为价值的人，在乎别人如何看他，社会如何评价他；反之，若是自我价值定位在本我之上，只要内心本能的欲望得到满足即是幸福。

大多数人在二者之间游荡，过着不怎么快乐的人生。

不可否认的是，社会上越有成就的人和那些以实现社会价值为主要目标的人，一般来说，自我压抑越大。

许多年轻人觉得以社会价值为做人的价值是不对的，因为这会扼杀个人的愿望与幸福。他们其实不明白，社会不是一个和“个人”分开的概念，社会价值的出现也是由许多“个人”慢慢形成并制定的。就社会而言，最原始的社会价值是为了阻挡或者限制过度的个人欲望，避免因此伤害了社会的利益，也就是每个人的总体利益。

就个人而言，社会价值所形成的“超我”，也是人的内在本能向往“集体意识”的表现。如前所述，自我形成于心理时期，在那之前，人类社会是以群体（大我）为主，直到公元前1200年前后，理性与自我开始萌芽。因此，集体意识一直是人类社会一种根深蒂固的生存方式。在人类演化史上，虽然后来理性成为主导，自我得以发展，集体意识却早已扎根在人的潜意识里。在现代社会，个人的发展与心灵的成长也必须依靠家族的扶持、学校的培养、朋友的帮助。集体意识最后演化为弗洛伊德的“超我”，也是一般人所谓社会价值。这是深埋于人性的人类原始本能，自我虽然成型，依然渴望融入大我，朋友的支持永远是心灵最大的慰藉。一个很有“自我”的人，其实或许内心依然渴望，在适当的时刻，以一种适当的方式，把自己贡献出去。

游牧自我，渴望回到无器官身体。

第四个舞者：弯褶
舞曲：等待的艺术

（一）蛹之生与蝶之舞

德勒兹的弯褶理论，主要讲的是物理世界，力的运动。在《褶子：莱布尼茨与巴洛克风格》中，德勒兹所描绘的宇宙，是一个“物质的大水池”，里面充满了流动与波动。“弯褶”可以指“能量强度小点”旅行的路线。任何一个“弯褶”都介于其他两个“弯褶”之间，“弯褶”包裹着“弯褶”，一个“弯褶”也会生出另一个“弯褶”。[137]

“弯褶”不是个体概念，它只是宇宙万物变化旅程中的一个驿站而已。它代表宇宙自然的能量弯弯曲曲地扭动前进，组成大大小小的洞穴。

“弯褶”（folding）的下一站是“舒展”（unfolding）；“弯褶”和

“舒展”不是相反，而是延续；像蝴蝶必须先将自己“弯褶”包裹起来，变成一个蛹，再舒展成蝶。[138]

我们也是将自己包裹起来的蝴蝶。

一个成功的人，知道何时收敛，何时开展。

美国现代剧《推销员之死》（*Death of a Salesman*）讲述了一个父亲为孩子牺牲自己的性命以赚得保险金的现代悲剧。故事里的父亲常常挂在嘴上的家训是：一定要让别人喜欢你。于是，他的孩子在学校拼命建立人际关系。最后自己的孩子在内涵上、知识上都没有长进，而人际关系也因为自己的实力不够而瓦解。这个故事并没有教我们否定人际关系的经营，在如蝴蝶般开展自己炫目的羽翼前，人的一生要不断将自己一遍又一遍地包裹成蛹，充实内涵实力，再展开内涵，与众人分享。每一个心灵都需要适时“闭关”，化繁为简，才能等待下一个盛开。

每一个“弯褶”都裹藏着无尽能量，蓄势待发。

（二）一颗葡萄的等待

于是，“弯褶”有了属于冬藏的含蓄，却又涌现无尽的待发能量。

愿意潜藏的人极少，娇艳的大红玫瑰总比身旁的绿叶更吸引目光，谁不喜冠盖满京华的风光？可试问，唯利是图的人，成功的果实可以维持多久而不腐朽？况且，成功的定义只是名利吗？拥有一个值得一生守候的人，算不算是成功？在暗夜陋巷里愿意去扶持一个因认知症而忘记归途的老人，算不算是成功？

不喜等待的人，犹如不喜黑夜，不喜安静，不喜一切阴阳模型里“阴”的那一面。可是，若我们仔细观察，不难发现：黑夜、睡眠与安静都可产生新生的能量。

等待是一门酿酒的艺术。一颗葡萄的酸涩，在日日的等待里，转为酒香和醉人的魅力。

能够让等待者如此韬光养晦的事，必定是一桩大事；而安于等待的人，必定是受过大苦之人。

任何一件能够让等待者内心燃烧无比的能量、愿意为它奉献一生的事，都是大事。史蒂夫·乔布斯早年因穷困而从里德学院辍学，但是常回学校旁听一些创作课程，包括书法课。他在演讲中提到，他所旁听的书法课影响了他的电脑设计，若无那些书法课，我们现在看到的苹果电脑，必定没有如此的艺术气质。那时的乔布斯，一贫如洗，在朋友宿舍打地铺，甚至用可乐空罐换钱度日，每星期到教堂领取免费餐食。1974年，乔布斯到印度旅行，去寻找启蒙与洗涤心灵的力量。回到美国后，他成为一个名副其实的禅修者，经常打坐；即便乔布斯以苹果电脑闻名于世，他在演讲中却曾经强调，那一次印度之旅是他一生中最重要的经历之一。

在乔布斯的人生里，他的等待储蓄了他日后一生的能量。精神的丰富，艺术性情的培养，成就了他日后科学领域里与众不同的风华。

“弯褶”的蓄势洞穴里，还潜藏着柔韧的特质。所有的“弯褶”有如水一般柔软，寻着的路径都是弯曲小径。柔韧可以长久，刚强必先断裂。遇到逆境的柔顺不是软弱，借力使力才是上策，不断强硬地与环境对抗只会损兵折将。

没有一个真正成功的人，走过的路径是顺风顺水的阳关大道，人生的地图里绝对不会有的路标就是“如意”。

（三）孟母三迁

“弯褶”又代表着一种间性，能量强度小点无时无刻不在与自己分裂，它所形成的短暂个体，也处在一种自我分裂的过程中。一粒种子长成大树，不是从小变大，而是从总体（general）变成具体（specific），一个卵细胞分裂，兵分二路，一路朝着身体各个器官前进，一路朝着物种的特质前进，不论哪一路，都在不断地分裂自己。

分裂是一种创造，由自身产生出一个对立的个体，如婴儿诞生般，是一个造化的奇迹。在生物的新陈代谢系统里，细胞无时无刻不在自我分裂，在人的思想过程中，不会产生矛盾的心灵仿若一潭死水。浪花拍打峻岩激起千层雪的诗意，亦有能量互撞的痛楚，我们的心灵亦是如此。

每一次分裂，都是原本的“内部”变成“外部”，原本的“外部”变成“内部”。每一个“物体”的“内部”能量分布，运动速度，都无时无刻不被“外在”环境的压力所改变。

德勒兹在《褶子：莱布尼茨与巴洛克风格》里分析莱布尼茨的物理学理论时写道：“根据莱布尼茨，两个完全不同的物质可能紧密相关，不可分离。因为周边力量的活动不但决定物体运动的方式，而且周边力量的压力可以决定物体内部的紧密度。一个物体可以很坚硬，也可以很柔软，完全决定于外在力量如何作用在这个物体上。在高速前进的游艇旁边，逆向的水的阻力可以坚硬如大理石。”[139]

由此而得的启示是：环境与个体，没有真正的内外之分。人的内心与外界文化、社会之间，是一个整体。常常听到校园里的年轻人谈梦想，在步入社会后，这些梦想却如昙花一现，壮志未酬心先死。未经生活磨炼考验过的理论、心态、人生观，都不能长久。其实，原先的梦想抑或爱情，在经过社会环境物质的考验后，若是有其坚实的基础，那个“中心”力量应该换装、调整，而不是凋零。经过艰难的社会考验所提炼的思想、观念、情感，才是生命的精华。

然而，环境对人的影响也可以是滴水穿石。孟母三迁有一定的道理。多少人被环境磨平了年轻时的棱角，又有多少人因为环境的险恶而成为一方豪杰？环境与个人，是相互成就，相互影响的。所有个人与环境的案例，都因为个人内在的意志力、性情的不同，产生不同的结果。对于一般人而言，为自己选择良善朋友、正向能量的环境，是自身进步的重要因素。一个人在堕落的环境里，一点一滴地堕落，每一个“变化”似乎都还好，没有那么严重，当事人很难察觉到堕落的细微过程，一旦察觉，为时已晚。

可是，对一个处在恶劣环境的人而言，假如一时半会儿无法脱身，也不一定全盘皆输。因为，对于一个意志力坚强的人，恶劣的环境恰巧成了试金石。对于一个会善用环境里“养分”的人而言，恶劣的环境恰好帮助了他的成长。

永远不可忽略的是：任何一个个体（body），都是力量的个体（a body of force）。

我们每个人，都是力量驻扎的营地。有时事情的成功，只在于时间坚持得够长久，每一个“内”“外”力量的冲突、互动，都是创造改变的新契机。这里人所需要的不但是毅力与坚持，还要不断自我反省：计划里是否有致命的弱点，外在环境是否还有可以控制却没有注意到的因素。是坚持到底，还是弃守据点，需要的是对整体欲望地图更细致的了解。

（四）形式重要吗？

自亚里士多德以来所细分的“形式”（form）与“内涵”（content），也在这样的认知里瓦解。能量小点不断分裂、运行、重组。它们努力变化，展开自己，从外在看起来，形成一个个“暂时”的形状，有自己的品质与数量，成为形式。

人的身体是一个形式，结婚证是一个形式，毕业典礼是一个形式，毕业证书是一个形式，一朵表示爱情的玫瑰也是一个形式。世间所有看得见的，感受得到的，都是形式。当下年轻人常说的：形式不重要，内涵比较重要。重点是：没有内涵的形式，没有意义，那么没有形式的内涵，是不是“内涵”？

德勒兹会说：形式不断变幻，可是都在那里，没有任何内涵不产生某种形式。所有弯褶的内部都会展开成外部。即便一个人学富五车但没有毕业证书，他仍然可以用其他的形式让别人看到他的内涵。没有结婚证的爱情应该仍然是爱情，是一种浪漫的爱情，但是也许缺少一份决定结婚时对爱情的笃定与承担（虽然那份对爱情的笃定也许也是幻影）。形式就是内涵努力表现自己，没有一个内涵不在努力表现自己。婚姻是爱情想要表现“自己”的形式，可是“有形必毁”也是大化的常态，婚姻当然也不例外。

各种不同的形式最后结合成结构（structure），结构在统一性指挥下，达成更大的目的，形成更齐全的功能。形式越巨大，组织越紧密，力量（功能）也越强大。一旦成为更为紧密的机构，作为内涵的能量动力小点就失去一些自由活动的能力，但是被压抑的能量仍然通往“外界”，这里指的不一定是结构的外面，而是结构内部的不满情绪，若是不能适度抒发，就会成为结构自身的不安定力量。作为一种结构，婚姻这个形式必定暗藏不稳定力量，所以夫妻之间的沟通是让婚姻在转变中前进的最重要因素。

形式这个概念也与原始人类的祭祀（ritual）有关。原始人类的祭祀始于与神的交流，透过某种仪式，与大自然里澎湃的生命力把酒言欢，让内在与外在的能量和谐一致。同时，人心亦有这样的需求，需要一种仪式来整理自己内在混乱的能量小点，就像生活中我们每天早上的晨跑，晚间睡前的小酌，回家第一件事是拉开窗帘等。定时定点做一样的事，让人感觉到一种莫名的安全感。形式可以让人产生动力、激发能量。这是弯褶的外部变为内部的一个例子。宇宙的能量动力小点不是无序的运动，它们都有一个最松散的结构，心灵的动力小点是潜意识（无意识）本能，它同样需要表现自己、产生形式，在一遍又一遍的仪式中，让能量得到暂时的安顿，像河流需要河床一样。

第五个舞者：一致性恒动平面（plane of consistency）
舞曲：成功者的秘密

（一）何谓成功？

一个人的一生，不管跟别人有多少爱恨情仇的纠结，最终，只是要完成他自己。

然而，何谓“完成自己”（self-fulfillment）？生命要像花儿一样绽放得淋漓尽致。自我的能力，才华，一种全然的绽放。这就是亚里士多德所谓“幸福感”。让鸟儿高飞，让鱼儿潜游，让人适材适用。幸福是人生一朵全方位开放的花朵：情感、心灵、健康、富裕等，全面美好。成功不该只是人在社会价值的舞台上穿金戴银，成功是心灵无上的欢喜，是自我的深度完成。

诗人郑愁予说：“你当悟到，隐隐地悟到／时间是由你无限的开始／一切的声色，不过是有限的玩具。”[140]如何聚积成功的筹码，在无限的宇宙时间里排列自己有限的资源，在赌局的决定时刻一战夺魁，恐怕是人人都想要获得的锦囊。然而，世间，真有这样的锦囊吗？

（二）时间的舞台——“一致性恒动平面”

其实，一个人一生所处的，是一个又一个大大小小无形的“舞台”，用德勒兹的话说：是一个又一个“一致性恒动平面”。德勒兹用微观的角度，将人世间或者自然界纷扰的故事，写成宇宙永恒能量的运动，而我们从这样的角度，可以学到什么？

“一致性恒动平面”这个概念是从数学模式而来，一个几何学的模型。在最开始的时候有无数的小点，但德勒兹定义它们不是静止的小点，而是无数运动的小点。这是一些将来可能被决定但是还没有被决定的动态小点。一致性恒动平面上的任何一个点，都可以和其他任何一个点相连接，然后，我们所看到的和感受到的，都不是一个一个点。它们都已经形成了线。

这些能量强度小点在一种快速的流动过程中变成了线。在逻辑数学与几何学的模式里，两点确定一条直线，德勒兹所谈的线却是能量动力小点所构成的线，而且不是直线。它们所构成的是一种类似于网状的线，叫“根茎”（rhizome）。德勒兹哲学里每一条线都在一个平面上，因此，无数的线，映射出无数的平面，形成了空间感，当然在构成空间感之前，我们先讨论的是面，顺序上应该是从点到线到面，最后到空间。

就是这些互相交错、互相分裂的无数动感的线，最后构成了一致性恒动平面。为什么叫作一致性呢？一致性不是一个东西由同类的元素所组成，恰恰相反，它是很多完全不相干的东西，不知怎么回事，就组合在一起了。它和统一性不同，统一性代表的是“一”的概念，表示所有的部分都仿佛身负使命为一个共同目标而努力，不允许有任何杂音。一致性恒动平面是很多不同的东西被“沾黏”在一起。

德勒兹用兰花和蜜蜂的例子来解释这个组合。有一种蜜蜂，它所采的花蜜是从某一种兰花处得来的。仔细观察而知，这种兰花的形状，神似母蜂的雌性性器官，让采蜜的工蜂以为是在行交配之欢；而兰花则借此传播了花粉，繁衍后代。换句话说，若合起来看，兰花变成蜜蜂的一部分，而蜜蜂亦然；若分开来看，由于这样的“巧合”，花与蜂各得所爱。没有人能解释个中奥妙；与其说它们是自然界的“巧合”，不如说它们虽属不同物种，却又唇齿相依，有着深沉而神秘的联系。仿佛自然宇宙中有股神秘力量，让万物都有生存的理由与方式，而此轨道，只能臆测它的广度与深度，试图得到一些道理，却不能掌控它的全部。世间所有看似不相干的事物，可能都有更广更深层的联系；也就是说，我们所谓“个体”概念，必须无限往外扩展。

与亚里士多德和洛克特不同的是，德勒兹并不关心那个“沾黏”住它们的是什么。一致性恒动平面上进行着不同速度的变化；它像是一个“组合”却分分秒秒可能瓦解，它虽然松散，但仍保有“结构”，所以仍然有自己的“一致性”，一致性恒动平面也可以想象成一团像变形虫般的迷雾，形状随时在改变，因为，新的东西不断进入，旧的不断离去。

我们的日常生活空间，是许多一致性恒动平面的组合。比如，音乐、艺术、哲学、科学，甚至家庭、社会，任何我们认为的抽象的组织概念，都可能是一个恒动平面。

（三）母空间与子空间

世事的形成或者破灭，其实可以不用因果这样的思维方式来解释；因为，因果论的解释太过简单了。还有一种思维方式叫作“一致性恒动平面”。在理解一致性恒动平面之前，有个最基本的前提，我们要用一种特殊的角度来看世间的万事万物。什么特殊的角度？即每件事情、每样东西不再是单一的个体，要从比个体更小的单位来看这个个体。也就是不再把世间事看成单一事件，而是着眼于形成或是破坏这个事件的所有因素。

德勒兹用能量强度小点，也就是变异来解释一致性恒动平面。强度（intensity）就是能量（energy），也是变异，若用在生物体里面，变异不断地展开自己，展开成数量和质量；而且，强度不只是物理的力量，它是超物理的空间，这个超物理的空间是个虚拟空间，向着实体空间不断地聚成物体形状。展开过程有三个步骤：（一）单一小点，形成数量的聚集；（二）单一小点之间产生关系，这种关系形成质量（不同的生物品种产生不同的肢体、五官形状）；（三）强度（能量）推动着这个点——物质小点——在时空中生长变化。

德勒兹的“一致性恒动平面”概念其实是无器官身体概念的另一种说法，它们都是真实（real），却不是现实（actual）的存在，也就是一种虚拟或潜在（virtual）的存在。若用在思考日常事物，就是一个事件从开始到结束所形成的大空间，这个大空间又分成一个潜在可能性的空间，或称“母空间”；和一个现实的实体空间，或称“子空间”。子空间是一个我们看得见的实体空间，母空间是一个我们看不见的虚拟或潜在空间。看得见的空间很容易懂，那个看不见的空间则需要解释一下。比如说，设想张先生和李小姐经由第三人介绍，决定于某年某月某日某时带着一朵白玫瑰，到某地的一间小咖啡馆见面。从他们各自出门，开车或者打车开始，一直到他们在一两年后步入结婚礼堂，这中间有多少可以促成或者打击他们爱恋关系的因素？也许，在他们的眼里，这张姻亲的网上黏着几个较大的事件：约会、买房、订婚、结婚，和一些较小的零星意外，比如李小姐骑自行车受了伤，张先生因此有了表现呵护的机会、张先生工作顺利升职，巩固了张先生在岳母心里的地位等。我们细想，这些都是看得见的空间。

还有另一个看不见的空间，也就是被人的意识忽略的空间，里面像一个黝黑的暗洞，藏着无数细微的可能性。其实故事的背后是，张先生是一个糊涂的工作狂，他在繁忙的工作之余，为了安慰抱孙心切的老母亲才答应了这个相亲仪式，可是出门后忘了该买红玫瑰或是白玫瑰，而且忘了带手机，于是折返家中，再次出门，已有些误时，心情紧张，和前车有了擦撞，对方心好，让他及时离去，没有耽误约会。而李小姐的前男友仍不死心，屡屡纠缠，但他的父亲突然中风，让他无暇兼顾两头，倒给了张先生机会。进一步说，就连张先生的工作升职里，亦有无数可能的变数。换句话说，张先生和李小姐的顺利结婚是建立在无数的可能因素上，而不是一个必然的结果。虽然不是必然结果，但也不完全是偶然，里面有诸多人为的努力因素。

什么是一致性恒动平面？就是未成形的因素（虚拟空间）不断转变成现实世界（实体空间）里的事件，这些因素我们无法得知，也无法掌控。

我们看不见那个充满可能性因素的母空间，一如鱼儿看不见整个海洋，鸟儿看不见整个天空。

（四）成功的契机？

潜在空间联系着混沌，无数从混沌而来的因素，带给我们莫名的幸运，也带给我们无妄之灾，让我们张皇失措。面对“命运”，我们是否只能束手就擒？

我们若是圣人佛陀，则处变不惊，可惜我们不是。

我们都要成功立业，避祸免灾。

那么，我们能做的是什么？储蓄所有可能成功的内在因素，然后等待时机（外在因素）一触即发的那一天。

成功的内在因素之一：技能/才干；之二：人格；之三：人缘；之四：勤奋；之五：热情。这些内在因素，同等重要，缺一不可。中国人讲的天时、地利、人和，与德勒兹的“一致性恒动平面”非常契合。这五种因素，互利互助。勤奋可以练就技能，人格网罗人缘，热情是一切的动力。为何这里未提聪明？聪明可能是一个人迅速成功的利器，但绝不是永续成就的基石。聪明虽然人人不同，个体智商除极高与极低的少部分人以外，人与人之间不会有天壤之别。稍稍比别人笨一点的孩子，只要勤奋，一样出人头地。这五个内在因素，又以人格最为难得。

人格是什么？人格是一个人处事的原则：有所为，有所不为。它等同一种价值观，一种可以奉为圭臬的行事风格。

外在环境方面，除了“运气”，人是否可以掌握部分因素？仔细观察人世，即可发现，谁不是无时无刻算计着如何改变周遭的人和事？有人精诚所至，金石为开；有人运筹帷幄，决胜千里；有人功亏一篑，懊悔不已。这里面的奥秘是什么？

若要改变周遭环境，第一步需要深刻了解环境，以及其中个体的需求。唯有了解别人的需求，才能做出正确的决定。许多时候，满足众人的心愿，即是达成自己的理想。另一些时候，即使为了自己的愿望与他人相搏，亦可知己知彼，百战百胜。

改变环境的前提是认识环境，这不是一项简单的任务。一致性恒动平面的母空间里无数的因素，分分秒秒转化成子空间里的个体（人、事、物），细微的个体彼此结合，互相影响，分裂、衍生出新的个体。这些变化，无论多么细微，都在某种程度上留下些许“轨迹”，让我们的意识或者潜意识捕捉到。

也就是说，观察环境，首先必须放下自我，如此方可将所有的注意力集中在周围的环境，每个人的言语、眼波，都有深邃的密码，等待解开。《快乐学》（*Happiness*）作者马修·李卡德（Matthew Recard）在“读脸”一章中提到，保罗·艾克曼（Paul Ekman）是世界著名的情绪科学家之一，也是当年加州大学旧金山分校人类互动实验室的主持人。艾克曼的其中一项实验是“读脸”。实验如下：

> 录影影像上会显示一系列的脸谱，快速地表现出各种不同的表情，在银幕上只滞留三十分之一秒，情绪表情完成之后立即回到中性表情，然后以此类推。实验的内容就是看被实验者是否有办法辨认出那三十分之一秒中的脸部讯号。所使用的情绪表情有六种：愤怒、恐惧、厌恶、惊讶、悲哀、喜悦。科学家认为能够辨认出表情快速变换的能力，与一个人心中有出奇的同情心和洞察力有关。

艾克曼用这种方式，研究数千位实验对象，他发现最有能力认出微小表情的人，也是对新经验最开放的人，他们对一般事物很好奇，也是可靠、有效率的人。[141]

李卡德所引述的艾克曼实验，说明了对世事的洞察力和同情心，人各有异。不论两者的关联性如何，两项能力兼备的人必能在同行中出类拔萃。这类人处事必可防患于未然，或者对于有利之事，捷足先登。洞察环境的能力，虽属个人的天资禀赋，亦可经由努力学习而成。不论是洞察力抑或同情心，其先决条件都是“放下自我”。

（五）生命的黑洞：混沌

生命里有一个黑洞，人、事、物都会无限制地坠落，还好，每次都有一些善的因素出现，把我们托住了。一致性恒动平面是阻挡混沌无序的一把大伞，有着极为松散的结构与界限。德勒兹和迦塔利在《千高原》里提道：“一致性恒动平面在所有多元的外面，逃逸线（line of flight）注定了平面上的空间（dimensions）是有限的。”[142]“逃逸线”通向无序的混沌，是平面的源头活水，新的元素由此处进入平面，旧的由此撤离。它是创造的契机，平面其实就是因着这个开口而存在的。但一不留神，混沌就会大军入侵，侵蚀掉一致性恒动平面所有的成果，可是也许混沌永远不会来，因为它已经“在里面”了，而且这个进入平面的可能性是有限的。

这个松散的“结构”有其限制或者界限。可以从德勒兹解释斯宾诺莎的形体概念得到一些呼应。他在解释“形体”时，着重在形体本身的“限制”。比如一只跳蚤，试图跳到某个高度并且停在那里，可是却感受到一股热气，立刻坠落。这是这只跳蚤身体的限制，每个生物体与它的环境都有着互动的关系，也因此不断影响与被影响，编织成一张松散的网、一个限制。也就是这样的认知，让人心对自己或他人的境遇产生同情和理解。一个人再怎么拼命，总有他的极限，所以人心对于自身、他人与现实环境的忍耐点是智慧成长的指标。

这样的认知，也让某些人心中莫名的恐惧“暂时”止息。人心有时会因为无常的世界而戒慎恐惧，其实每一个已成的“事实”，或者物质的、抽象的“形体”都是一致性恒动平面，小至身体、婚姻、家庭、爱情，大至某个学科（艺术、化学、物理、天文等）、传统、社会、国家。每个一致性恒动平面都有一个极为松散的“结构”，也与混沌比邻，随时接受混沌输送进来的新因素。虽然如此，从无常输入的新因素，不会“突然”把原本的结构毁掉。比如说，我们如果每天吃健康的食物，可以不必恐惧第二天一觉醒来突然得了癌症，虽然不能说绝对没有这个可能，但概率是很低的。在这个一致性恒动平面上，有着无数恒动（dynamic）的因子互相撞击，但不是“所有一切”的因子，也就是说，就总数而言，仍然有一个限制。

这就是现实的世界，就是我们常常以为安全无忧的避风港口。一致性恒动平面的定义给了我们无尽的想象空间，像是一个个飘浮在空中的透明袋子，无数彩色小点进进出出。这个“袋子”可以指代我们身边的任何事物，它阻挡了虚无混乱的混沌。

（六）强者的担当

德勒兹说：一个一致性恒动平面当空切入混沌，那个所谓混沌，我们可以把它想成一个立方体。而这个立方体的意象指的又是什么？

混沌，是自然的无序状态，亦是一般人认为的“偶然”（chance）。深究下来，偶然对事对人具有极大威胁，它是无论你如何算计都会漏掉的一颗棋子。有时，真是成事在于偶然，败事亦在于偶然。俗话说

“谋事在人，成事在天”指的就是这份小心。德勒兹对于“混沌”的看法，多少传承了尼采的掷骰说。尼采认为，人生就像赌博，真正的强者，是不计算地豪赌一把，“爱你的命运”就是愿意接受骰子落下的命运，不论数字是几，都敞开胸怀，拥抱它。

世间事，是命运之神的恣意安排，还是混乱混沌的一个偶然？德勒兹的回答是，宇宙万象不是一个具有“人的形象”的神的安排，也不是完全混乱的混沌，而是一个个一致性恒动平面，或是混沌宇宙。更深一层的认知告诉我们，每一个“偶然”的发生，看似从混沌飞来的信息，和我们能够加以若干控制的一致性恒动平面，其实有着深层的联系。尼采所谓“肯定偶然的力量”[143]，说的就是这样的人生观。每一个“偶然”若是深究，则都不是完全的偶然，它与内心深层的感受、日日夜夜的渴望，有着深度的联系。试问：芸芸众生，日日擦肩而过的何止千万，为何偏偏会遇上那个他/她？是偶然还是彼此想念的火花在某个时空触发？佛家讲内因外缘，也是同样的道理。人心是一片沃土，种下的种种因，犹如粒粒种子，它们会在日后不定时不定处一一开花结果，回应耕耘者的期待。

当人忘记自己的时刻，每个人都有疗愈的能力。

——福柯

第五章

自我成长：性情与文化

美丽光环的破碎：个人主义

个人主义强调自我，是个漂亮的光环。

从西方16世纪文艺复兴的人本思想开始，这个光环缓缓聚集着它的光野，亮度一直在提升。17世纪，笛卡尔给它献上一颗灿烂的明珠："我思故我在"，提升了自我在这个大千世界的地位；18世纪，康德主张的实践理性，把人性与上帝联为一体，肯定人的价值，为个人主义献上第二颗明珠；19世纪，浪漫主义之父卢梭，再次强调人的理性能量可以克制私欲，造福世界，捧上第三颗明珠，至此，西方个人主义光芒四射，搅动世界思潮。

这个光环亦照亮了东方的天空，成为中国现代自五四运动起，人人争相仰望的绮梦。个人主义光环让数千年儒家思想暗淡无光，仿佛我们老祖先留下的尽是糟粕。深受西方思潮影响的中国20世纪文学作品，批判的都是中国文化里集体意识的压迫，向往的尽是西方个人主义的自主、自由与创新。

西方浪漫主义从19世纪起，昂首阔步迈向20世纪，之后，却踏上一段艰难之旅。20世纪初的自然主义，挥着科学的大旗，把浪漫主义打击得遍体鳞伤。接着萨特为主的存在主义兴起，反攻自然主义的命定论与环境决定论，算是浪漫主义的一次起死回生。远在萨特之前，基督教传统与浪漫主义就有过交汇点：人从上帝那里继承了神性，人性的真善美，都是上帝的赐予。萨特尽力甩开了基督教传统的“本质”（essence）理论，我们不是上帝把神性注入人性的瓶子。人，若是瓶子，也是一只空瓶子。“存在先于本质”，只有存在。没有任何东西决定我们的内涵，是我们自己决定了我们的意义。这样的生命观带来极度的自由。萨特认为，我们从出生起，就被丢入好与坏各种因素交杂的环境里，若是我们拥有的坏的因素较多，那只是我们必须比别人更努力的原因，却不是我们可以放弃生活的借口。

人，用自己的意志力和自由做选择，然后对选择负责，用选择创造意义。这样的自由是一杯烈酒，饮下就要有荆轲舍生取义的心肠。它常常伴随着深沉的恐惧，因为自己所走的道路可能没有前人的足迹，这一步棋的前方可能便是断崖巨浪。许多人因而却步，因为完全的自由可能意味着没有传统的案例可循，没有良师的指导，意味着不知如何是好，其实没有必要把自己那么喜欢的小日子过得如此步步惊魂；为何不沿用旧习？就算明知道它早已千疮百孔，完全没有给人激情的情节。

只是，浪漫主义里最重要的精华——个人主义，在存在主义里并没有那么趾高气昂，因为，存在主义看清了一个谁也不愿承认的真相：个人，不论是从生命本身的意义而言，抑或从人在社会上的关联而言，都是道不尽的无奈，目光之所至，尽是荒凉。

荒谬，无尽的荒谬，在人的生命里，死亡无情地带走了人之所以为人的所有骄傲与意义，丰功伟业、豪门富贵，最终，全成了一具骷髅。存在主义于是在毫无意义的生命旅站里，寻寻觅觅，找到了肯定生命与带动生命的舟车：选择与义务；以生活中无穷的选择创造自己的意义与存在感。

生命自己没有名字，活着是一场命名的仪式，我们给它一个名字、一个意义，在虚幻里看到一丝成就。仿佛一出戏剧，在上台的一刹那，才蓦然发现台下已经没有观众，但是自己既然都做了万全的准备，就当作台下座无虚席，好好表演一场再落幕，算是给自己一个交代。

这样的表演，需要超乎常人的勇气与智慧。能够看穿台下其实没有观众，也是一种难得的对生命的透视力。

从存在主义的荒谬到后现代的荒诞，好像是不费吹灰之力的一小步。科学家与后现代哲学家德勒兹同时看到，宇宙的真相是永恒的变动，存在的荒谬来自对变动的抗拒心态。一份根深蒂固的执着，渴望永恒不变的真理、灵魂不死的自我、平安的天堂，以及呵护灵魂的上帝。

这些，都来自西方千百年来因基督教而对死后生命的渴望，以及源自古希腊的“理性”“实体”与“永恒”等概念。亚里士多德的“实体”“形式”这些概念在浪漫主义时代到达巅峰，柯勒律治所信奉的“有机统一性”（organic unity）更加强固了浪漫主义的个体性（individuality）。卢梭所强调的每一个人无论美丑贫富都是芸芸众生里的“唯一”，与此遥相呼应，一遍又一遍擦拭着个人主义的光环。

后结构主义者德里达与德勒兹的出现，彻底颠覆了西方300多年的个人主义论调，粉碎了一个滚向全世界的光环。

自然界的奇迹：一个“我”的形成

生命与生活，何时会裂为两半，彼此毫无相干？灵魂与躯体，何时会形同陌路？在未形成我之前，我是谁？在结束我之后，我又是谁？当神识暂脱生活的轨道，自由穿梭在上下四方，那个神识是什么？

整个后结构、后现代主义者都在反复砸碎个人主义这个绚丽的光环，他们声称“我”其实并不存在。人其实没有自我，没有主体，德里达干脆说所谓意义只存在语言结构里，而不存在于现实世界中。福柯说人世间只有你死我亡的权力游戏，在权力之下，我们只是蝼蚁。在尼采的书里，上帝从神坛上退位了，更精准地说，是“消失”了。人死后见不着上帝，因为根本没有上帝。这种既富有勇气又极为荒诞的毁灭欲，让人不寒而栗。德勒兹作为后现代思想界的佼佼者，开始在遍地碎片里，寻找可以重新粘黏、塑造的部分。

德勒兹的理论基础，建构在一个宇宙恒动的运动理论上。虽然德勒兹反对客观与主观二分法，为了说明的方便，我们仍然要用主观与客观来做两方面的说明。就客观而言，这个宇宙永恒的运动，发生在我们肉眼看不见的层面上，若用科学的语言来理解，它是分子原子的运动。从主观的心的层次来说，它是个体形成主体“我”之前动力小点的运动过程（pre-individual，pre-personal）。而从形成主体之下（sub-individual，impersonal）的层面来探讨，这里就不得不提人的潜意识。

在《反俄狄浦斯》中，“我”的形成像是一场意外。

自我（或者主体）只是无器官身体和欲望机器的运行中，无意间成就的一个奇迹，一个游牧的、流动式的能量聚集点（mobile quanta of intensity）。

同时，德勒兹给出了一套结合心理学和马克思物质理论的概念关系，用以解释自我。他说，如果一切都是生产与创造，那么，欲望机器是生产中的生产（production of production），无器官身体是记录的生产（production of recording），而自我，则是消耗的生产（production of consumption）。这里面比较需要解释的是第二和第三个概念。无器官身体与欲望机器，若用到人的心理方面，指的是人的潜意识。

根据荣格的解释，潜意识（荣格称之为无意识）应该包含（但不仅限于）我们对世界的全部感知，这包括平日所有的外在信息，即使不被我们的意识吸收，也全部被潜（无）意识记录。它们之所以不被意识注意到，可能是它们对我们的感官刺激极为微弱，或者当它们发生时，我们的感官正在忙着别的事物。但是，我们其实已经把它们全部吸取进来，存放在潜意识里了。换句话说，我们的知觉是全方位的，知觉的细胞，也遍布整个身体，而不仅限于脸部的感官。潜意识不但收容了这些不被意识注意到的信息，也收容了所有意识刻意压抑或遗忘的内容，或者回忆。

潜意识仿佛大海。它是生命的海洋，容纳我们一生的悲喜（抑或生生世世的记忆），所有的记忆碎片载浮载沉。那里波涛汹涌，记忆碎片如沉入海底的神奇宝盒所幻化出的浮光掠影，又如七彩的游鱼，在记忆之海里任意转换自己的颜色和形状。

德勒兹认为，我们原来只有潜（无）意识，没有意识。但是这个潜意识的海洋原本是没有分界线的无意识状态，它是能量的总和，仿佛炽热的光源，抑或冰冷的寒极，只有一种颜色，或是没有颜色的生存状态。于是，它渴望跟自己分离、分裂、再分离，以便创造七彩的世界。柏格森也提到，我们意识的出现，是自然界的奇迹，经过亿万年的努力、盼望，那寒冷的白光，那炽热的红光，终于给了自己一个名字，叫作“我”。

人类从潜（无）意识到意识，是个缓慢冗长的过程。潜（无）意识是一种原始人类的心理状态，没有能力分别任何事物、颜色，即便有这个能力，可能也只是一种本能反射作用，而没有能力去感知到“自己有这个能力”。也许达尔文的进化论解释了这样的物竞天择。经过淘汰进化，人类祖先开始有了“分别心”，那样的分别心渐渐分化出一个“我”出来。

荣格解释无意识（或者潜意识），是为他的“集体无意识”（collective unconsciousness）做铺垫。任何一种动物，包括人类，都有一种形成意识之前的潜在心理“结构”，决定了他是人类，或是其他的动物种类。“集体无意识”不止用在全人类，也可用在民族或家族。我们的某些心理结构、思想特征，从大的方面看，可以追溯到我们这个民族的祖先，从小的方面看可以追溯到一个家族的先人。

到了德勒兹手里，潜意识被唤作“无器官身体”，这个无器官身体，随时“排斥”出欲望机器，而所谓欲望机器也是人潜意识本能的机制。我们的潜意识只有欲望，也就是生命的原始能量。德勒兹说：所谓压抑（repression），不是意识把不要的东西排斥出去，形成了潜意识，而是“无器官身体排斥出欲望机器”。[144]无器官身体无时无刻不在进行着这样的“原始压抑”（primary repression）。也就是说，欲望机器在形成的时候，就失去了完全的自由，开始有压抑。无器官身体只是一个“虚”的概念，无器官身体产生（排斥）出欲望机器的说法，其实就是所有人的原始欲望机器之间的互相压制。也可以理解成，当一个强大的欲望压制了较弱的欲望能量时，那个较弱的欲望被压抑的瞬间，就回归了一个无界限的“虚”的能量空间：无器官身体。从这个层面而言，我们平日里常说的“理性”，也许只是无数个欲望之间的交战而已。譬如，理性说：“我不应该爱上我的好朋友的男朋友。”

可是欲望说："我却不能自拔地爱上了他。"什么是那个道德理性的基础？那个理性的基础会不会仍然是一个强大的欲望：你也爱那位女性朋友，也不希望她受到伤害？

而我们日夜执着的那个"我"，在德勒兹《反俄狄浦斯》里，是个游牧的精魂。

所谓"游牧"指的是没有一定的处所与源头。游牧主体在整个无器官身体与欲望机器的范围里指的是消耗的生产，也就是说，即便游牧主体在消耗与自我消耗，也会因此带来欲望机器的生产。德勒兹把游牧主体说得极为抽象，而且，他也并未进一步解释。但是，最重要的解释已经出现在他给的定义中。游牧主体，亦指"我"这个内在的声音，它不是固定不动的，它游走在身体的每一个角落，甚至全世界、全宇宙；它也漫游在心灵意识，或者潜意识领域，居无定所。"我"不像国王一样"君临天下"，而像个旅客，一个背着背包"浪迹天涯"的旅客。严格地说，它不是创造万物的"主体"，而是被欲望机器创造出来的戏剧布偶，整天说说唱唱，却不知身后有只牵线的大手。游牧主体是生产的消耗者，因为，它永远觉得"不足"，永远希望拥有更多，所有被欲望生产出来的东西都被游牧主体立刻吞噬。而这个"不足"让游牧主体的欲望机器不断生产与创造。

然后，游牧主体继续唱它的饥渴之歌。

德勒兹的舞台剧：内心

德勒兹是一个讲故事的高手。他的故事跟别人的不同，别人讲的故事是人与人之间的恩怨情仇，德勒兹讲的是心灵的手术室的故事，他带领我们穿越那张常常戴着面具的人脸，走进"人"的心里，看一看，若是我们能够穿越一张张“面具”，一个个“名牌”，再穿越情感的泪水，最后走进热带丛林般混乱的思绪。

“人”这个东西，到底是什么？

在讲述休谟的《经验论与主体》一书时，德勒兹提到主体戏剧式的出现，他让哲学概念里的“主体”穿上戏服，活灵活现，走上舞台。如前面提到的，在这本书的序言里，康思坦丁·邦德指出，西方传统哲学认为我们的意识是夜间的探照灯，我们的潜意识是深沉的暗夜：在一切都是晦暗、游移、没有光亮的时空里，所有的景物都没有固定的形状、颜色，以及分别的界限。然后，突然间，我们的意识，像夜间探照灯的光束，使一切景象定位、划界、固定。意识也用理性把一个叫作“外边”的东西和感受者的“里边”相对起来。可是柏格森却用不同的比喻来梳理这个“心”的现象。柏格森认为我们的心原本是纯粹的光，而意识，是一把不透明的刀，把所有的“光”给挡了下来；要不然，光会无尽地散开，不会聚集成影像，再把自己反射出来，成为一个个意念。[145]

德勒兹继承柏格森的思想理念，彻底和传统西方哲学的轨迹脱离，希望穿透到人类“自我意识”“理性”“情感感受”之前的状态。邦德认为，对德勒兹而言，人心产生“我”的过程，是人性的一种超越。德勒兹的“超越经验论”意思很简单：“超越”指的是人心把自己超越了。

一般人会认为“事”“物”“我”都是固定的实体，也是思考概念或者思考对象，科学经验论（empiricism）看到的却是原子的流动感，也就是关系（relations）。只是，当科学把一切事物，包括人心，都变成原子的流动时，德勒兹请大家在这里踩刹车。也许，在“事”“物”“我”与“关系”之间，应该画上界限，不能把自然界与世间所有现象都变成无止境的原子、分子流动。当然，这并不表示事物依然以个体性为主，大化流转为辅。同样地，在探讨人的科学里，原子的流动不是唯一的基调。[146]若是，则人这个存在，就是科学原子决定论的阶下囚。

但是，从另一方面说，若不用科学经验的立场，所有其他的哲学立场都会把人心变成一个固定的主体，一个“我”，有着固定的特性，这些，都是德勒兹想要动摇的传统观念。

所以，德勒兹希望我们看到两者都是生命的基石，也就是说，我们既“有我”，又“没有我”。

德勒兹喜欢休谟，因为休谟主张人心没有一个实质的“我”，所有的想法、概念，都来自经验里的印象。可是，德勒兹认为，这并不表示我们的心只是一面镜子，忠实地反映外在世界。和休谟不同的是，德勒兹说，所有的印象、外界的刺激，都会通过一道门槛，有如一个转换器，把一切都转换、重新组合。这个机器叫作“人性的原则”。

德勒兹真正想要我们看到的，是人心“最开始”的地方，如一个领航员一样，德勒兹带领我们走入“心”这个黑洞。

那是一个没有舞台的剧场，所有的演员（动态的原子、印象、感觉、外来的刺激）都处在最混乱的状态；然后，慢慢地，他们开始进行不同的组合，好像有一个导演出现了，引导大家各就各位，担任起自己的责任和角色，这个导演，就是“人性的原则”：它包括联想原则和激情原则。

联想原则又包括延续性、相似性和因果性，人心根据联想原则里的特性将杂乱的感觉加以筛选，然后它们一起建筑起人心的反思能力，形成惯性、系统，进而有了习惯、信仰，和一个感觉上好像存在着的“主体”（subject）或者“我”（self）。

从这个角度而言，德勒兹似乎暗示，道德，作为一种信仰系统，应该是人“创造”出的，不是自然给予的（可是人本身又是自然的一部分）。人心从混乱不堪到一层一层地“超越”原始的自己，这里所谓“超越”指的是混乱的感觉与意象开始遵循人性法则，变得有秩序，懂得“重复”（德勒兹在写休谟的时候，已经开始酝酿他的“变异”与“重复”的概念了）。

一层一层的超越其实是一层一层的紧滞，那个叫“人性的原则”的导演，最后带领人心这个混乱的大军，团结成一个有模有样的剧团，叫作“我”。邦德说：“我”演练着欲望与自卫的戏码，它无时无刻不在想突破它自己设置的藩篱。其实，这个“我”不止是想突破自己设置的藩篱，它根本就不断地在破坏“导演”给予的任务。它一直想回到原始的混乱状态，那个天地不分、男女无界的亚当夏娃的世界，那里有源源不绝的生命之水，灌溉着枯竭的人心。

人心产生自我与理性后，就开始为自己储备“粮食”，延续发展自我，这似乎是人性的本能。当人心对世间事的感悟越多，它开始明白给予和奉献也是一种自我的发展。但是，我们又常常埋怨世间事的不公允，认为自我牺牲是一种社会压抑的结果。那么，奉献与不情愿的牺牲除了心情不同，还有什么本质上的不同？

这个问题可以从斯宾诺莎的“身体”（body或译成“形体”）概念得到解答。斯宾诺莎的“身体”是种类（mode）的一种；身体与身体之间的关系有两种：被动的感受力和主动的感受力，也就是受影响与影响别人的能力。斯宾诺莎用这个差别解释人和上帝（自然）的不同，而我们常人的自我升华，应该是从受制于环境的自我牺牲，转变成心甘情愿的为众人服务，从中得到大爱的喜悦。属于人的“受影响”取决于人心有“内”“外”之分，属于上帝或者自然的“影响别人”则没有内外之分。一个比较没有内外之分的人，可以放弃较多的私欲，对待家人如同对待自己，对待世界如同对待家人，这种人可以产生巨大的能量，让别人对他产生信任，进而寄予期望，建立信仰。历史上许多伟人、政治上的风云人物与宗教领袖都具备这样的特质。

这是“人性原则”里又一次的“超越”。也就是说，人心是从混乱的宇宙能量“紧缩”成有系统的思考，然后再打破这种“自我”系统。可是打破“人”的系统之后，是否又回到宇宙原来的原始能量？

人的意识是德勒兹“一致性恒动平面”里的“现实的空间”（actual zone of reality）或者“子空间”，跟外面世界和潜意识的“潜在空间”（virtual zone of possibilities）或者“母空间”相连接，它通往无限或者无序的宇宙，得到的也是无限的力量。这说明了人心的巨大能量，与创造的可能性。心的力量可以改变世界，正所谓“精诚所至，金石为开”。尽管肉体生命的有限让人一生可以做的事有局限性，可是其创造能量的发挥，可以激起无数颗心灵的震撼与共鸣，以至于能量可以像波浪一般，一直传递下去，横面的传递与纵向的传递，让一个时代结束，另一个时代启航。

性情与文化：心与心的相濡以沫

德勒兹所定义的文化，比一般意义上的文化特性更细致。他不只谈集体的信仰、习俗和语言，更确切地说，他说的文化指的是一个人真正认识自己的时刻。

这个文化的瞬间，和性情有着深邃的联系。什么是性情？德勒兹说，性情是亿万个激情能量小因子（也是内心的能量强度小点），在一个人的“心”这个舞台空间里，不断地互相碰撞，按照人性里“联想原则”赋予某个人的某种个性和行为特质，以及一生道路大致的方向。例如，有人性情刚烈，有人性情温吞。这个激情本能因子就是潜意识里的欲望机器，它是人心能够把从外界经验世界得到的刺激、印象，根据“人性原则”加以组织的动力来源，也就是欲望机器的发动机。

而文化将所有个人的性情编织成一张巨网。在《褶子：莱布尼茨与巴洛克风格》里，德勒兹强调了“弯褶”存在于灵魂里，也存在于外在世界，因为世界也潜在地存在于灵魂的弯褶里，而灵魂又表达了世界。[147]这段话简单的意思，就是心与世界的互相融入。

在《经验主义和主体》中，德勒兹用“河流”的意象解释文化。他说：“当激情因子在更广阔的激情里面‘看见’（reflect）自己的时候，激情就有了一个高远广袤的视野，超越了自身的局限，这就是文化的世界。”[148]

德勒兹认为，性情与文化，个人与社会，都不是相对的概念；相反的，后者是前者的延展，性情希望得到抒发，因此产生了文化活动，个人欲望希望得到满足，而一己之力微乎其微，不足以达到欲望的目标，因此建立了社会制度。可是后者不是前者无限制的延展，在后者建立的同时，前者却跟着受到束缚。比如婚姻制度让人的性欲得到满足，却又克制了性欲的泛滥，它让人感情有了依靠，却限制了感情如春花般地无限绽放。私有财产制度让人的欲望得到满足，却又阻止一个人无限的贪婪，因为你不能侵占别人的财产。个人性情在文化仪式里得到抒发而平静，如同一个精力旺盛的少年打了一场激烈的篮球赛之后所获得的静谧愉悦。个人欲望也在社会制度中受到束缚。这种束缚，可以称之为道德、法律，但其实是人性在满足自我的同时，给自己设下的限制。

文化是性情的延展。性情是种子，文化是大树；性情是水滴，文化是长河。正如小水滴渴望流进大海，与其他的小水滴汇合；性情，也必须在众人中见到另外一个自己的时候，才能克服自己的局限性。一个小孩贪爱糖果，可是他却可以在看到另一个小孩用饥渴的眼神望着他手中的糖果盒时，愿意给出自己的糖果，从中学到分享的意义。

德勒兹说："反思（映照）的意思，指的是一种自我克制倾向的运作。"[149]有趣的是，英文reflection同时有"映照"和"反思"的双重意义。人在真正"看到别人"的时候，才"真正看到自己"，找到自己深刻的生命意义。一个母亲真正看到孩子的需要而满足他时，才成为一位好母亲。一个老师在真正看到学生的需求时才成为一名好老师。人之所以为人，在于其拥有一项最重要的特质——道德。它犹如一颗闪烁的宝石在乱石中独照天地。

这也是弗洛伊德心理学的真谛：自我是个幻象，它其实是本我和超我的组合，本我在变成超我的过程中，建立了自我。

德勒兹同意休谟的看法，在那个"反思"（映照）的时刻，人心克服了自己的局限性，不但看到了自己，也看到了别人。也许，那面"镜子"是一条长长的大河，由亿万个"别人"组成，自己像是一滴小水滴，融入千万滴小水滴里面，那个反思，其实是一种自我的延展，也就是道德，而那条大河，即是文化的长河。

尼采在《查拉图斯特拉如是说》中也说：一条小河渴望流入大海。

映照的时刻，人心得到延展，突破了自我的局限性，愿意为众人服务，也因此找到那源源不绝的内在生命能量（德勒兹称之为激情本能因子）。

人类社会的命运转盘：从原始部落到资本主义

谁都想不到，德勒兹的文化社会机器论，会从一个巨型的“蛋”讲起。

在《反俄狄浦斯》中，人类是从混沌的“蛋”开始的，之后走过远古时期、野蛮时期，到资本主义时期。德勒兹和迦塔利用非洲多根族（Dogon）的神话来解释人类文明进程。所有家族成员刚刚形成的时候，个人只是一种能量（intensive energetic order），没有名字，没有身份。它们从无器官身体（一个巨蛋）中诞生（这里的无器官身体指的是一个从无到有的过程），再繁衍子孙。凡是家族成员都属于能量的个别呈现，却没有家族内的名称。父母交媾产生子女，父母子女的关系是一种“错位整体”（disjunctive synthesis），因为父母生育子女是自身包括肉体上（母亲临盆生产）与情感上的分裂，凡是因为自身分裂而生成的个体，与母体之间都有错位整体的关系。它们之间的“相异性”不会互相排斥，属于若即若离的状态。父母子女之间在情感上既合一又分离，因此父母与子女的恩怨爱恨常常是最复杂的。

远古社会里最普遍的现象是联姻。为了联合力量而结亲是最普遍的现象。联姻的规则必须由家族制定。关于姻亲，人类学家列维–斯特劳斯（Lévi-Strauss）认为，近亲通婚的禁忌源于部落或者家族必须跟别的家族通婚，女人是交换原则下的筹码。这造就了人类最早的心理欲望压抑和社会压抑。列维–斯特劳斯以“交换原则”为理论基础。他认为原始部落首重亲属关系和联姻关系，交换原则适用于原始部落乃至宗族社会里（用女人交换物资、信息）。出于姻亲的必要，近亲通婚成为禁忌，也正因为如此，人类社会制定了家族里每个成员的名称（角色）：父、母、兄、姐、弟、妹、姑姑、舅舅等；谱写了一整套家族谱系。[150]

对于列维–斯特劳斯的交换原则，德勒兹和迦塔利并不同意。

列维–斯特劳斯的交换原则是以一个静态的结构为基础的，可是，不论是宗族系统还是联姻制度，人类社会的活动不是基于理性的安排，而是活生生的生活。另外，列维–斯特劳斯认为，“交换”是“欠债”的结果，“交换”是人类社会潜意识的企图，“欠债”是意识的行为。[151]某甲借给某乙五头羊，若是届时某乙没有能力还给某甲，则必须用钱或其他物件来交换。交换原则是人性潜意识希望达到的目标，因为“平衡”是人类的原始状态。

交换原则造就的是一个封闭式的循环系统，而且以“平衡”作为前提，所以不可能是人类社会活动的基础。德勒兹认为，人类社会永远处在“不平衡”的状态，因此人们不断努力去达到平衡。即便如此，人类社会依然处在不平衡里。但是，真实的人际关系永远充满变化、背叛、激化、抗争与断裂。德勒兹可能会问：我们可以把一个永远达不到的梦想当作人类社会的基础吗？

因此，德勒兹的论点倾向于：“不平衡”才是人类社会的前提，一直希望找到平衡的愿望让人类进步（前进）。德勒兹和迦塔利说：“欲望不认识‘交换’原则，欲望只会‘偷窃’或者‘给予’。”[152]“欠债”则是保持人类社会前进的一个常态。“给予”或者“偷窃”都是欠债的原因，这些名词只是德勒兹用来解释社会现象的比喻。也许我们都认为我们在寻找平衡点，我们的意识都希望找到中道，可是我们的潜意识哪里知道这些，它要么给太多，要么给太少，要么取太多，要么取太少。

人与人之间，不论处在任何一种情感关系，都是一种“欠债”行为。唯有感觉到彼此之间的相欠，一个一个还不完的“人情债”，一份血浓于水的亲情交融，人与人之间的“情”缘才会继续下去。唯有在彼此恩断义绝之时，才会听到朋友或者恋人之间斩钉截铁的话语：“我们之间两清了，谁也不欠谁的！”

而所谓契约行为，从商场、战场，到国与国之间的盟约，都是因为人性里其实“做不到”的交换原则而形成的约束。

放在更广的层面上看，我们所谓公平、正义，也是以列维-斯特劳斯所谓“平衡”为前提。许多人因为公平正义的不存在而心生不满，对社会怨怼，对人性失望，精神陷入忧郁的泥沼。其实，仔细想想，若是我们的世界已然大同，我们整日享受，再也没有为之奋斗的目标，我们存在的意义又是什么？

德勒兹认为“社会”是一个巨大的无器官身体。他用象征来说明，在社会里，人类的三个时期具有三个“神秘”的“身体”：远古时期的神秘身体是“土地”；野蛮时期的神秘身体是“君王”；文明资本社会的神秘身体是“金钱”。这三个神秘的身体，就全人类而言，仿佛三个无器官身体，因为所有欲望机器的运转，都为它们而诞生或者瓦解。它们是个体命运背后的三只黑手，因为它们本身似乎“无形”，却操控着每个人的命运。所有的规则密码都因它们而“设定”，“解码”，然后再“重新设定”。这三个“身体”让事物不断变幻。

土地首先被人类“瓜分划界”，成了社会秩序的源头。原始野蛮社会最初的单位是社会，不是个人，统治者是酋长，他是部落整体的象征，具有保护部落的能力与责任。后来拥有较多土地的人掌控较少甚或没有土地的人，因此社会有了秩序与阶层，原始社会不能允许人拥有个人欲望或者意志，个人的欲望必须受到限制，无法控制欲望的人，必须受到严惩。原始社会机器的密码产生的目的，就是控制个人的欲望，若被打破，必须在“叛徒”身体上刻下印记、疤痕，甚至截肢，用痛苦让人牢牢记住。这些刻在人身体上的残忍符号，是原始社会的“书写”，它们象征着权威。原始社会的酷刑显示出三种意象：行刑者的权威声音、受刑者身上的烙印、旁观者眼睛得到的快感与恐惧。罪犯身上的刺青、刺字，是远古时代的“书写”，它不像现代语言符号，代表意义。它表达它自己，是力量的图腾。

这三种“身体”：土地、君王、金钱，其实都很残暴。它们创造了所有规则，成为力量的中枢。然而，为什么人类命运的转盘会从土地，转到君王，再转到金钱？这中间有绝对的必然性还是只出于纯粹的偶然？它为何成为全体人类共同的命运转盘？在资本主义社会里，资金的掌握成为战略手段，商场是另一种战场，拼杀的激烈程度不亚于肉搏。而资金的产生，有时又经过非常抽象、超写实的方法，比如股市炒作，人在一种与自身性情完全不相干的情境里成王成寇，最后要证明什么？肯定什么？

金钱的暴力

在马克思之前，卢梭已阐释过资本主义机器的凶残。原始人类社会最后一点如晨露般珍贵易逝的纯真，在人类第一次出现对物质“拥有”的感觉时，人的心灵就已经蒙尘。卢梭认为社会真正的不平等始于对资产的拥有。私有财产造成社会的不公平，拥有财产少的人必须受雇于拥有财产多的人，形成社会的阶层与权力的高下之分。因此，卢梭称不平等为万恶之首。

德勒兹的社会命运转盘，讲述了控制人类命运的幕后黑手，从土地，经由封建君王，最后转到资本。在封建时代，决定人命运的无上权威是君王，再往下延伸到地方诸侯、县官、家族长老。那时，金钱代表某种力量，它是联盟的力量（capital of alliance）[153]，商人用金钱与上层阶级联盟，但不会在货品甲与货品乙之间画上等号，一百元可以买十袋面粉，也可买到三只母鸡，可面粉不等于母鸡。一颗钻戒赢得一个新娘，新娘也不等于钻戒。用钱买来的官职无法得到众人的服从，文人骨子里的气节、学问，都不是钱可以换来的。那时，物品可以因为金钱而获得、流通，但是，物品、人品，没有被金钱定义。

金钱没有至高无上的权威。

到了资本社会，金钱至高无上，它的力量已从联盟转为自身繁衍，金钱可以再生出更多金钱，而且社会上所有物品几乎都可以因钱而获得。万事万物从此被金钱定义，受金钱支配，成为金钱的一颗棋子，为其服务，包括人的意志、情感、意义。人与人之间的关系、社会地位、行事尺度，乃至人的价值、存在的目的，都成为金钱的奴隶。一个原本举止粗暴无礼、行事放肆自私的人，可以因为“很有钱”一下子变得可爱且受人尊敬。一个仪态端正、品德高尚的人也可能因为“很穷”被人嗤之以鼻。

男人娶妻需要有房、有车、有钞票，叫作“有好前途”。女人嫁夫必须对方有房、有车、有钞票，叫作“有好归宿”。对一个以物质的贫富来衡量一切的人而言，结婚的男人娶的是爱自己钱的女人，结婚的女人嫁的是钱不是人。可是事情远远比这样的定义复杂许多，而对于在婚姻里扮演重要角色的双方家庭乃至双方家族而言，舆论的力量可以完全淹没个人内心的声音。再者，贫贱夫妻的现代生活充满不可想象的坎坷，没房没车，没钱给孩子最好的教育，是所有适婚年龄男女的梦魇。

孙立平在新浪博客里有一篇文章《像驴子一样不停地奔跑》，讲的就是当代人的生活困境：房价的狂飙、股市的动荡、工作的压力、物质生活的攀比，让人像驴子一样惶惶不可终日。

在美国，金钱开始像硫酸一样腐蚀着美国立国的民主精神。2010年，最高法院判决裁定“金钱是言论，必须自由”（Money is speech），让所有大公司大财团的变相“贿赂”有了法律依据，从此可以更肆无忌惮。原本在竞选期间或执政期间，公司财团向政客捐赠的献金，法律规定有限制，但是一个民间团体上告政府，官司一直打到最高法院，最后大法官投票以五比四判民间团体胜诉。从此，大财团对政客无限制的“馈赠”变成合法，让美国民主制度蒙尘。

万事万物，包括人的情感领域，似乎都可以因金钱诞生，为金钱效死。金钱成了巨大无边的无器官身体。这个本来只是为了方便某种以货易货而产生的抽象量化概念，已经渗透到人类社会这个机体的每寸肌肤，由抽象变为具象。金钱的流通是社会经济的血液，可什么时候开始，它竟也成了个人自身流淌的“血液”？物质的欲望让人像吸血鬼一样拼命向生命本身吸血，永不饱足。一个人灵魂里的性情、灵性、健康、情感，全部被抽干，转化成金钱。

没有金钱，人绝对没有人生，可是拥有金钱，是否等于拥有人生？

金钱可以杀人于无形，然而许多人对金钱暴力不但没有知觉，甚至甘之如饴。

隐形式存在

德勒兹常用的词组里有一组叫作分子机器（molecular machines）与结构机器（molar machines）。这两个概念表述的是两种不同的存在层次。在极为微细的分子世界，生物的机体与物理学的机器不再出现差异，因为它们都被分解为分子的活动。

长久以来，物理学认为所有现象都可以由物理解释，包括人的心理现象、精神需求，生物学家认为一切生物的精神状态、情感起伏，都可以由化学元素解释，这种二元的合并，是用物质世界的科学知识毁掉精神世界的价值与存在。

德勒兹的欲望机器与无器官身体指的是宇宙自然能量本身的运转和特质，它们囊括了所有物质精神、质量能量、肉体心理的现象。所以德勒兹才会强调：潜意识是物理领域，无器官身体不是用来描绘另一个现象的文学隐喻（metaphor），而是物质自身。虽然表明了自己的一贯态度，德勒兹用了欲望机器来反驳科学至上的西方价值观，他认为也许上帝不存在，但是“神性”存在。分子机器和结构机器指的也是包括所有二元的现象，却没有强调一个被另一个攻陷的结局，德勒兹讲的是一种对宇宙万象观察的智慧。

这一对概念较引人注意的是“结构机器”的形成。小至一个细胞、一个器官，大至一个家庭、公司，乃至社会上的机构，都是结构体。“分子机器”指的是极为细小的量子、分子、原子之间的运动。但是“结构机器”之所以能够形成，靠的就是它的结构与统一性。这里面就必须对所有因素进行选择、摒弃，以达到它的稳定性，里面就出现了越来越严格的规则、越来越大的结构。为了稳定性，结构组织里属于“部分”的自由度就越小。

无规矩不成方圆，就是这个道理。

相反地，在分子机器的层面，没有所谓结构，只有一个永恒的大化流转。这个层次可以称之为“隐形式存在”。但是，没有一个分子机器不在努力形成结构机器，任何一个结构机器，亦有返回大化的解体倾向。因此，这两个层次互相纠缠融合。人们所能观察到的往往只有结构机器，其实分子机器的隐形存在更有意思。

以人体为例，病灶总是从隐形存在开始现身，日积月累慢慢成形。但是若在它成形（变成结构机器）之前，个人改变生活形态、精神状态，则可以破坏病灶的最后形成。隐形存在没有规则，没有统一性与结构性，往往让科学家束手无策。所以，许多以科学为基础的西药，可以对付有组织结构的病菌、器官，却无法治疗整体的身体问题，以及那些发生在器官与器官之间的问题。比如：有胃病的人问西医，我如何康复？若是胃炎、胃溃疡、胃瘤，西医都可以治疗，可是若是胃弱，西医如何治疗？胃弱，就是胃的蠕动慢了，胃有些麻痹了。这时中医就可以发挥作用，看看病人整体而言是阴虚还是阳虚，该如何补气疗虚。

另外，中医药方常综合多种植物，然后熬汤饮用。中药汤是大自然的能量流动，中医开药虽然有大方向的原则，但没有一个绝对的、机器般的标准，中医治病是个谜一般的过程，治好了说“神医”，治不好说“江湖郎中”。可这些词从不会用来描绘西医。西医讲究实事求是，现在更有“一切交给机器”的趋势；中医讲究对病人的描述用望闻问切进行“直觉”式的诊断，这里的“直觉”不是贬义词，许多直觉都是千万次理性分析最后变成瞬间自然反射的“超能力”。中医的能力就是德勒兹所说的“隐形式存在”，中药的功效行走在器官之间，脉络之间。中医不主张“赶尽杀绝”，不主张切除器官，主张与病灶和谐共存，只要病灶在受控制的范围内变成“隐形式存在”，为什么要杀个你死我亡？

生活里还有许多“隐形式存在”的例证，只要它变为极其微小的存在，我们就不必赶尽杀绝：如男友对其前女友的怀念、暗藏于丈夫心底的初恋、儿子对妻子的爱超过对自己、挚友曾经的背叛、自己曾经的过失与遗憾。它们都暗藏于我们的心海，即使表面风平浪静，海底仍然暗礁四伏。

与生活里一切的“隐形式存在”和平共存，也是一种智慧。

但在何时何地，“隐形式存在”的能量开始聚集？一片片干枯的树叶，慢慢地堆砌，也终将成为“结构机器”。智慧的眼睛能够看到细微之处，却不动声色，与“隐形式存在”和平共存，但是如果“隐形式存在”是毁灭性的因子，智者亦能嗅到其聚集的速度，开始做必要的防范。更高明的智者，时刻察觉事态的变幻，以一己之力量提早准备，进可攻、退可守。

生命的意义：完成等于死亡

个人主义的前提是“个体性”（individuality），用通俗的语言来说，即是与众不同的个人存在感。

可是德勒兹却在个体性之下/内，看到一个宇宙永恒的运动。德勒兹说，宇宙万象没有个体性，只有变成个体的过程（individuation）。

如果从“变异或者是能量小点作为宇宙真相的一个构成因子”这样的态度来看事物的话，所得到的结论会是：“个体性”或者“个人主义”所代表的是一个物体或者自我的毁灭（死亡）。因为，所有的变异（能量小点）都彼此产生“差异性关系”（differential relations），这种差异性关系把无数变动的“变异”结合成线、面、空间。

美国学者伯格在《德勒兹与迦塔利》中用西蒙登水晶体的理论，来说明世间事的现象。

> 当一个水晶“种子”被放进原料里的时候，会产生一种“小分子间的内部共振”。水晶种子会把它的形状传递给原料里的小分子，然后它们之间会一个一个地传递下去。“形成个体”的过程就

在种子和原料分子间不断地进行着。当一个“形成个体”的过程结束时，一个个体水晶即出现。[154]

伯格又说，生物体和无生物体最大的差别，就是生物体会不断地让自身维持着一种不稳定（metastable）的状态，于是乎，那个要“完成自我”的过程会不断地发生，而且一直“完成不了”。因为一旦那个自我形成的过程停顿了、完成了，它意味着什么？它意味着一切都结束了，那岂不等于死亡？

这样的例子说明了一个事实，浪漫主义所歌颂的个人主义或者个体性，都不是什么正面的概念，因为它代表的是一个过程的结束或者完成，也就是说，不论个人主义或个体性，都意味着一种不再流动的滞怠。

若我们从生物学的角度来看人生，是否亦如是？常常有人说：某人个性如何如何，某人已过半百，个性已经定型，不会再改变了，仿佛只有幼儿或年轻人的个性有灵活性，可以塑造。可是从德勒兹大化流转的角度看，个性永远不会停止转变，可能有快有慢，有极快与极慢，但是它永远都在形成的过程里。

个性完成塑造自己的任务时，意味着个人精神生命的死亡。

不只是个性如此，爱情、婚姻、事业均如此。爱情萌芽，将明未明的暧昧时期，是爱情最美的时刻，而两性关系趋于稳定的时候，往往也意味着爱情走向结束的开始。人们常常说婚姻是爱情的坟墓，就是因为婚姻代表着稳定，而稳定是结束的先兆。

这个理论延伸到生活里：对人生依然懵懂的年轻人，似乎始终找不到自己的方向，没有一张像样的人生地图。在父母的指责、老师的藐视、社会的排挤之下，这种青年成了反面教材：没有出息。其实他们的能量正在不稳定状态里碰撞，那是一个“展现形状”的过程，只是还未成一个“形状”而已。

人们都希望有稳定的工作、稳定的家庭、稳定的收入、稳定的伴侣。动荡让人心神不宁，没有安全感的孩子在人生的旅途中备受煎熬。然而，世间所有看似稳定的东西，如果它是源远流长的话，肯定有不稳定的东西在支撑着它。换句话说，不是稳定的东西在支撑着不稳定的东西，而是不稳定的东西支撑着稳定的东西。大部分人会不以为然，在茫茫人海中，我们总是渴望一些稳定的情谊，如固守爱情的恋人、等你归来的父母、有情有义的朋友等。但是仔细琢磨，我们会发现，在这些看似“稳定”的价值底下，必然有些什么在支撑着它们，这个支撑即是不稳定的因素。

形色人间，总有几个令人羡慕的爱情故事。终其一生，只爱恋一人，愿意为其等待、为其守身如玉的恋人确实有。然而，亦有可能还未经历过爱情里的稳定期就被迫分手，这些不稳定的外在因素包括战争、传统的婚约、死亡，以及形形色色的理由。留在恋人脑海的回忆是年轻时爱情最美好的片段，是极欲探索一个未知世界的心情。是那个爱情回忆中最美的“片段”在吸引人，不是爱情本身。一旦稳定的模式建立，恋人对彼此的了解日增，激情会减低，疲惫感会出现。恋人之间必须在彼此身上寻求更多的“不稳定”因子，让激情活化。婚姻里的活化因子常常是拌嘴、争吵，在不过度的情况下，这种不稳定关系是一段看似稳定的情感的重要支撑。

事业的稳定期常常也伴随着疲乏感与枯燥感。一个公司的长期发展必须有不断的冒险与突破，否则很容易在商场上被超越而走下坡路。视觉沟通大师南西·杜尔特（Nancy Duarte）在《火炬效应》（*Illuminate*）中指出：“商场上对于现况和未来最通俗的象征是S曲线。

这条曲线是一个企业的生命线：从开始发迹、成长，到成熟。一旦成功降临，一切就趋于稳定平衡，然后就是整体的下滑。为了不被这样的‘宿命’绑架，你的公司必须不断创新，让新的S曲线运作起来。”[155]

于是，即便一个人有着看似稳定的环境，聪明的他（她）可能还是会自己寻找突破点，激活内在的能量与激情挑衅因子，才会有发自内心深处的愉悦感。而对于特别顽皮捣蛋的学生，如果老师有这方面的训练，他就会试图去寻找问题的症结，可能是这个学生的生活里有一处是“停滞不前”的，因此他的内在激情因子无处发泄。这个“停滞不前”不一定是环境不好，有时是环境太好了，太过于稳定的环境反而造成他心灵激情的死亡，为了“活着”，他必须创造“不稳定”。

人与人之间所有的关系，从来都没有一种情况，叫“稳定”。

它们都属于德勒兹的差异性关系，因为差异而互相吸引，而它们之所以成立，都是建立在一致性恒动平面上，所以也有必然的相似处。两个关系非常遥远的人不太可能出现在一致性恒动平面的“子空间”里。所以凡是深度关系的建立，必然是“错位”或者“相反相成”的关系。这是中国哲学里阴阳的关系，可以互补，也可以互相伤害。

亲子关系在德勒兹不稳定的“差异性关系”里，应该属于较弱的一种。生物绵延后代的基因和本能，都会强化父母和子女关系的稳定性，但父母比子女更有可能全心付出。亲子稳定的关系中依然隐藏不稳定的因素，沟通的不良、理解的不够，都会让彼此心灰意冷。虽然亲子在生理上与社会价值上永远相连，但许多家庭依然得面对父母子女的情感疏离与敌对的情绪。父母子女虽然心底都深爱着对方，互相厮杀的却比比皆是。亲子关系的维系中，除了彼此的关心之外，子女想到父母的可能离世也会想要及时行孝，不稳定的“将来”让子女懂得及时把握“现在”。朋友关系不如亲子关系稳定，必须靠友谊维持，而珍贵友谊建立在彼此的付出上。理想中，友谊的小船航行在不稳定环境的大海里，靠着不稳定的大海给予彼此能量与刺激，相濡以沫，帮助彼此产生新的人生领悟或生活技能。

欲望的速度

在德勒兹的理论里，欲望是一种能量，一种具有速度感的能量互动。

传统上柏拉图式的思想模式，认为人会产生欲望是因为生命本身的不足，凡间的生命是充满遗憾的，唯一弥补这个遗憾的方式是到达彼岸：天堂。拉康心理学一直沿用柏拉图的想法，孩子从镜像时期开始，就失去了与母体的深度联系，因此一直带着深沉的“缺憾”。

德勒兹沿袭尼采和斯宾诺莎的观点，反对缺憾一说，他认为人世没有缺憾，人生所有的境遇，都是有价值的。我们是欲望机器，我们的生命是一列欲望的高速列车。这里的欲望，没有好，也没有不好，它是一个中性词。德勒兹的欲望就是尼采的力量意志，是自然活泼的能量，它让花儿灿烂，鸟儿飞翔，因为这个动力，我们有了五彩缤纷的大地，悲欢离合的人间。

德勒兹的欲望机器是宇宙万物，它们用不同的速度，互相牵扯、影响、互动，包括人与人之间的关系。在我们感官意识看得见的地方、人与人之间，纷扰的欲望彼此纠葛，产生怨恨、仇视，个人内心的无数欲望也彼此压迫、冲突。

彼此牵制的欲望造成欲望的消弭、归零，回到无器官身体，但是这样的方向其实是欲望机器生生不灭的条件。欲望的归零不等同于世界末日。但是一般人绝对不会“希望”甚至“渴望”欲望的落空，一生中所有努力化为泡影。那样的归零，不被歌颂。

每个人的欲望列车速度有多快，它又开往何处?

整个人类文明步入21世纪的资本主义世界，拥有更多财富资产成为欲望机器的新方向，而且速度之快，前所未有。以物质欲望的高峰为生命目的的人，从小被父母按照这样的模型塑造出来，再继续塑造下一代。人生的地图反而因此变得简单易懂：最好的幼儿园、最多的才艺培养、最高的学府、赚最多钱的工作、最大的房子、最豪华的车、最高的社会地位、最响亮的名声。

个人的欲望，只是一节车厢，人和人的欲望加起来组合成整个社会这列巨型的欲望列车，它的大方向，是无止境的物质享受。各式各样的新款手机、名牌包、衣服，刺激了整个社会的经济消费，让更多的人愿意为资本主义效忠。在这样灯红酒绿、夜夜笙歌的背后，是海洋、空气、食品的污染，是大地的哭泣、人的漠然。人与大自然脱离之后，把自己关进一口幻象丛生的深井里，不见天日；随之而来的，是各种过劳而死、各种精神压力、各种家庭关系不睦与社会躁动的气息。

现今社会的物质欲望列车，没有歇息，没有驿站，它一路冲刺，勇往直前。

如果欲望机器自己不懂得归零，回到无器官身体，那么，大自然的秩序会自然让它归零，那是一种不情愿的归零，包括事业的走下坡、情感生活的崩盘、身体健康状况的下降，一个以个人身体为主的欲望机器最终必然消殒。

激情的人生

欲望的列车事实上仍会在不同的驿站停靠、等待、再出发。每次停靠，都有千辛万苦的心事、不堪回首的记忆，然后便是发动，鸣笛，再启程。

欲望与激情是孪生兄弟。

每个人都有欲望，可并不是每个人都有激情。是什么扼杀了欲望的孪生兄弟？欲望本身亦是一种变形动物，在某种欲望的目的不被社会环境允许后，欲望会摇身一变，以另一种形式出现。然而，欲望在无数次生死轮回之后，属于原始生命的声音，早已葬身无底深渊。现在仍然在人世游走的，是一具什么也不是的傀儡、一个替身、一缕穿着华服借尸还魂的幽魂。

也许，每个人都有过一种年轻时的向往，那么贴近内心深处的震撼，与生命的本质紧紧粘贴着。当那一层薄如蝉翼的向往被撕下时，心或许会痛，也或许不觉得什么。但是在此时，欲望亲手杀死自己的孪生兄弟：激情。

欲望没了激情，就像一朵没有香味的玫瑰，美丽而虚无。幸好欲望会继续寻找，总会在山穷水尽处，发现激情仍然活着，也许彼此并不认识对方了，但毕竟是孪生，一见如故、似曾相识，于是欲望重新有了活着的意义。

欲望反扑

每一栋美丽的建筑都会把剩下的废材放入隐秘的储藏室，它就隐藏在大厦里一个不起眼的角落里。每一个光鲜亮丽的人，也有一个不愿示人的“储藏室”：那是被压抑的欲望。可不管如何掩盖，受压抑的欲望都会随时走入生活，像是弃儿循着母亲的气味回家。

越成功的人，压抑越大、越多。在每个想要扑杀欲望的努力中，我们反而常常看到欲望强烈反扑的踪迹。在《女性方方面面》（*The Aspects of the Feminine*）中，荣格提到男性的“女性内涵”（anima）和女性的“男性内涵”（animus）。其中男性的女性内涵指的是男性在公众场合也许叱咤风云，表现出异乎常人的理性，彻底压抑感性的一面，以至于回到私人空间的时刻，表现却像极一个小男孩，完全由妻子控制（反之，越在公众空间表现怯懦的男人，回家可能成为暴君）。

在《反俄狄浦斯》中，德勒兹与迦塔利写道：“压抑不是意识把潜意识排斥出来，而是无器官身体把欲望机器抛出来。”潜意识里无数的欲望总是在生成与消失之间变换着。任何一个欲望都渴望一种消融。这样的生命力遇到目标，就会全力以赴，达到目标后就如同碰撞岩石的海浪，开一朵美丽的浪花后，回归大海。然而，若是目标一直无法实现，欲望的能量不但受挫，而且被社会价值彻底否定，明明要奔流的泪水却必须努力忍住，长期的压抑最终演变成猛兽出笼。

生命的蜕变

欲望或者生命力，亦代表蜕变。

成长蜕变总在无声无息中进行，蜕变的动力即是欲望。蜕变也是时间的轨迹，可为什么资质相仿的两个孩子，会在二十年后蜕变成截然不同的两个人？蜕变过程中命定的成分有多少？

基本上，德勒兹认为，每个当下的瞬间，都是前一刻与后一刻的联系。每个个体的蜕变，前一刻的自己和后一刻的自己仍然有某种程度的共同点，但又不是完全一样。这种幽微精深的变化不是一般人可以看得出来的。在一致性恒动平面的理论里，德勒兹探讨因子（因素）与成品之间的关系，因子与因子之间的碰撞产生新的因子，新的因子再与旧的因子互相碰撞再产生新的因子，但是每一个新的因子和旧的因子之间并非绝对的不同，总有一些相似处，但是不断地碰撞下去，相似处就不断地递减。因此，每一次或大或小的碰撞瞬间，确实有新的东西产生，只是这个新的东西有着旧日的影子；它确实是一个新的东西，但并非和旧的全然无关（德勒兹的理论里不存在“决然没有关系”这样的想法，事与事、人与人、国与国，都没有“决然没有关系”这样的时刻）。

生命的蜕变，其实，只是不断修正。

也正因为如此，尽管生命的蜕变不是命定，但也绝非“偶然”。一个出身贫困的孩子将来想要大富大贵，不是不可能，只是非常难。他（她）必须要比其他环境较为优异的孩子更努力，还要有可遇不可求的机缘。的确，不论是在现实里还是虚构作品中，我们常常听到或看到类似灰姑娘的故事，这里面应该都有着不为人知的心酸，一定有某种程度的放弃与牺牲。

撇开物质财富不谈，单就精神的提升、人格的培养、劣习的改正而言，自我突破是可能的，但是必须有坚强的意志力和环境配合。个人的特殊能量来自先天，我们不能改变，可后天的环境影响力不容忽视。教育者如父母、师长、学校，甚至教育当局必需竭尽心力去做的，是给孩子一个正能量的环境，才能让孩子在蜕变的旅程里，去培育善的因子、坚强的心态，培养欢喜接受的韧性。

欲望，是蜕变的动力，亦是蜕变的方向。

欲望本身没有对错，欲望的结果却给个人带来阴晴圆缺的一生，给社会带来前进的动力。

也正因为如此，人生才如此让人唏嘘。一生的旅程走下来，有人走得越来越坦荡、轻松，有人走得越来越沉重、恐惧。亦有人从一无所有走到功成名就，而另一些人从坐拥金山走到身败名裂。似乎其中一个决定因素，即是欲望的内容，或者说，是欲望的方向。

你的欲望列车开往何处？

亚里士多德已经对欲望列车的方向做过详细的解释。人的一生追求什么？对亚里士多德而言，人追求的是幸福。这里的幸福包含人所渴望的一切：物质、健康、情感的满足，是人生全面的成功。亚里士多德认为这种追求是人之所以为人的目的。然后亚里士多德汇集他所有的智慧，谈论达到这个目的的方法：道德。德勒兹虽然反对亚里士多德的目的论，但是并没有否定亚里士多德的“道德”，只是德勒兹没有用“道德”这个字眼，他用的是“无器官身体”。无器官身体包含道德的暗示，却不是以道德为主的理论。

无器官身体就是欲望的归零，一种毁灭的欲望。欲望永远都在拆掉旧的，重建新的；而且这个拆毁与重建不是一先一后，而是同时发生，拆毁本身即是重建。一般人无法看到这个层面，因而畏惧毁坏，压制毁坏的欲望，造成许多创造力极强的孩子因而沮丧，甚至自卑。许多发明家小时候都是破坏狂，当一个孩子把你漂亮的项链用剪刀剪断时，他看到的绝不是你看到的。你看到了一份价钱、一个捣蛋鬼、一次失去；而他却看到了一个事物的原状、一个可能性、一条新项链的前身。

在生命蜕变的航程里，欲望也会伪装自己。

欲望，不论看起来多么晦暗、低贱，甚至邪恶，都有着另一面，渴望光明，渴望高尚，渴望善良。问题在于我们有没有能力不被现象蒙蔽，能够看到潜藏在负面欲望之下的正面渴望。一个自闭的孩子或许正渴望别人的理解，一个逃家的孩子或许正渴望家的温暖，一个桀骜不驯的孩子或许正渴望拥有更多的自信与价值。

没有一个孩子不喜欢善的力量，正如没有一棵小树不喜爱阳光。

零点哲学

如果硬要说德勒兹有一种自然生成的价值观，就是他鼓励人走向“无器官身体”，那是一个零点强度的哲学，一种勇于“归零”的人生态度。欲望机器必须不断自我监督，随时归零，才能达到永续发展的目的。

这里的“零点”没有一丝一毫负面的意思。弗洛伊德说：无（潜）意识不知道什么是负面，它不会说否定的“No”！即便它想说负面的事，它还是用正面的形式。梦里的逻辑不是语言的逻辑。只有在人类的语言里，我们看到了否定的形式。

零点强度这个概念是由拉康心理学派首先提出的，他们试图找出一种生物体的零点强度，那是一种静止的零点。弗洛伊德认为人的快感来自紧张与放松之间的关系，所以，零点强度是紧张后的全部放松，用在生物体身上应该与快乐有关。几乎所有让人真正拥有“饱满快乐”感觉的时刻，都是紧张之后的彻底放松，积极地彻夜准备，绷紧神经赶赴“战场”，唇枪舌剑或是笔墨飞舞之后的淋漓畅快，这是身体的零点强度。

弗洛伊德在《超越快乐原则》（*Beyond The Pleasure Principle*）里，勇敢对自己的理论提出质疑，进而突破自己的研究。在给第一次世界大战心理受创伤的战士治疗时，他发现战争的痛苦记忆会在战后通过不同的途径突击战士的心灵；同时，弗洛伊德在其孙子的游戏里，发现孩童亦会不断重复一些令自身痛苦的经验：比如母亲的消失，甚至自己的消失。这些都让弗洛伊德开始思考另一种与快乐原则背道而驰的生命现象：死亡本能冲动（death instinct）或死亡驱动（death drive）。

弗洛伊德发现，人性的欲望里不只有对快乐的向往，还有一列反向列车，开向自我毁灭。人也会迷恋痛苦的感受，不断制造机会，让自己恐惧、痛苦、迷惘，来证明自己的存在。弗洛伊德解释，这样的原始欲望因为不能时时指向自身，所以指向外面的世界，也就是爱德蒙所谓“激情挑衅因子”（aggressive drive，第六章详述）。它在平静的湖面掷石，在美丽的画布上泼墨，在安静的小镇制造花边新闻，在和谐的家庭暖炕上演绎一场不悦的争执。

（一）变成不是自己（becoming-other）

零点强度代表对“手段—目的”这种思维方式的扬弃，这是对凡事都注重效率、功能性、整体性、系统性的理性价值判断的质疑与否定。这个大千世界的实际运行方式并不完全遵行人类理性的法则，不论是宇宙万象抑或人心内在的活动，都是支离破碎的因素，在时空里混乱地游移，但是却出于某种“原因”而“黏合”在一起，也就成了德勒兹的“一致性恒动平面”。我们的生活或许就是由众多这样的界面组合而成，每一个界面上的能量运动小点并没有围绕一个固定的、统一的“中心”而运行，正如在我们的生活里，若有一个中心目标，也会因时因地不断修正位置。德勒兹不注重探求这个把事物“黏合”在一起的“原因”，更不理会一般人热衷的“意义的追寻”，因为意义代表了某种对真理的期待，天底下“真理”何其多，各门各派，武当峨眉，为了自己认定的道理和“意义”而大打出手的人不在少数，严格地说，都不是德勒兹眼里的意义。

那么，德勒兹有没有自己的意义？后结构主义的另一个思想家德里达对于意义的追寻已经到达了意念的悬崖，虽然身子还在悬崖上，心却已经坠崖。德勒兹没有那么悲观，他仍然像岸上观鱼的庄子：“子非我，安知我不知鱼之乐？”在一切都仿佛无序虚无的刹那，他的思想峰回路转，柳暗花明。他看到水流的湍急与无序，一如旷野的空寂与人世的虚无，可是他猛一转身，看到了不同的水的样貌，水再无序，也是鱼的生命之源，世间再破碎，亦是修行的道场。

于是，德勒兹有了追寻的目标。“归零”是德勒兹追寻的意义。

德勒兹的零点哲学，是弗洛伊德的反向列车通往无器官身体的旅程。如果一切终将成为梦幻泡影，那何不将自己也幻化掉？变成“零点”，成为无器官身体，即“变成不是自己”，也就是一般人说的蜕变。蛇的蜕皮是一种成长的印记，而人要成长，也必然经历蜕变。

这个蜕变的基点是思想的创新（创造）性。自然大化瞬息万变，社会也不断在变化，变化的速度，不论人觉察与否，无时无刻不在进行着。南西·杜尔特在《火炬效应》里写道：“环顾四周，你手里的智能手机，你杯子里的第三代匠人咖啡，还有你脚下踩着的合成地板。它们的出现都是因为一个无惧的创造者，怀里揣着一个创新的想法，然后告诉大家他的远见。”[156]一段生活、一段人情关系、一场婚姻、一个公司企业，如果是健康的组合，就必然随时变化。变化代表的不是不安，而是创造的契机。我们的内心必须随时准备接受改变，并且启动改变，用无穷的想象力生产创意、改变现状，才能不断进步；否则必然被生活的洪水淹灭。

这是一种心态。零点哲学的心态，效法自然“天行健，君子以自强不息”。

（二）获得与付出

然而，让人不解的是，德勒兹这里所谓零点哲学，每个人身上似乎时刻都在上演，根本不需要去努力“实践”。我们不是在日日变化吗？年轻的理想，早已埋入杂草丛生的心丘，镜中的花容月貌，也已随风而逝。曾经的少男少女，因着社会环境的变迁，物质金钱至上的扭曲价值观，提前“老化”，变得世故、油滑、现实与迷惘。

德勒兹这里所谓蜕变，不是向着自我、私欲、无止境欲望的满足前进，当然这些是其中的旅站。

这个议题的前提是：人这个欲望机器在做什么？当然在“欲望”。可是欲望不一定是欲望“得到”，也可以欲望“给予”。我们何尝不是在因为欲望“得到”而不断“付出”？

欲望的归零不是停止欲望，而是看清楚欲望的路线图。那是一张密密麻麻、枝节丛生的野战地图，每一次枝节的变化都是归零的暗语，欲望在做反向运动：渴望得到的同时，人们也在渴望付出。一个公司的员工晋升经理的职位时，总是说：“请给小弟我一个为大家付出的机会！”这句话初听之下仿佛是客套的甜言蜜语，可是他不是一直得付出吗？他得付出堂皇的理由、热情的问候、辛勤的工作、晚归的代价，甚至夫妻的失和。所以当我们谈欲望时，不只是欲望得到，亦包含欲望给予。天下没有免费的午餐，每一个得到同时也是付出，每一个欲望机器的运行，都已经准备进入它的反向，或者可以说，同时已经是反向的了。当我们看到别人攀上高峰时，千万别只看到那个高峰，而忘了他一路走来的满身伤痕。

可是这样的付出，却都是以“得到”作为终点的。执着于“得到”的付出，的确是欲望机器运行的指南，而且付出也必然收获。只是最后“获得”的结果，不一定是耕耘者当初设定的目标。为何不能敞开心胸，收获所有长出的芽籽？就算一无所获，此番努力的过程，亦是下次耕耘的前车之鉴。

人心不只是在二元里游走，而且是在二元的基础上做无垠的漫游，只要愿意正面思考，就有突破的可能。世间事林林总总，小至夫妻斗嘴，大至两国相争，在所有的冲突背后，都有正面的因子存在，都是一种相互的消长。世间所有负面的力量，同时亦缠绕着正面的力量，只是人心的眼界过小，无法洞察。那么如果人心一直在负面力量里游走而无法见到正面的能量，是否将万劫不复？也不会。因为人心不会“永远”沉溺痛苦，否极泰来，不论多少年的消沉，一个人终有领悟的时刻，只是这个时刻不一定及时。

我们需要看懂这张欲望地图的能力。人心的欲望与自然大化的能量无异，都是无数能量小点彼此的碰撞、再生、分裂、重新组合。如果归零是前往无器官身体的旅行，那么归零代表的也是阴阳相反相成的路线图，两个相反事物的撞击不但可能造成自身的结束，也同时产生无限的可能性，从长远的角度看，也许不是自身真正的结束，而是自身的延展。

（三）零等于无限

零点不是虚无，而是绝对的强点，零等于无限（Zero equals infinity）。这个无限意味着一种环境与个人、内在与外在的深层关联。当人主动地克制“只为自己”的欲望机器，开始关怀别人、关怀环境的时候，他就是在练习主动归零。主动归零的欲望机器可以历久弥新，不断产生新的力量。

以自我为中心的人，其生活重心是“据点”；攻下一个据点就死守不放，觉得离了这个村就再没有那个店了。这种人以牺牲别人来照亮自己，别人永远是柴，自己才应该是火炬。然而，人与人之间的关系，其实如同脏器与血管之间的互相依靠，毁灭别人的同时，亦在自我毁灭。癌细胞是最爱毁灭其他细胞的激进分子，可是当所有的细胞都毁坏，整个身体死亡之时，癌细胞亦无法独活。人在了解人与人之间共生的原理后，就知道人心的蜕变不表示要随波逐流，而是要在道德上进化。

尼采在《道德的谱系》中提到“人”的形成：人必须在压抑自然的原始力量中完成自我雕塑，成为“超人”；而这个压抑的倾向也是人原始力量的一部分。每一个完美人格的塑造都是一次痛苦的文身，可这个文身与社会加诸人身上的规范“文身”不同，前者是一种道德上的自觉与自愿，后者是强迫。

因为生命如弯褶，没有绝对的内在与外在，人与人、人与自然之间就是脐带相连的生命共生体，而当人真正认知这一点时，他就会以一种“共生”的人生态度作为行为的基础。同时，这个共生体并不是合一，它的内部也并非互助与和谐，里面亦有反对、内斗，甚至互相毁灭。然而，所有外在世界对个人的反对浪潮，或是个人内心的反抗声音，有时也是帮助个人成长进步、激发创意的转机。美国合成地板企业Interface创始人安德森（Ray C. Anderson）化危机为转机的故事值得一提。他的公司创建于1973年，可是到了1994年美国环境保护运动开始萌芽，他的顾客开始质疑他的产品不环保。他也开始感受到自己公司未来可能面对的危机。顾客的一句“你的公司为环境做了什么事?”如同天际飞来的长箭，刺痛了他。他开始阅读关于生态环境的书籍，并且强烈要求他的智囊团给出一个时间表，六年内必须达到“不对自然生态造成危害”的目标。他的员工觉得这种要求疯狂又匪夷所思:“一个以化学物为主要原料的公司竟然要推行环保?”可是安德森没有放弃。他一次又一次挺过公司内部的质疑，请同事思考:“我们都是生命这个大网的一部分，我们在这个美丽的蓝色星球上只是短暂的栖息，是选择保护她还是伤害她?”[157]安德森的坚持最终得到了支持和尊敬，三年内有四百个方案提出，大大减少了工厂对环境造成的污染，这些创新方案都是由公司内部通过奖励的方式，鼓励员工出谋划策而来。三年后的1997年，这些创意一共为公司省下四千万美金的支出。安德森不但对地球生态做出贡献，同时也挽救了自己的事业。

(四)人生潇洒走一回?

然而，有没有一种付出和给予，本身无须回报与获得?

归零哲学是一套强者或者超人的价值观，与一般苟且偷安的想法截然不同。它遵循着尼采“超人”的思路，发挥“主人”的意志力，锻炼心智、储蓄自身的能量，不把牺牲别人当作提升自己的手段。他具有无比的创造能量，带给周遭欢乐、福祉，尽心做好每一件事，但绝不恋栈，绝不试图拥有、霸占，抑或藏私。他的人生图纸永远是流动的曲线，而不是固定的执着点。对他而言，点亦存在，但是永远以线为中心;只有让心绪不断地流动，才有能力保持清醒，保持活力。

尼采的力量意志，是人心自身创造出的能量，抛向世界，激发自我潜能，挑战自我极限，法文称它puissance，它是一个零点的哲学，因为每一次欲望与力量，都在一个过程中发散，完成自己，然后归零；像火炬的燃烧，重要的是从点燃到熄灭的过程。一段越野赛跑、一场竞赛、一个项目的申请，过程最重要，结果次要。结果的意义是它在人的社会关系里扮演什么角色，而不是欲望或者力量给自己添加价值的标准。力量本身也会因为不计成败而发挥到淋漓尽致，所以零点等于无限大。当然这么说不是让人做事都不计后果，只是在冲锋的一瞬间，所有理性分析的重量都要抛开，才能让力量自身如火箭般迸发。

人的理性当然会在事后检讨，但心情应该是平静的，因为美好的仗已经打完。所有事后的检讨是火箭的修复，希望下次动力更足而已，完全无损那个特定时空里“完美”的发挥。

比赛结束时，力量的归零意味着不拖泥带水，可以潇洒离去，不论成败。可是一般人很难做到欲望的归零，比赛的结果意味着社会价值的增减、人气的聚散，赢的一方则意味着奖项、财富、名气，与未来更多的机会；若是国际比赛，更指向身价、代言、媒体曝光、行销，甚至政治的参与。

这些还不是最复杂的部分，法文里的pouvoir，是人与人之间的权力斗争与弱肉强食，力量的展现不是把自身的能力发展到极致，而是控制别人、驾驭别人的意志、抵消对手的强度。其实，游戏或者比赛有两种方式：第一种是零与全部，另一种是全体都赢。一般的竞赛都是第一种，一轮一轮的淘汰，每一轮都只有一个赢者，最后胜出的也只有一位，其余全部是输家。这种竞赛的中心意义，就是你必须把自己的胜利建立在别人的痛苦上，而且没有内疚。可第二种竞赛不同，大家一起互相合作，从此岸跑到彼岸，我们的竞赛内涵里只有正面，没有负面，因为通过合作与互相帮助，大家都进步了，最后若是能达成任务，大家都是赢家。

这两种竞赛的差别在于“心态”。

我们的社会价值，大多偏向第一种竞赛模式，欲望机器里的零点，就是零点，而不是等于无限。失去，就是失去，不等于得到。欲望机器的运作是占有那个“最好”的位置，那个赢家的尊荣，让其他的欲望机器一无所有。这的确也是一种归零的方式，可不是最好的方式。因为当一个欲望机器让其他的欲望机器归零时，别人也会想方设法，让对方归零。另外一种归零，是每一个欲望机器都能反省自身欲望的疆域，让自身欲望方向由自我胜利转到大家胜利，放下自我的无上尊荣，换回大家的心灵平静与幸福感。自己先让欲望列车返回，比最后让别人嫉妒、痛恨，再齐心毁掉赢家的欲望列车，相对而言，较为明智。

（五）生命的缺憾与无惧

进入无器官身体的零点哲学，亦是一种沉潜的智慧。智者明白白昼与暗夜的交替，心中向往白昼时，当把自己放在暗夜里潜藏。欲望的同义词“生命的动力”如同熊熊火炬，想让生命的火炬不灭，就必须留给自己一些“生命的缺憾”。那些生命画布上尚未着色的部分，着色错误的部分，正是让人可以继续努力的理由。

通往无器官身体的，是一种“散开”的力量，也是不断地放下。放下不是弱者的举动，因为放下的前提是曾经“提起来”过。在责任面前，他曾经勇敢地接受挑战、承担责任，但是在该放下的时候，他也能毅然转身而去。因为，只有放下，才有可能再“提起”，只有舍去，才能再次获得。

零点也是中道的另一个孪生兄弟，因为零点也是相反运动之间的临界点。股市的上升与下跌有一个契机，那个从一直攀高到突然下滑的“瞬间”，下跌的途中，亦有一个突然升高的“点”，这就是所谓否极泰来、物极必反的道理。这个道理大家都懂，问题是如何“看到”那个点？欲望机器的运行中，能量小点时时在变化，也时时在“归零”，但是从某个角度观察，也许会看到一个较明显的转折点。有能力看到“哪个点会转折”应该是一个人在人生所有重大项目、投资、社会政治活动里最重要的能力。能够“攫获”那个瞬间的能力，可以让人功成名就、囊饱利收，但这不是德勒兹哲学的目的，德勒兹想要的不是社会意义上“成功”的人生，而是无惧的人生。这又回到他所信奉的尼采骰子哲学，掷骰子的人永远要有接受结果的勇气，而不是想去“控制”骰子的组合。害怕失去一切的人永远没有资格拥有一切。因为零点与无限不但永恒互相纠缠，而且从不同的角度看去，它们就是彼此。随时都可以放下的人，才是人生真正的赢家。

对于普通人而言，即便无法洞悉那个转折的瞬间何时发生，却可以日日努力让自己尽量处于较顺遂的境遇。方法很简单，时时在既有的“位置”上做归零的运动。比如，一个成功的人，如何持续保有既有的地位？时时让自己小额度的欲望归零。拥有一颗谦逊学习的心，随时随地对社会做金钱或其他利益的给予，随时为未来可能的危机做准备，等等。反之，一个遭遇困境的人，也应该做适度的欲望归零：反思目前的境遇的真正原因，检视目标是否设定有误。放下某些执着以改变规划中的某些因素，反省自身个性的缺失、努力的程度以及方式，等等。

谁可以真正定义自己是“成”是“败”？每一个思考都是创造，一个思考的转弯，极可能造就另一个成功的自己。

矛盾下的和谐：自我挣扎与社会的人我共存

伯格在《德勒兹与迦塔利》一书中提到另一个独到的见解：自然界常常处在一种“从不平衡达到平衡的状态”。他以西方做砖的古法为例，指出掺了液体的流动黏土倒入器皿中出现的不稳定现象可以启发人的思维：

> 当做砖块的流质黏土被倒进木制的砖块模型时，流动的黏土带着它内部的能量，其实是可能变成任何一种形状的。可是当它的小分子撞击到模型的壁沿时，黏土便开始和外界的力量互动了。流动的黏土和木制模型的边缘主动交换着一种共振，这种共振把黏土内部的分子结构改变；从内部不平衡的能量分布，变成平衡分布的能量。而黏土的流动基本上是向前、向右，以及向左的运动交替着，冲向右边的能量与木制边缘冲撞后，经过平衡处理，多余的能量会弹回来，向左的亦是如此。因此，是多余的能量在支撑着这个运动，当一切渐渐平衡时，流动亦戛然而止。[158]

伯格的解释非常具有启发性。什么是“多余的能量”？那是一种不断从两个极端中自我修正的大自然能量。比如，开车时手握方向盘，我们的手一直左右左右地摇晃，然后再一直回归中央的位置，但是在回归中央的位置时，其实又超过了中央而到了相对的另一个极端，然后再摆回来，如此不断重复。我们在左右两端不断反复、不断修正。这个“多余的能量”就是摆到两极再往相反方向弹回来的能量。在我们的心里，是不是也有这样的能量，不断在两极间游走，最后形成了一条看似稳定的“中间”路线？

所有人心的二元思维都是如此，在两个极端中，思想痛苦地前进，小至个人的人生困境：“先立业还是先成家?”“为家庭牺牲理想还是为理想放弃家庭?”“爱情里理性多还是感性多?”大至社会政治课题：“自由主义还是保守主义好?”“反对堕胎还是赞成堕胎?”“政府要多一点法条约束公司，还是少一点法条让企业自由发挥?”个人对于自我的人生课题不断地思考，可以帮助自我成长，左右摇摆最后会有一个看似“中间”的解决方案，作为个人处事的方针，即便有人可能因为作风极端而导致严重后果，亦是一种人生教育。许多事情本身没有对错，“顾此”有时必须“失彼”；接受结果，让自我的欲望航线，再改进、再调整。社会上人与人之间两极化的利益冲突、情感冲突，也可以是彼此自我反省的催化剂，促成欲望机器的自我调整。

冲突是两（多）种差异或者两极化的意见想法必然带来的见面礼。它存在于人的内心，也存在于外面世界。所有个人与社会欲望机器之间的碰撞是欲望机器运行的前提。在冲突后的内在不平衡就是这个“多余能量”，它是让人前进的动机与力量，就个人内心的思考而言，“多余能量”是内心挣扎前进的动力，在二元的内心冲突中，人心循着如根茎般错综复杂的路线，孕育新的想法，生产新的能量与创意。社会上各个团体的互相冲撞，也会刺激团体内部的自我调整与创新。

莱布尼茨的“和谐”理论是一首交响曲。

“和谐”旋律是协调冲突、整合杂音的过程与努力。任何一个人的存在，都是莱布尼茨理论里的单子或小灵体，个人最高程度的和谐与幸福，都掺杂着无数内心细微的不安，只是这些极为细微的内心“冲突”为整体的快乐所包含，如同杂音被整体的美妙旋律收容。真正的快乐是极高的能量互动。只有这样的“快乐”才可以不断复制、延长，并且吸引其他的旋律来加盟，成为一支震撼人心的交响曲。试想哪一段惊天地泣鬼神的爱情故事不是备尝艰辛？这样的“幸福”是每个心灵所追求的，而且，这种幸福可以在最痛苦的时刻依然存在于灵魂的深处。[159]

尼采也有类似的论点，真正的快乐都伴随着痛苦。快乐最高的境界是克服障碍：赢得一次比赛的胜利，完成一个难度极高的任务，在极为困难的课堂上取得高分，考上最高学府、攀上最高山峰。这种快乐伴随着自身能量的肯定与提升。

每个人都有所谓“主旋律”，也有“次旋律”。“次旋律”指的是无数细微旋律之间的差异关系。“主旋律”不断吸收、接纳、整合无数细微的不协调次旋律音符，整合的过程可能是痛苦的，细微的旋律都是不稳定的音符，即使是快乐的音符，若是没有被整合进入主要和谐，随时都可能转换成痛苦的音符。[160]最简单的例子就是：我们本来不太喜欢一个人，可是若那个人突然做了一件呼应我们自身主旋律的事，比如下属完成了长官的一个重要任务，同事送了一条你心仪已久的围巾等；于是，我们对那人的整个“观点”都开始改变，他（她）变得举止得体、聪明贤惠、善良机灵，甚至连长相都变得有点美丽或者帅气起来。

德勒兹在讲述莱布尼茨的主旋律理论时，给的例子是赴死的烈士。纵使身上带着无数的伤，赴死的烈士内心仍然是幸福的，烈士的内心不是感觉不到痛苦，而是没有怨恨，在他的心灵深处，有着某种喜悦。

而这个理论也可以用在团队关系上。所谓“志同道合”只是大方向的主旋律和谐，即使目标相同的团队也会有个人意见的不和。一个人在团体里若是没有“敌人”或“对手”，是不会进步的。团队的和谐不是去压抑意见不同的人，而是不该因为意见不同而产生憎恨。

德勒兹说：欲望机器互相吸引是机器的功能，互相排斥是产生功能的条件。在物理学上，任何一个个体的形成都是原子运动互相排斥和吸引同时存在，正反面的意见都要倾听，才可能刺激思考。尼克拉斯·卢曼（Niklas Luhmann）在《系统理论导读》中，反复强调系统的维持建立在它与环境的“差异”上面，[161]每个系统本身都必须不断改进才可能维持。同僚或者朋友之间的差异，甚至争执，是一个让自身思想系统反省的机会。

而反省的过程，有时就是创造。

驾驭自己与管理别人

（一）了解自己

每个人都是领航者，给别人领航，或是给自己。

驾驭自己、经营婚姻、教育孩子、人际关系，以及工作上的上下属关系，人生中每个决定都是管理众人，也都是一门领导艺术。这个艺术的前提，是驾驭自己。德勒兹在《德勒兹论福柯》里提到福柯的权力理论，最重要的就是驾驭自己。[162]不能驾驭自己的人，不可能有能力管理别人，更不用谈驾驭别人。一个人必须在对自我与他人关系有着正确了解或者领悟的状态下，去驾驭自己以及管理别人，才称得上一个优秀的领导者。

驾驭自己之前必须了解自己。

那么，什么是自己？什么是人我关系？对于“自己”（self）这个概念最深层的领悟，就是没有“自我”（ego）。

福柯所说的“power”一般翻译成权力。其实，它还可以翻译成：影响力、感染力、能力与能量。福柯认为，我们不只是身体（body），还是力量（force），而我们这个灵魂的力量只存在于“关系”中。[163]

那个身处在社会里的“我”是众人所堆砌出来的一个关系转运站。每一个人，不论愿不愿意，或者明不明白，在衣食住行各个方面，都无时无刻不在向社会（世界）贡献自己，并且不断吸收别人对自己的贡献。当我们找到第一份工作赚钱养活自己的时候，也正是我们开始贡献“别人”（社会）的时刻。

莱布尼茨说：“自己是世界的表达，世界是自己的表达。”一个人的成长、成就，是无数社会因素的综合成绩单，自己的努力与才智只是其中的两个因素而已。每一个成功的内在自我，都装着一整个世界的精华，而每一个成功的社会，都装着无数精华的自我。一个领导者必须了解，今天自己的成就，是靠多少人的血汗建筑而成的。所谓“一将功成万骨枯”，领导者要在这样的情况下去驾驭自己和管理别人，才不会被私欲蒙心，才不会有过强的自我。用这种心态了解自己与环境，才能“如临深渊、如履薄冰”地处理众人之事。

如果一个人在做任何事时，都想着我自己能在里面拿到什么好处，这样自私自利的人，就算因为某项才能坐上了管理者的位置，也绝不可能长久。因为他（她）不明白自己只是所有能量关系的转运站而已，自己与他人密不可分。努力提高自我内涵、充实知识，是为众人社会做更大更广的贡献，而为众人提供幸福的同时，也增加了自己的幸福感（当然还有各种利益）。一个管理者应该把众人的快乐当成是自己的快乐。可以给别人利益的时候，他不会踌躇不前，因为他知道所有的一切，有一天会转回到自己的转运站。

我们每一个人，都是能量的转运站，而不是利益的集中点。

如何成为一个称职的领导者？领导者自身的修为决定他（她）的成败。德勒兹对于自我的认知，在《德勒兹论福柯》一书中诠释得很清楚："不是一个'我'的感觉从心里喊出，而是心中长存别人，或者非我。不是别人真的在我的心里成为我的复制品，而是那个内在的自己永远把自己当成别人在活。我并没有在外面遇到我自己，我是在我心里发现了别人。"[164]这就是福柯的自我形成过程。最后这句话有双重意义，首先，把自己当成"别人"指的是对自己的训练与要求要客观化，要像要求别人那样要求自己；或者常常在内心发现自己的"新样貌"，时时学习、发现自己。其次，自己应该常常理解体会别人的感受。

卢曼的系统理论讲述的"环境在系统里面，而非外面"，和德勒兹在《德勒兹论福柯》中说的"外面"永远在最深的"里面"指的是同一个意思。每一个人都是一个极为复杂的系统，而系统与系统之间会互相切入、彼此学习。这样的系统不是一个封闭的系统，它随时修正自己，吸收环境的养分；也必须认知到环境的重要，而竭尽全力保护它。所以，在技术层面上，一个领导者是否成功，还要看他（她）是否能够把以上认知放入实践里。一个非极端自我的人，可以随时倾听、了解环境里的每个人，了解每一个个体的"复杂性"与"多元性"，并且对人与人之间的权力关系更敏感。

比如，作为全球电脑界元老的IBM公司在创建之初雄心万丈，公司大楼里挂着口号"全球和平始于全球贸易"，但20世纪八九十年代，IBM被其他公司迎头赶上，光1993年一年就亏损80亿美金。当时临危受命的CEO路易斯·郭士纳（Louis Gerstner Jr.）上任第一个月就走遍全球五大洲的IBM分部，了解员工内心的恐惧与不安，倾听股东的所有埋怨、质疑，甚至谩骂。在认真倾听后，郭士纳又多次召开各个层级主管会议，颁布“熊抱方式运作”（Operation of Bear Hug）[165]，用真心诚意的态度与顾客接触、与属下接触，终于挽回IBM的颓势，开创新的局面。

（二）复杂性思维模式

卢曼在系统理论里提到的复杂性有一定的启发。一个成熟的人能理解环境与个人密不可分的关系，“环境在个体里面，而不是外面”说明了系统理论的基本观念：一个二元互相切入的复杂性思维模式。同时有两个相反的想法在心中是一种自然的现象，这也表示个人思维的成熟。比如，了解一个人的缺点也许正是他的优点。一个人有个性软弱的“缺点”的同时，也有富有同情心的“优点”。一个正直的人很可能无法圆滑地解决许多问题；一个领导者对属下的错误表面上予以严厉惩罚，但是心中却充满同情；内心的感性与理性可能彼此互为因果，父母管教子女的前提是先给予子女充分的关爱与陪伴，然后子女才能接受父母严厉的责备。

于是我们也认知到，在仰仗一个人的优点时，势必也要接受他的缺点。

复杂的个体性与多元性密不可分。每一个个人，都是德勒兹眼中的“动感多元体“（dynamic multiplicities）。没有一个“已经完成”的个体，只有“不断完成自己”的个体。德勒兹说：一个人没有所谓独立的自我，他永远都在“形成主体”（subjectivation）。[166]每个人都在努力完成自己，即使是一个看似懒惰、漫无人生目标的人，他的表现只是一种对“自我完成”的挫败感而已。对于自己或者他人，一个智慧的领导者必须不断鼓励个体生命，恢复对自己当初的承诺的信心与改进的勇气。鼓励不是给予不着边际的谎言，勇气来自对经验世界真实的感受。每个人都有足够的能力去认知自己的潜能，所谓多元性也指潜能的多元。

多元性还指一个人在发展上的多元。大部分年轻人都有一个属于自己的人生目标，可是他必须经过重重磨炼，去体会这个目标是否可以实现。他也必须深入社会各个层面，去理解人性的多元。一个人的能力必须从这样的经历中培养出来。每个人的一生，不论长短，都有自己的一致性恒动平面，这个平面连接着“混沌”，随时有新的元素进来，也随时有旧的元素被抛出去。一个人终其一生，可能都在试探自己这个平面的疆界到底有多大。

于是，一生的历练，也不过是去丈量那个自我能力的疆界。

（三）凝聚力

福柯对于能量，或者权力，有精辟的解说：“权力是力感之间的关系，每一种关系都是权力关系。力与力之间的关系定义力本身的存在：影响别人与被别人影响。”[167]一个领导者必须对于环境中人与人之间的互动与相互影响有敏锐的嗅觉。这不只是一个“权谋”层面的问题。团体中我们也常发现有三种人：一种人善于影响别人，另一种人善于被影响。第三种完全不受前二者局限。

对福柯而言，主体“我”或者“团体”只是一个衍生词，最重要的是它形成的过程，也就是知识和力量（权力）的形成过程，而且这个过程永不间断。主体不只是个人，也可以是团体，形成的过程是四个方面的弯褶，或者包裹（folding）：一是一个物质的架构；二是力量与力量之间的关系；三是知识的建立；四是对“外界”的收纳（the folding of outside）。[168]对一个团体而言，第一是物质的架构，亦即硬体的设备；第二是所有成员之间的权力关系；第三是内部一个共同的理念、目标，与为了达成目标所需要的知识；第四是不断的创新与自我修正。最后，这个“外界”指的是无器官身体，是零点强度，对个人而言是对生命蜕变的追求；对团体而言，则是无尽的发展壮大。

任何一个团体，如果期待永续发展，都需要凝聚与领航的力量。德勒兹在解释福柯的权力理论时，强调任何一个“机构”（institution）都只是一个行动力（practice）而已。它没有坚固而永久不变的“内部”（interiority），却有凝聚的因素。[169]机构里任何一个个人都是一股力量，他们之间的关系形成这个机构的能力。这个凝聚的力量就是领航的力量，是每个个人在机构里可以得到什么、可以贡献什么。物质上的共同利益当然可能是某种凝聚力，但是，还有一种内在的“幸福感”和对领航人理念的认同感，同样可以成为凝聚力。

同时，一个团体最重要的凝聚力来自领导者。作为企业领导者，自身的领导气质与才干当然是必要条件，但是充分条件可能是如何提升自己在众人中的影响力、感染力。能量的提升往往和放下自我有关。一个关心下属、一心为公益的人，容易让别人信任，也容易凝聚团体的力量。例如，“星巴克”咖啡，在2008年全球金融危机时，业绩迅速下滑，一个月关闭全球7100家连锁店。星巴克的领导人霍华德·舒尔兹（Howard Schultz）是如何凝聚一个庞大集团的力量，帮助公司与自己度过危机的？他称呼员工为伙伴，用无数次感性的演讲唤起伙伴们当初对自己、对社会的承诺：“烹调最好的咖啡，来唤醒、启发人的灵魂，即使一次只有一个人、一杯咖啡、一个邻里。”2008年在公司最低谷的时候，他不顾众多反对声浪，斥资8000万美元在新奥尔良举办了一场容纳一万名员工的聚会，包含8000位连锁店经理和2000

名当地的代表。这是一场意义深远的聚会，因为当年新奥尔良刚遭逢飓风摧残，百废待兴。舒尔兹这个举动表达他无比的决心，不但要复兴自己的事业，也要让新奥尔良复苏。每一次聚会，员工们都身着印有“向前看”“相信一万人的力量”的T恤衫；他们帮助百姓筑篱刷墙、种树盖屋，原本商业上的挫败，成功转型为“共赴国难”的慷慨精神。[170]

潜意识：自我潜能的开发

早在亚里士多德的时候，“潜能”（potentiality）与“现实”（actuality）的概念就已经受到重视。潜能是一股看不见却存在的能量，它像风的形状、海的颜色、月的声音一样神秘。教育一个孩子的前提，是认定孩子心里住着一个“潜在”的成人，现在的一切耕耘，都为了未来的收获。一个孩子是一个果园，你永远不知道未来果树上会结什么果子。无穷无尽的教育资源、父母的期盼，都倾倒在这样一个“可能”的能量里。

潜能源自何处？德勒兹在《变异与重复》中提到的“随机小点”（aleatory point），讲的是一个让思考成为创造的动力。伯格说：“随机小点指的是能量强度小点的一种内部能力，它可以让两股由能量强度小点因为运动而构成的线，彼此产生共鸣，再变成‘错位’结合，因此会往不同的方向不断生出新的元素。因此，可以让能量强度小点建立一个游牧的分布图，像草原上的羊群一样，有一个松散的‘结构’，随机小点是能量扩展的内部推力，将‘可能’变成‘现实’。”[171]

而对人类而言，这个动力来自人的潜意识。

在《反俄狄浦斯》里，德勒兹和迦塔利深入讲述了潜意识的无穷潜力。首先,《反俄狄浦斯》针对弗洛伊德的性心理学做出严厉批判，在批判的过程中，德勒兹与迦塔利引用大量马克思主义思想。弗洛伊德的心理学基础来自人类潜意识的性倾向，这个性倾向被限定在父母子女的家庭范围内。然而，迦塔利认为任何社会活动都是以潜意识为基础，潜意识本身就具有互动的关系。

当德勒兹说“创造来自思考”[172]的时候，他所定义的思考，不是人云亦云的模仿，不是驾轻就熟的日常规则演练，也不是有根有据的逻辑判断。思考应该是一个杀伐的战场。因为思考意味着来自潜意识的“变异”不断快速自我分裂，产生新的元素，像是身体里的细胞分裂一样。思考过后便应该进入一片从未开垦的处女地。思考的结果绝不是舒服的家园，而是一片新的视野，壮阔却蛮荒，充满生机却遍地荆棘。历史上所有伟大的发明家、科学家、哲学家，都走过这样荆棘丛生的道路，在疼痛里寻找一片无人问津的乐土，作为一生奉献的目标。

这样的思考才会结成创造的果实，才能将“可能”变成“现实”，这也是“潜能”的真正含义。

康德继承了西方传统哲学中理性的支干，强调心的各个作用之间的协调，当人心的经验对象被定位的时候，是理性的时刻，未定位前是美感的时刻，其中康德强调人的一般理性/道理（common sense），表达出的是一个静止的空间，里面的陈设井然有序，那是西方传统哲学认定的心理空间，里面住着无数静止的影像与画面。德勒兹试图打破这样一种对心理现象的诠释。

德勒兹说，思考需要“转折”,“逆转”或“错位”的能力（disjunctive function，相反的两端互相消长，也互相成长），一种与众人不同的“逆向”思考的勇气，勇敢地把自己抛向零点，转化或者抛弃已有的成见，产生新的视野。人在思考创造时刻，心理剧场所呈现的是一种粗暴的运动状态。心的各个作用之间极度不协调，人因而产生一种坐立难安、不稳定的状态，一股内在风暴。一个创作者必须经历这样的过程，如孤身一人在危险的山谷，四面楚歌，一个心灵生与死的当口。这样的心理疼痛很像即将临盆的阵痛，那一刻需要的是极度的孤独、极度的单纯、极度的自我，与极度的否定自我，然后，创作的生命悄然诞生。

每个孩子都有这种创作的能力（潜能），但不是什么人都可以创作，为什么？

一切都在于培养孩子的思考能力。

德勒兹认为，思考的结果是创造，思考的前提是释放潜意识能量。潜意识能量如何被释放？

弗洛伊德说人自从出生就经历了一场自然压抑，这是无法避免的，自我因此而产生，在混乱无序中，它离开了母体的自然，成为一个独立的个体。“自我”的形成是人类远古祖先的至高成就，它其实是一个“压抑”的过程，把所有不合乎“自我”存在的元素都排除在“自我”的知觉范围外，成为一个边缘集团，称作“潜意识”。因为它们危及一个相对来说稳定的生存原则，那个“自我”作为主人，就为自己建立了一幢坚固的房舍，把这些动荡的自然信息全部关到门外。

可是，人是自然的果实、天地孕育的圣品，我们常常说人杰地灵，人与自然有着精微的联系。“我”形成的过程中，必须摆脱自然的混乱动荡，却也失去了自然那至刚至柔的创造能量。自然仿若黑夜的海洋，充满恐怖的未知与神秘，却也是生命的起源。潜意识也是“我”的一部分，只是暂时不用的仓库，所以永远不要把通往潜意识的那扇门彻底锁上。

在人的成长过程中，我们又经过了第二次压抑期。这次压抑，把我们放进了文化的染缸里漂洗了一遍，我们出来之后，都染上了文化的色彩。什么能做、什么不能做，似乎有了某个定论。两次的压抑过程中，我们跟潜意识之间，关上了两道门。

若要培养思考的能力，必须释放潜意识能量，不是肆无忌惮地释放以至于为所欲为，而是在固定的框架里，按部就班地让孩子自己体会生命给予的所有礼物。父母该做的是当一个旁观者，只提供必要的指导原则和帮助。一般而言，父母亲总是不忍心看到子女吃苦、受委屈、失败、陷入绝望。父母像是一堵人工围墙，替子女挡掉可能的危险，却不知危险本身即是激发孩子潜能的机会。“危机”二字的含义亦可诠释成“有危才有机”。一般而言，父母有两种心态：一是自己有钱，希望孩子别受自己以前受的苦；二是自己没有钱，心中觉得愧疚，对不起孩子，若是因此让孩子受了“苦”，总是用负面的心态去面对。这两种心态都足以让孩子从小没有机会去正面面对生命的礼物，去接收潜意识寄出的每一封信函。

因此，这样的孩子不会思考，不懂生活，更不愿意去体会生命。

培养孩子思考的能力，首先要培养孩子有面对困难与接受失败的勇气。这样的教育前提是父母首先自己要有勇气，陪着孩子一起跌倒，一起痛苦，再一起站起来。（跌倒没有什么，爬不起来没有关系，就躺着休息一会儿再爬起来。）思考的能力来自血淋淋的生活经验、人与人之间的摩擦、梦想与现实的碰撞，一切挫折都是成长的动力，都能激活潜意识的能量，让孩子思考的天线不断延伸。但是前提都是：不能视挫折为负面现象。否则，孩子会主动把所有的不愉快经验关进潜意识的仓库，然后把门彻底锁上；痛苦的经验越锁越多，最后的结果要不变成思想僵化、愤世嫉俗，要不变成逢迎拍马，毫无立身处世原则，最坏的情况是转成忧郁症。

危险挫折的时刻，应该是通往潜意识的大门开启的时刻，那是唤起潜意识能量军队进城，一举歼灭困难的时候；许多闯过难关的人均有此经验：困难的问题产生莫大的身心折磨。勇者却不畏惧承受这样的痛苦，让痛苦的感觉进驻心中，刺激大脑、激发潜力，找出超乎想象的解决之道。

第二个培养思考的方法是启发，不是命令。父母应该允许孩子跟自己辩论，不怕自己辩不过孩子。输的一方得到的好处是继续思考相似的主题，或是检讨过去的认知。通常父母的防线越高，命令的口气越重，表示父母对自己没有信心；唯有缺乏自信的人，才会用命令掩饰自己的弱点。在这种家庭环境之下长大的孩子，学到的不是思考，而是同样用命令对待别人，或者用暴力解决问题（或者逃避问题）。

思考是一个杀伐的战场，唯有懂得把杀伐变成思考的人不会选择暴力或者逃避，而是勇敢认真地面对问题与敌手。可惜能教会孩子把杀伐变成思考的学校太少，以至于孩子在成长的过程中，不断将可以训练他们成为思想家的生活内容否定，关进了潜意识，当孩子长大成人，这些被视作负面恐怖的元素再从潜意识回来的时候，这类成人就会用暴力面对所有的负面经验，最后吞下自己造成的恶果。

有一则伤心蝴蝶的故事。

毛毛虫把自己包裹起来后，并非无所事事，它在里面聚积能量，等待重生。最后重生的时刻终于到来。变成蝴蝶的毛毛虫在蛹内痛苦地挣扎，而且得挣扎好长一段时间。有一个小朋友很好心，他觉得毛毛虫太可怜了，就用手指头“帮忙”，把蛹捅破了，蝴蝶钻了出来，可是，没有经过足够时间挣扎的蝴蝶飞不起来，因为在挣扎的过程里，蝴蝶的翅膀会分泌一种液体，让自己硬起来，然而，没有足够的挣扎，这只蝴蝶的翅膀就没有足够的硬度。

我们常常有许多痛苦的经历，有些困难醒着的时候无法解决，就会在潜意识里请求帮忙，而答案常常在梦里出现。

所谓欲望，不是一种想去爱的渴望，而是一种主动去爱的能量，一种给予、创造和不断翻新的道德。

——德勒兹和迦塔利《反俄狄浦斯》

第六章

捧在手里的玻璃花：爱情与激情

天平的两端：理性与感性

西方理性传统其来有自，最远可以追溯到埃及文明。经过柏拉图和亚里士多德的重新塑形，在17世纪到18世纪启蒙运动中复苏。欧洲的启蒙运动是科学的产物，它所萌生的社会观和宇宙观认定了整个宇宙都是由数学（自然）法则所掌控。上帝的概念因而在人心中动摇。

西方自基督教形成起，经过5—15世纪的中世纪，上帝一直是人心中的唯一归属，像是迷路的孩子渴望看见的黑夜里的灯火，人终其一生吃尽辛苦，为的就是一份稳稳当当的保证：天堂永恒的幸福安乐。然而，从16世纪始，科学的成就与发明将人类智慧的灯塔之光明一寸一寸伸向黝黑的宇宙，却看不见上帝的踪影。复杂的显微镜在1590年诞生，17世纪出现望远镜，把人的视野拓宽到外太空，威廉·吉尔伯特（William Gilbert）发现了磁能，威廉·哈维（William Harvey）看到了身体里血液的流动，牛顿的万有引力定律一夜间让人对自己的家乡和地球有了全新的感受。

上帝在启蒙运动中并没有消失。数千年内心呐喊的对象不能也不会骤然离去。只不过上帝在理性运动中似乎功成身退，它不再过问人间事，只是隐身在自然定理的后面。也因为如此，上帝的灵性亦在人的身上显现，于是有了洛克的天赋人权之说。当然，启蒙运动给西方带来的最大影响是生活观、宇宙观的改变，加上工业革命给人生活上带来的巨大转变，西方的价值观开始倾向对理性的过度强调。人们的生活被划分为公开空间与私人空间，公开空间指的是工作场所，它隐射着“工作”“责任”“意义”和“理性”。私人空间代表的是“家庭”“情感”“娱乐”“亲子关系”。这样严格的划分把“理性”放在“情感”上面，不和理性产生关系的一切都被视为附属品。

“爱情”的可能性?

爱情，这个曼妙的名字，多少次出现在少男少女的梦里，披着烟云水雾的轻纱。爱情亦如一杯烈酒，饮过的人可能会懊恼误事，告诫众人，亦可能会抿抿嘴唇，回味它的余香；未饮者对它的神圣与疯狂心向往之。

爱情与哲学似乎扯不上边。拼命书写爱情的，恐怕柏拉图是少数的狂者。在《会饮篇》里，他用爱情当诱饵，引领读者走向心灵的最高境界——精神的殿堂。

可并不是所有的哲学家都肯定爱情，萨特就是一个例子。对萨特而言，爱情只是一件幻化的彩衣，可远观而不可亵玩焉。

萨特深受黑格尔、海德格尔的影响，在阐述爱情里的自虐与虐他之前，他花了很长的时间谈人性中的自私本性。他把人的意识与物种的无意识区分开来，人的意识叫作“为自己的意识”(being for itself)，物种的无意识叫作“单纯存在的意识”(being in itself)。身为“为自己的意识”的人，都必须借由将他人变成物品的方式来确定自身的存在。说得更简单一些，就是把他人视作自己生存的工具，随时随地利用他人获取自身的利益。

萨特以为，人间世事、伦常法则，都建筑在每一个互相攻伐利用的企图心上，原因很简单，生命的保存、利益的维护，原本就是自我的基本本能冲动。也许这样的论调令人心寒，且不愿面对；而且，这和中国人所谓“情义”也是相违背的。俗语说的善恶，界限可能也在这里。

然而，爱情就不同了，爱情相对而言较为简单，只是一对一的模式（除非有特别的个案，“劈腿”现象不在讨论范围）。在简单地“爱”着一个人的时候，我们多少期待着一切变得单纯，在爱情萌芽之初，都深信着它的永恒，认为爱情可以彻底让自我与他人相结合，达到浑然一体、物我相忘的境界。我们期待对方体会我们每一寸的感受，从我们的视野去看世界，同时，又能不被我们吞噬，不失去他（她）自己的存在。

萨特认为这种想法极为幼稚，爱而不被吞噬是一个不可能的梦想。任何爱情到头来都会简化成“互相占有”。

爱情，对萨特而言，是爱与欲的结合。“爱”本身是自虐的，“欲”则相反，是虐他的。当一个人“爱”的时候，他（她）是自虐的，努力让自己变成情人“欲望”的目标，不惜一切地获得对方的青睐，满足对方的需求，即使在满足对方需求的同时，痛苦地委屈自己。

萨特并不是第一个审视这种“自虐”倾向的哲学家。尼采与弗洛伊德都曾以其千钧之笔阐述过。尼采用的是希腊酒神的象征，认定人本有自我毁灭的倾向，弗洛伊德则干脆给一个新的名字，叫作人性中的自杀倾向或者死亡本能。这种直指人心的断定，真如大地惊雷。

然而仔细想想，也多少看出西方哲学家的功力。他们感受到大化中“阳”的力量，赋予它分析式的内涵。

至于爱情中的虐他冲动，应该较容易理解。若一个人将恋爱的对方只当成欲望的目标，会很自然地将对方物化，在自己欲望得不到满足时，因自身的痛苦与私欲，有意无意伤害对方。即使非常相爱的情侣，任何一方都可能会做出一些小举动，以伤害对方为乐。当然这样的冲动有时并不为人意识到，人所能意识到的，也许只是自己一方的受伤而已。

因为爱情：牺牲的意义与代价

爱情，可不可能孕育罪恶感？背叛，是不是应该千夫所指？

早在黑格尔的哲学里，一种类似爱情的理论已经萌芽。黑格尔的“主人/奴隶”概念，讲述的是双重意象。中古时代的奴隶制度中，奴隶没有自由，主人坐享无微不至的无偿服务，黑格尔的理论鼓吹奴隶奋起抵抗制度，因为唯有自由方可创造自我的意义，反之，奴隶的主人亦无生活的意义，因为坐享他人永远的服侍让自我逐渐腐蚀，主人唯有在与另一个精神肉体也完全自由的个人平等对待时，才能体现其本身的真正意义。

然而，在这个“主人/奴隶”的意象里，隐藏着另一层含义。主人与奴隶意味着一种紧张关系。设想两个原本自由的武士相约比武，输的一方将成为赢方的奴隶。比武结束，胜负分晓，赢的一方会有短暂的快感，但是变成主人的胜利者不会再对变成奴隶的武士存有任何兴趣，因为，对方已经是手下败将，没有资格评判胜利者的技艺。中国武侠小说中也常有这样的情节，一位武林高手到处寻找对手，到处

“求败”，以证明自己的能力。

爱情的关系容易产生主人/奴隶的附属关系，变成奴隶的一方努力“取悦”主人，可是永远得不到主人的欣赏与专一。变成爱情奴隶的个人，以为无止境的付出、牺牲，可以得到对方的感激、赞美，甚至感动；结果恰恰相反，感动是短暂的，因为受益者或“主人”对“奴隶”早已失去兴趣。“奴隶”的牺牲奉献只可能让“主人”产生罪恶感，可是“主人”无法自制的背叛却是一个连背叛者自己都痛恨的结果。

现实社会中，像张爱玲小说《红玫瑰与白玫瑰》里的情节层出不穷。主人/奴隶的爱情关系让主人觉得索然无味，如饮一杯白开水，不论“奴隶”一方曾经为爱付出多少不为人知的代价，如何卑躬屈膝，终究得不到作为“主人”一方的怜悯同情，而主人终将移情别恋。为什么？

牺牲，是爱恋者自身幸福感的源泉，却不是爱情的筹码，永远都不是。

但这并不表示爱情里不该有牺牲。因为，爱的定义本身，就是一种精神上的迷眩。大自然有一种神奇的力量，让人的精神“醉酒”似的欢愉起来，人类的爱恋关系是大自然的神笔杰作，再坚硬的自我防线都融化为绕指柔。

爱情是酒神给的一杯烈酒，饮下即褪下人的外衣，披上神的羽翼。

因为在爱情里，一对爱情鸟会同时进入一种迷眩的情境，让自我与他人的交流与循环加快速度，进而产生一种近似“合一”的幻象；幻象让人陶醉，自我与他人的藩篱撤除，情感的滋润若荒漠甘泉，付出与获得同样让人愉悦。酒神的陶醉不是永恒的状态，牺牲与感动仿佛是情人节的玫瑰和巧克力，不能过多，多则让人发腻。

“合一”只是一种瞬间的感觉，不是真实。真实的世界里，爱情鸟仍然各自等待羽翼丰满，随时展翅高飞，追寻自我的天空。

亚当与夏娃：雌雄同体？

马克思是西方另一位与德勒兹一样反对黑格尔辩证论的哲学泰斗。黑格尔的“正、反、合”理论乍听的确有理，相反的两极因为互相吸引而合一，像是男与女因爱恋而结合，阴阳和合为太极。马克思与德勒兹却认为，这个认知的基础，是以为相反的两极是分开来的，是两个真实的实体，然后以为它们的相反是真实的相反。马克思认为，其实男女不是两个不同的实体，他们是同一个“人”的身体里不同的分裂而已。[173]弗洛伊德在解释女孩转变成女人的过程时，亦曾提到男孩女孩的身体里面，都有对方的生殖器官，但是都处在退化的状态。以此为例证，马克思的见解是正确的。但是自此之后，弗洛伊德与马克思对潜意识欲望的看法，就分道扬镳了。弗洛伊德坚持自己的“男女有别”论调，而且不断强调女孩发现自己因为没有男性生殖器官而觉得自己不如男孩。一个女人的一生都在寻找替代品，她的工作表现、她的强悍、她的独立，其实都在模仿男性。

德勒兹认为弗洛伊德这种分析女性的方式，依循了西方哲学传统里的负面思维模式，一切以“失去”“贫乏”“缺憾”为基础，女性因缺了男性的象征器官而追求，男性人生也不完美，永远在担心失去男性象征。而这一切的纷扰，来自人的自我意识，对于德勒兹而言，自我意识已经是“结构机器”了，自我自始与理性结合，它害怕内心的矛盾，总是找各种理由自圆其说，因为有执着，自然有追求的目标，与未得到的“缺憾”。

马克思则强调真正的差异是“人的性欲”与“非人的性欲”[174]，德勒兹与迦塔利在《反俄狄浦斯》里所抨击的，不是弗洛伊德理论的全部，而是强调这个一切以男性为基础的心理学理论，有它无法涵盖的地方。所谓“非人的性欲”指的是潜意识的能量，它不是性能量，在分子层面，它是大自然宇宙的原始能量，与其他的欲望机器没有不同。

人的潜意识里没有男女，没有个人，没有自我，那个能量却能与天地同宽，与花鸟共眠。

在潜意识的层面，男人与女人没有不同，到了结构层面，由于身体上的性特征与雌雄荷尔蒙比例出现了不同的特质，人的意识将感受分成两类：阳刚的特质与阴柔的特质。然而阳刚阴柔可以同时出现在男人或者女人身上。甚至有些男人有着较多阴柔，女人有着较多阳刚。

古希腊的酒神与阿波罗神就是宇宙雌性力量与雄性能量的象征；前者代表激情、颠覆、潜意识，后者代表理性、规矩、自我。前者是“散”的力量；后者是“聚”的力量。这样的表征与中国思维里的“阴阳”极为相似。科学家发现的化学物质雄性与雌性“荷尔蒙”，是阴阳能量的科学解释。这样的现象并不等于，雌性力量只存在于“女人”，雄性力量只存在于“男人”。

可是东西方自古以来从没有用这样细致的思维来对待过男人或者女人。

从人类原始社会男权萌芽之始，女人就奉献了她的身体，作为生命与力量传递的工具。男人是猎者，女人是猎物。在原始社会的三种力量互动元素里：声音、图案、疼痛，女人从来都不是发布权力的

“声音”。她是承受命令的身体，传递香火的工具。女人的成人礼，也与生育有关，“割礼”（女性性器官某部分割除，让女人没有性高潮，乌干达与肯尼亚至今仍然有割礼习俗）用来保证女人对丈夫的忠诚，切割女人身体的“文身”代表夫家与自己家族的联盟，男权用女人的忠诚和生育铸造两个家族的脐带。而这两者皆是女人用性命与锥心之痛换来的。因“联盟”而产生的各种法规，都成了文在女人身上的图案，带血带泪，代代相传。

翻开男权至上、男尊女卑的人类文明历史，不难发现一桩桩由于性别压抑、身体压抑、个性压抑、感情压抑、自我压抑，心灵肉体被残害的故事，仿佛混沌和谐的大自然阴阳能量，进入人类的工厂，却按照人类的社会权力划分，简单划分成了男女。男尊女卑，男刚女柔，这样的理性思考惯性与男权社会的男性自我膨胀，制造了东西方传统里女性的社会压抑，女性的才华个性萎缩成“三寸金莲”，女性生命的激情监禁于“贞节牌坊”，女性被扭曲的情感伤痕、爱恨情仇，与丧失自我追寻意义的游离心灵，如家间孤魂，历经三千多年，在人类历史长河中一览无余。

其实，所谓“男女”，只是意识在社会框架里为自我找了一个身份、一个名字、一种方式，以便与人沟通。

但是为什么这个便于与人沟通的“方式”或者“工具”最后变成残害自己的利刃？

德勒兹的游牧式爱情

德勒兹认为，游牧是人类的原始状态，虽然游牧时期已然从人类历史上消失，游牧这个概念却应该被保留，因为它给我们无穷无尽的灵感。

德勒兹说游牧是第一等的生活，游牧民族是第一等的人，把自身的命运连带交给一方土地是第二等人。次等的生活才是匍匐在大地某个土壤丰饶的定点，一如要赖的婴儿，在母亲的怀里不断要求更多的乳汁。

西方文明由古希腊的游牧起家，同时受到埃及（农耕）与美索不达米亚（游牧与农耕）的影响，理性开发得较早，相较于东方中国的农耕起家，一直以感性与人伦脉络为主（儒家学说的理性脉络联系着远古商朝祭祀的根源与人伦大爱的感性），游牧民族因为战争攻伐的需要，铁器时代来临较早，理性的分析力也较早得到开发。当最后定居一地转变为国家与政府，就容易执着理性，也受制于理性的限制。所以西方文明以法治为主也很合理。

当人类进入铁器时代，理性启蒙，自我建立，不论以游牧起家的西方，或是农耕结庐的东方，这时都开始执着于目标，想方设法保护与延续自我。中国的商周封建，虽然已经是某种程度上的理性建构，但是骨子里仍然有上古以来与天地灵气相通的宗教礼仪，祭祖就是一例。周天子之所以是礼教的象征，为孔子日夜向往的榜样，就在于周代的文治武功，它既是铁器时代的代表，也是青铜器时代“相反相成”的阴阳理论的运用,《周易》的完成就是铁证。所以，以农耕为主的中国文明，其实并不因它的生存方式而成为次等文明，西方的游牧起家也没有让其文明豁达大度，照样战火连年。

所以，德勒兹这里说的“游牧”不是历史意义上的某个时段，而是一种比喻。

原始游牧民族是大地的浮萍，居无定所。他们没有“占有”的概念，也不会因为长期占领地盘而彼此血乳交融。所谓“领域”（territory）对游牧者而言，不是固定的疆界，或一处不动的房舍或土地，它是过程，一个流动的旅程。进化让人类结束游牧，不再如孩童般在大地上嬉戏；走入固定处所从事畜牧或农耕，是人类不情愿地结束孩童的欢愉，走向青少年的期盼与成人的精打细算。为了种族的绵延与自身更多的保障，人类由原始社会，走入帝国（empire），再走入政府（state）。帝国或者政府都需要统一性，权力集中到少数精英者手中，因而制定法规，供众人遵守，以保障个体生存的需求。

从个人的心理状态来看，"想要去流浪"也是人们在一切都安稳美好的舒适生活里一种自然的冲动，是激情挑衅因子在内心深处的舞蹈。

网上轰动一时的"小房子，大旅行"就是一个典型的现代案例。甄娜·史皮德（Jenna Spesard）和桂罗梅·杜帝（Guillaume Dutilh）原本是洛杉矶一对平凡的夫妇，有一天两人突发奇想，决定辞掉工作，打造一栋别出心裁的移动小房子，拖着环游美国五十州。甄娜从小就热爱旅行，在澳洲拿了个硕士文凭，回来仍然不想"安分"度日，桂罗梅则是法国人，喜爱摄影；他们放弃安稳的日子、规律的工作、固定的薪水和"安定"的房子，带着狗一起去旅行，去"脱离"原来的自我。

而我们，都应该是爱情国度里的游牧者，爱情，本应该是一首动听的牧歌！

婚姻，则是放弃流浪的一种选择，愿意架屋铺瓦，在固定的屋檐下，种下情感来收获"幸福"。

婚姻，是爱情国度里的帝国，为了保障安定，人类选择放弃某些自由，遵守某些规则。

爱情里的动力

德勒兹的“三个状态”也可以用来解释爱情。男女双方的邂逅与一见钟情（链接），相处的挣扎、矛盾（错位），与随时都有可能发生却非常短暂的和谐（总和）。爱情最美的时刻是暧昧不明时，而完成式的爱情，例如结婚，意味着某种程度上的结束。所以，爱情里的和谐，一般不会长久，稳定往往代表着无趣、枯萎与结束。

爱情的关系也是“变异”运行的轨迹。“变异”本身带着“捣乱”的气质，所以，出轨的欲望是爱情的正常现象，因为每一个动力小点都在互相吸引或是排斥，不会因为人为的因素而停止奔跑。只是，如果一个人没有自我修炼的愿望，无止境地随着动力小点奔驰在情路上，而不断变换伴侣，如一只没有方向的小船，终将淹没在情涛欲海里，寻不着让生命终极安顿的意义。

爱情，不是一直不断地去寻找一个真正值得爱的人，而是在一个可能的人身上反复练习爱的功课。

恋人之间的关系，若要可长可久，便须如德勒兹理论里“群”（pack）的概念，pack 指的是一群动物，比如狼群。狼与狼之间的距离，不会太远，也绝不会太近。太远就失去了作为“群”的必要，太近当然不是狼的本性。狼与狼之间彼此关照、合作，很多事心照不宣，彼此理解，但是狼的独立个性让每一只狼都可以把日子过得充实。狼与狼之间更没有谁应该统治谁的问题，任何决定都因当下的环境因素由狼自身做决定，或是在一个临时的互助协调中找到解决方针。

联盟与契约：婚姻

（一）婚姻的文身

德勒兹和迦塔利认为，原始社会的原始能量，经过三种变迁：第一是原始本能，第二是符号压抑，第三是受压制的欲望之流泄。来自太初的原始能量，无人无物，无内无外，那是一股大自然不断变化的能量洪流，这股洪流必然走入规矩限制，接受各种符号文身，由原始社会进入具有典章制度的文明社会。经历欲望的自我压抑，欲望被引入固定的渠道；然而，被压抑的欲望仍然无时无刻不向文明渠道反扑，像是常年泛滥的河水。

原始社会第一个领域符号实例是土地的占领，以及身体上的文身，那是一种原始的书写。欲望的社会压抑与自我压抑自古就是一场格斗，德勒兹称之为“残酷的系统”，一个联盟的烙印。文身分为成人礼与惩罚。前者意味着预备接受部落规矩，后者意味着背叛部落规矩的后果。原始社会的成人礼，男权社会里罪犯的文身，触犯家族法规后各式各样对身体的摧残，都是原始社会对欲望本身的能量恐惧的书写记录。以成人礼为例，似乎在个人尚未对部落的规矩展开挑战之前，社会就对身体进行痛苦的书写。新几内亚的塞皮克河附近的原始部落，就是以让身体近似凌迟的千刀文身，使一个男孩成为一个男人。

人类学家认为以造成身体无限痛楚为男孩在部落社会里的成年礼，目的是让男孩永远记住：自己是社会的一分子。那是一种社会对男性的要求：克服恐惧，承受痛苦，愿意牺牲，保全大我。这样用痛苦来提醒个人的举动让人怀疑它的前提：个人因为理性和自我的建立，已经意识到他是独立的个体，可能无限扩展自我的欲望。社会这个“大的自我”能量，只能用“肉体痛楚”将个人重新拥抱，正如一个个人若有许多欲望不能同时实现，也会用理性的利刃，痛楚地斩断不必要的欲望枝节。文刀割皮裂肉，在身体上画线条符号，社会机器用残忍与暴力给欲望机器设限，让人明白欲望不许越界，疼痛建起一座记忆的围墙。

身体的文身是对法理的认同，文身时的痛楚是自我欲望压抑的序曲，然后方能进入社会，占领一席之地；或者说，对那个更大的自我（部落、社会、国家、民族）的永续发展负责，才是一个人的全部意义。

爱情就像是原始社会的第一个阶段：原始本能；婚姻是第二个阶段：符号压抑；婚外出轨是第三个阶段：受压制的欲望之流泄。每桩婚姻似乎都有这三个阶段，不论第三个阶段是否在现实世界真正发生。

家庭内的角色定位与婚姻联盟，类似于原始社会第二个阶段，欲望的压抑，德勒兹称之为“领域符号”。一个人若是生出“想占领某块领域”的欲望，必然得压抑另一个“想占领其他领域”的欲望，婚姻就是这种欲望给自己的矛盾难题。对于领域占领者的丈夫或者妻子，同时具有捍卫自己领域的权力欲望，与抒发受压制欲望的冲动。

婚姻里的自爱、自限与自觉，也是捍卫领域的方式。

婚姻是一个文身成年礼，让欲望明白自己的航程，不只是随性的欢愉，更需建构一个家园。扣上脚镣手铐之后的两人，还能日日期待未来，那里面一定有更让人陶醉痴迷的因素。文身切痕，是自然沃土的耕犁，文身的痛，埋进土壤，每一桩婚姻都有文身者的渴望，让子女茁壮，让幸福收成。

（二）婚姻联盟？

施特劳斯的结构人类学，强调在远古人类的交换行为里，女人是商品，用来交换物质上的需求，于是婚姻成为一种盟约，两个部落、家族的盟约。婚姻盟约又会因为孩子出生的血缘关系而变得巩固。施特劳斯的结构理论只重视结构本身，经济结构与社会结构都来自家族结构，都是亲子关系的扩展延伸。

德勒兹却认为，亲子关系的确定与外在联盟同时发生。施特劳斯似乎暗示原始社会以个人为出发点，进而发展成社会；如第一章所述，原始社会是以社会为起源，每个“人”只是小单位的能量，在人类理性发展到一定程度时，才会出现个人意识与社会分工，而人与自然，人与社会便从彼此包容这种相反相成的思维模式变成界限分明的理性规范行为。

亲属角色的设定是原始社会里人心试图用萌芽的理性在原始能量上画的第一条线，婚姻联盟的约束是第二条线。而这两条线应该同时画下。本来亲子手足的关系是血缘，是原始本能的自然流淌，不需要名称，德勒兹称之为：家庭紧密纯粹的能量秩序。德勒兹认为家庭里角色的创造，自我身份的认知，是因为有了“外在”的因素，不得已而为之。名称的创立是理性的行为，是社会关系网的一环，“我”的形成，是在认知了“你”“我”的不同之后的产物。家庭内角色的创立已经暗示了血缘之外的社会联盟，人的理性明白了一己之力的不足，这里的“不足”当然意味着欲望的增加。当家庭内角色有了分工，位置有了高低，也是对外联姻的开始。德勒兹称之为：包括家庭以及联盟的亲属延伸秩序。这里面有理性的选择、利害的权衡、法条的约束、道德的制衡。

古老的中国文明里，向来都有江湖道义的结盟，方国与方国的结盟，以及家族与家族的联姻同盟，更借由同姓不婚建立起防止乱伦的道德规范。这些都符合施特劳斯的理论，家庭内不能结婚的理由之一是，男权社会里女人可以用来作为跟其他家族联盟的筹码。

所以，婚姻是一种联盟，不管是家族的，或是个人的。婚姻也是约束，不论你愿不愿意。能够承受这种约束的人，才能翻开另一页家族的传奇。

婚姻的原始意义，是为己身力量的扩展，但是力量扩展的同时，力量也在被制约。原始社会之所以进入文明社会，是因为非理性的原始能量对自身的恐惧，必须在无序的各种内在外在能量与欲望里，找到相处的方式。理性的出现，不是因为脑袋里突然长出一个机制，来控制原始能量，而是原始能量本身伸出制约自己的力量。疯狂的欲望也害怕自己的疯狂，因为疯狂的欲望会导致己身的毁灭，生存欲望于是建立起一种“秩序”，又害怕自己的疯狂会毁掉这个秩序，就不断地约束、压抑自己。

所以，欲望是自相矛盾的，欲望在欲望自己的疯狂，也恐惧自己的疯狂，所以它也同时欲望自己被约束，欲望自己能够归零。

（三）爱情的全貌

在施特劳斯的结构人类学里，社会是一个交换系统，遵循着固定的二元定理，相对的两级，必然达到平衡。这里的意思是如果世间有任何不公平，那是为达到公平的必经道路。人的潜意识是以平等交换为基础的。

德勒兹认为施特劳斯的“交换”结构主义，忽略了宇宙的原始能量运行。宇宙的自然里，只有“想要平衡”的欲望，却没有“达到平衡”的时刻。所有以“平等”“平衡”为前提的结构理论都是理性为自己编织的理想主义。与施特劳斯不同的是，德勒兹认为因为理性划线所产生的二元结构都不是封闭的，没有任何二元结构是封闭的。施特劳斯的交换理论，乍听之下，似乎有理，女人用身体换生活，男人用权力换美人，交换理论的前提是契约行为，甲方乙方对立平等，彼此的结构关系是平衡的。可是德勒兹认为，真实的生活里从来没有真正的平衡，总是一方多爱，一方少爱，一方多给，一方少给，也因此再纠缠、再弥补、再延续。

人与人之间，最终的关系也不是交换。我们永远也“还不清”感情债。朋友、亲人、恋人，彼此总是在不断欠债、不断归还，没有尽头。

如前所述，德勒兹与迦塔利说：“欲望不知道‘交换’，只知道‘偷窃’与‘赠予’。”又说：“欠债是方式，联盟是目的。欠债是联盟的单位，联盟才是最终的呈现。联盟给欲望之流施以规范枷锁，经由欠债，创造文字的记忆。”[175]欠债指的是一种相互关系里的不平衡。人与人之间，因为这个不平衡而产生关系，产生道德规范，但是欲望总是从规范中溢出，成为一种心理负担与愧疚，如婚姻的出轨，不论离婚与否，都是一种关系的转变或另一种关系的再建立，并且留下回忆。

不平衡才是原始能量的真实存在。

所有的关系都不只是契约关系。婚姻里的不平衡能量，让婚姻持续存在。作为丈夫、妻子，男与女，如同电流的正负两极，都在给予，在“付出的多少”与“接受”“愧疚”的情海里纠缠。

婚姻里能量的互动是爱情相反相成的另一种展现，相爱的夫妻在一种互相消长拉扯的方式里，各自成长。每一桩婚姻都是一个开放的空间、一个无器官身体，随时与无序、混沌相连，也意味着随时会结束，但随时可能结束并不代表会真正结束。

从某个角度而言，是婚姻拯救了爱情，或者说，拯救了一颗颗向往爱情的心灵。完全没有约束的爱情，只是能量展现的一个阶段、一种状态，而不是爱情的全貌。

那么，什么是爱情的全貌？是爱情里的矛盾，是渴望自由与渴望依靠的两个顽皮的能量，永远的互相拉扯，也是酒神与阿波罗神的缠斗。欲望机器不是只期待开创、自由、越界，它也渴望恒久、安定、依靠。

在德勒兹定义欲望机器的三种结合方式里，朋友像是第一种，亲子像是第二种，自我当属第三种。而婚姻，似乎总括了三种关系：夫妻既是朋友，又像亲属，尽管知道是一个幻想的结合体，仍然会大声说出“夫妻本为一体”。德勒兹和迦塔利说：婚姻的联盟虽然不是从亲属关系所生，却遵循着亲属关系的规则，它是一个相濡以沫的对待，没有对方的绽放，就没有自己的圆满。

正如德勒兹和迦塔利所说的：“同一层次的人的联盟与欠债关系形成了一个延展的亲属关系。”[176]婚姻联盟需要心灵的“门当户对”，丈夫与妻子之间的感情债务不断发生纠葛，让联盟成为亲属关系。

许多人常常哀怨婚姻扼杀了爱情，其实是爱情在婚姻联盟里成熟、变老。

若是感情债务无法经由时间或两方的自觉解决，爱情也会死亡。变老的爱情就是一种亲情，许多人怅惘迷惑，渴望回到最初，那爱情的年轻时代，如海浪般壮阔激动，因此婚外恋在社会上层出不穷。

既然爱情必然老去，那么当初是否不该为爱情结婚？答案是否定的。没有爱情的婚姻联盟本身就没有相互的欠债关系，若是因为同情结婚，因为金钱结婚，因为任何其他原因结婚，彼此就没有谁爱谁多一点、少一点的感情债务，未来也不会有亲情产生的可能性。若用逆向思维，没有爱情欲望机器的强烈吸引，夫妻哪能承受那日日的相处和忍耐，哪能经得起天长地久的磨损？

（四）婚姻：一场江湖道义

婚姻联盟是一个恰似亲属关系的结构，却不是真正的亲属关系。一个女人永远不能从丈夫的身上期待父亲一样的呵护。一个男人，也不可能向自己的妻子索求如自己母亲般的所有包容。

深层的不平衡能量也意味着深层不稳定性；婚姻联盟不是交换的结构，不是你给我大楼钻戒，或者我给你真情似血，就可以交换永恒。

婚姻有一个通往外在无序混沌的缺口：逃逸线。每桩婚姻都可以随时随地中止，如同未到站的汽车也可以出于特殊原因，临时停车下车一样。每桩婚姻都是赌局，有一定的风险，自己随时都可能出局，原因也可以不明。社会有巨大的舆论压力，让守护婚姻灯塔的使者不敢懈怠，原始社会或者现代社会都给破坏社会规矩的人心灵身体等各方面惩罚。但是，出局者比比皆是，愿意接受淌血文身的人不在少数。

我们居住的，是个欲望游玩的城市。

江湖的兄弟结盟、帮派结盟，都必须经过正式的仪式：一把利刃，划开手臂，滴下鲜血，将血滴入杯中与烈酒混合，然后跪拜对天地立誓，象征誓言承诺的永恒与真诚，以及违背誓言的天谴。

这里面有三个因素：立誓的声音，割入身体的符号，以及旁观者的眼睛。这是一场生命的原始书写。这个书写不是记录事件，而是结合力量。它让两个没有血缘关系的陌生人，在天地作证下结为亲属，如同手足，愿意为彼此效死。

婚姻亦是结盟，是歃血为盟的相许，许彼此一辈子不背叛。

它是德勒兹口中“联盟”的定义：欠债系统（system of debt）与领域宣言（territorial representation）。那张婚姻证是一张契约，可这张契约比商业法律契约更沉重，除了法律后果，它还是一肩的责任、一世的承诺。那样的血誓里，方可孕育可能的爱的结晶，一个新的生命，在父母亲血的合体契约里为自己的未来签字，答应愿意共结一世父母子女之缘。

婚姻与家庭，是爱情的旷野里出现的一场江湖道义，不论多长或者多短。

生命的能量：激情挑衅因子

在弗洛伊德的心理学理论里，自我（ego）里面包含了本我（id）和超我（super ego）。严格说来，自我并不存在，它虽是本我与超我的合体，这个合体却是一个拉扯的战场，充满了挣扎与消长；但是在更严格的意义上，超我也不存在，它是本我的一个转变，一段自己超越自己、提升自己的过程。

一切都只有生命的能量。这个生命的能量在“人”这个物种里面，产生了与其他物种极其不同的变化。它产生了自我意识，了解自己和他人的不同，但这只是自我意识的一层意思。另一层意思是，自我意识必须在与他人的“关系”中得到最终的肯定与价值，自我的深层价值不是建立在与他人的“不同”之上，而是建立在对他人的贡献基础之上的。

关于这一点，美国荣格学派心理学家爱德华·惠特蒙（Edward Whitmont）讲到，自我和本我看似对立，其实互相依存。本我的能量像大海的海浪，一波又一波拍打在“自我”的岸边。德勒兹在人性中看到的激情本能因子（passion），亦是惠特蒙所说的潜藏在人的潜意识里的“激情挑衅因子”。

本我的激情暴力倾向，其破坏特质常常让社会恐惧，被自我与理性嫌弃，因此被自我那向往安宁、和谐、不变、长久的特质压抑，好像被牢笼囚禁着的一头野兽。可是，光是囚禁而没有珍惜、守护，这头野兽只会越来越狂野，最后冲破牢笼，肆虐人间。

惠特蒙认为，人必须有自我，强大的自我；强大的自我和随时放下自我之间没有冲突。也许，自我越强大，越容易超越自己、放下自己。因为，唯有自我先完好地建立起来，受到肯定，本我的欲望与能量才会开始克制自己。

本我的激情暴力必须得到适度的肯定，本我之于自我，犹如河流之于河岸，缺一不可。没有本我的激情、暴力能量，自我无法强大。

自我不够强大的人，面对着人生中两大难题：自信与爱的能力。

没有强大本我激情挑衅因子的人，没有自信，更没有爱的能力。这里的激情挑衅因子指的不是显露于外的暴力行为（尽管暴力行为是它的一种外显的形式），而是澎湃的原始生命力。它是尼采的力量意志，是叔本华的意志力，是柏格森的生命之流，与佛家的业力。这样的生命欲望如长江大河般，从人的内心深处涌出，流向世界，寻找它的目标，淋漓尽致地发挥自己，让生命的园地鸟语花香，生生不息，充满意义。

本我的激情暴力特质可以从三方面展现：智力暴力、感受暴力和肢体暴力。这里所谓暴力指的是作用力遇到反作用力，也就是遇到阻力点，然后努力将阻力点排除。智力暴力和感受暴力都发生在内心。智力暴力指的是人用理性、智力解决问题，创造新的思想。英文里的头脑风暴（brain storming）讲的就是这种智力的激荡，创造力的发挥。感受暴力是人心内在的情绪挣扎。

当人的智力暴力和感受暴力得到充分的发挥时，人反而不会走向行为肢体暴力。

反之，当人的智力暴力和感受暴力受到长时间的压抑，行为肢体暴力极可能爆发。智力暴力和感受暴力是互相影响的，智力暴力的压抑，往往来自信心不足的问题，更可能导致情感暴力的压抑，而后者则可能导致失去爱的能力。例如，一个因为家境富裕或是父母关爱而长期受到过度保护的孩子，在保护的名义下其实失去了许多主动作为的机会，反正衣来伸手，饭来张口。物质的充足代表的是没有必要去努力工作，也能满足所有愿望。因此，孩子没有机会与“困难”或者“挑战”放手一搏，当然也没有机会知道自己到底行不行。而保护的大伞罩下时，也意味着“被保护者”能力的不足，不管父母是否用言语、眼神或肢体传达出这样的意思。

真正的自信心建立需要人的智力暴力本能与困境短兵相接的机会，在厮杀过后，把阻力点移除，那是一种真正意义上的满足与欢愉，因为知道自己“很行”！

而自信心和自我价值是孪生兄弟，没有自信心的人自我价值不会很高，当然，人生的意义也无从建立。

同样，感受（情感）暴力因子是一种心情，它囊括了所有内心的情绪，不管是正面还是负面的。感受暴力的战场在内心，但是却可以借由各种途径走出内心；与朋友诉说或用其他方式宣泄是一条比较安全的途径；若是能够被理解、被鼓励、被接受，感受暴力因子便能得到抒发。若是无止境的压抑，人将会变得麻木不仁，对感情无动于衷，而且终将失去爱他人的能力。

惠特蒙在《女神归来》（*Return of the Goddess*）一书里，从人类学的角度详细解释了人类本能的激情挑衅（暴力）因子与爱之间的关系。首先，人类学家发现，动物的激情本能暴力因子，是自身原本的存在，不需靠外界的诱导，依然会迸发。比如在动物的发春期，即使没有异性的引诱，动物照旧会跟一把扫帚做爱。其次，根据人类学家的观察，动物的行为模式里，不同种的动物，比如大象与犀牛，是不会干涉彼此的。动物与动物之间的所谓“冲突”发生在同类之间。例如，两只大猩猩在激烈的战斗后，赢的一方精疲力尽地离开，可是输的一方却紧紧跟随其身后，屡屡把自己的后臀部展现在赢方面前，直到赢方接受它的“道歉”而成为朋友。换句话说，动物之间肉体的搏斗后，输的一方若是展露最“脆弱”的部分，赢的一方不会赶尽杀绝，反而愿意与之结为盟友。[177]

人类社会也一样，爱的互动与本能的激情挑衅因子有着绝对的关系。惠特蒙解释：在人的心理活动中，希腊文里的Ares（斗争）和Eros（爱）其实是孪生兄弟，一体两面。

爱和暴力因子来自同一个源头。爱与战争有着极为相似的特质，都想要突破对方的“防线”。我们只会跟我们在乎的人生气、吵架，爱侣或者莫逆之交常常是由于一场争斗结识，最常找你麻烦的人，也许内心对你非常感兴趣。

两只大猩猩在输赢见分晓，输的一方展现自己最脆弱的一面之后，换来的是赢的一方的友情（同情）。这样的观察对人类社会有无启示？它代表的是动物本能里面激情暴力因子并非无止境地挥发自己，它在个体生存受到威胁时，当然挥发得淋漓尽致，但是当看到群体中的他人有难时，或是看到他人的弱点时，激情暴力因子反而会收敛自己，克制自己，进而愿意与他人和好，并且理解同情对方。

惠特蒙的激情挑衅因子就是德勒兹的欲望机器在人身上所展现的宇宙“变异”能量。每一个欲望机器都渴望有一个自己可以为之奋斗的“目标”，让自己的能量发挥得淋漓尽致，耗尽最后一点心血，方可无怨无悔地回归无器官身体的黑洞里，代换出另一个油亮亮的自己。每一次目标的“完成”都意味着对困难、障碍的“毁灭”，与自信的“诞生”；这些都是一个生命的印记，一点一滴筑起“自信”的堡垒、“自我”的王国。人若是有这样激昂跌宕的内在能量运动，则其“自我”王国应有敞开的城门，欢迎旅客来来往往。强大的内在能量仿佛国家的国富兵强、泰然自若，绝不会因为城外的风吹草动而立刻剑拔弩张，企图防卫，刺伤来客。城内取之不尽、用之不竭的粮草，也会运出城与他国进行交易，或为展现大国风范而不吝给予。

尼采超人哲学里的“超人”，就是这个气度恢宏的大国，他的自我自信而强大，他生命的能量可以深入他人，他的关怀可以覆盖宇宙。

生命的高度：价值判断？抑或道德？

尼采的超人，具有强大的内心能量与激情，他的人生终极价值与目标，是克服“自己”，攀上自身生命的高峰。

价值判断在尼采之前，都是一个稳定的、客观的标准，康德努力做的，也只是对传统的价值观加以注释、辩解。而对尼采而言，价值是一种存在的方式。每个人都有自己的价值观，价值观让人对自己与他人行为的对错、好坏做出判断。一个人的价值观反映出他是个怎样的人。尼采更关心的是，价值观的背后隐藏着怎样的心态。价值观本身是否有对错？尼采的“观点论”认为，至少我们不能因为别人的价值观跟我们不同而说别人的是错的。

关于这个问题，答案因人而异，牵扯出绝对论和相对论。绝对论者如康德相信人世间有绝对的价值，放诸四海皆准；相对论者高唱文化相对论，认为不同文化产生不同价值，无所谓好坏。价值体系从柏拉图到尼采，是从基督教的善恶论走到观点论，从以天堂为主的人生观走到无神无鬼也可以昂首阔步的人性尊严论。

尼采的“观点论”结合了绝对论和相对论，认定每一个人都应该有自己的观点，从那个观点出发，每个人看到的风景都不一样。人必须坚定地相信自己的观点，但不把自己的观点强加在别人身上，要敞开心胸接受别人的挑战、辩论，给别人的观点留下些许空间，若是别人的观点经过思考辩论证明比自己的好，就欣然接受别人的指正。这里透露出的是一种对生命、对世界、对自己永远的探寻，以及不断的修正。

尼采认为，生命的高度，决定于他（她）的价值判断：有所为，有所不为。

基本上，千差万别的价值观点，可以总结成一个人内心能量的强度（德勒兹的“能量动力小点”）。尼采指出，世间有两种人，一种是强者主人（master），一种是弱者奴隶（slave）。他们的高下在于二者对于人与人之间的“不同”的反应。强者对自己深具信心，“我是好的，他跟我不同，他是不好的”。这里讲的“不好”虽略有贬义，却不是鄙视和仇恨，只是不去在乎而已。强者不在意别人跟他的不同。

反观弱者用的是双向否定法，“他跟我不同，他是邪恶的，我跟他相反，我是善良的”。弱者对自己没有信心，不能先肯定自己，所以用双向否定法，先否定对方，再说自己是对方的相反而肯定自己。最让人记忆深刻的就是丁玲的短篇小说《我在霞村的时候》。主人公贞贞被日本兵抓走，做了慰安妇，当她再度回到村子里，村民不但不同情她，还群起攻击，认定她的不贞洁是咎由自取，这些原本是她唯一心灵依靠的同胞，成了再次伤害她的刽子手。分析起来，原因不外乎村民对自己没有价值认同感，所以必须用鄙视贞贞的方式来提高自己的价值。他们用的就是尼采的双向否定。她是邪恶污秽的，我不是她，所以我是善良纯洁的。纵观当今社会，这种所谓“正义”之声不在少数，只要看到别人比自己“差”，就要千百倍地夸大那个差距，来提高自己的身价。

对于“不同”永远持有肯定态度的人，就是尼采心中的强者。

德勒兹承袭尼采的人生态度，认为生命中所有的一切都应该喝彩。“生命会变成思想主动的力量，思想会变成生命正面的动力。”[178]所有的思考都在寻找、发现生命新的可能性。思维本身就是诠释，就是价值判断。

德勒兹想要的人生是不断的努力，为的不是我们因发现自身缺少什么而去获得，为的是不负生命的使命：活出一个创造的人生。

这中间出现的问题是：是否所有的行为都是对的？当然不是。甚至“一切都为别人牺牲”的行为也不一定是对的。对与错在一种肯定的人生态度下面，都可以被关怀、被接受。错误必然得到应得的惩罚，但错误不是邪恶的象征，不是万劫不复的诅咒。德勒兹和尼采都希望人培养出一种宽宏的心胸，不是允许错误，凡人当然会在己身利益、社会公义、道德价值的前提下，尽力避免自己犯错或阻止别人犯错，但对于已经犯错者，在法律或者舆论的惩戒之后，我们应该给予的不是原谅而是理解。因为原谅仍然有高高在上的姿态，理解是真诚的将心比心。

尼采鼓励的超人是一个强者，他（她）不去超越别人，却不断克服自己。真正的强者具有强大的内心能量，聪明且才华横溢，他在尽情挥洒才华的同时，发现内心的力量开始克制自己无止境的欲望，不是因为外在的社会价值、道德舆论压力，而是来自一股内在的声音，就是“不忍”，因为不忍见其苦，所以宁愿自己受苦而不把痛苦加在别人头上。这才是真正的强者。

尼采的“强者”本身就是一种价值观。德勒兹延续尼采的理论方向，强调价值是一种思考方式与人生态度，这些，都来自生命与内心的能量。

同时，德勒兹亦鼓励人用思考去寻找，不是去寻找“真理”，而是寻找属于自己的意义与价值[179]；因为，任何一种思考，都环绕着意义与价值。

人终其一生，忙忙碌碌，为的是什么？

不论我们有着怎样千差万别的家世背景，顶着怎样的社会头衔，拥有怎样的房舍，当别人劈头一问“活着的意义是什么”时，这个问题仿佛千斤重担砸下，我们的心情可能立刻崩坏，不知如何面对自己扭曲的面孔。

人是一种想制造意义的动物，这种冲动并非来自社会压力，而是来自人内心的渴望。即便一个愿意为了金钱而结婚的生活“斗士”，在未来金钱无虑的“舒适”日子里，还是会慢慢感受到孤单、无趣与空虚。也许他（她）仍可以骄傲地昂首阔步，显示他（她）在物质生活上的高高在上，可夜深人静独处时，定有来自灵魂深处的呐喊。

生活是一个寻觅意义的过程，不论这个意义是什么。若是剥去这个过程，生活是什么？是从生到死，等待死亡的几万个日子的串联。即便是一个纯粹的物质享乐主义者，仍然有个生活的意义：享乐。没有一个人会告诉你，他的生活不需要意义。

可是，生活在历史悠久的传统里，会让人忘记一件事：决定自己的生活意义是一生中最重要的事。传统已经为他决定了他的意义，只要走别人走过的路，做别人做过的事，过别人都过着的生活就行。这就是传统的意义，一种没有创造、无须恐惧，天塌下来都有高个儿顶着的安全感。它像一栋老宅，富丽堂皇却毫无生趣，住在里头的人安稳度日。生活对他们而言，没有激情，没有创造，但也无须担惊受怕。

价值决定意义，决定一个人的生活方式。价值观是一扇门，开启一种完全不同的风景。寻找自己独特的意义，犹如踏上无人问津的山野小路，需要义无反顾的勇气。

单枪匹马精神的前提，是思考。

德勒兹认为，思考的敌人，不是错误，是愚蠢。错误是一种外在的社会价值观加诸个人身上的烙印，而愚蠢是个人自身思考的内涵因为能量不足而发生短路。[180]德勒兹的价值论或是思考论，究竟告诉我们什么？他有没有告诉我们对与错？或者一个思考（行为）的准则与体系？

价值的准则是无止境的创造。

凡是阻碍这种具备创意可能性的思考或者行为模式都是愚蠢的。德勒兹不称它作“错误”，因为我们的思考以及行为的价值观应该由自己的体验、反省、思考而得到，不是从别人（社会）那里获得的施舍。的确，从学校、父母、社会去学习“好”的价值观并没有错，但是孔子亦云："学而不思则罔。"东西虽好，若少了自身的体验，没有创造出属于自己的模式，就不算真正学到。我们可以在建立自己的价值体系以后，仍然禁不起诱惑去犯错，然后后悔，这样总比完全没有自己的价值体系，人云亦云来得好。

道德的底线：人性的终极关怀

爱一个人，与爱千万人，在本质上是一样的。

爱人如己的能力，是不是道德的能力？

道德（morality，ethics）是人类自有社会起就存在的必然现象。它牵扯出无数的相关课题，比如：道德的本源为何？人性本善还是本恶？亚里士多德最初在讲善的时候，他讲的其实是"好"，一种人性里愿意尽其一生去追求的品质，也是人生的终极目标，而这里的"好"在亚里士多德的定义里，是一种人生全面的"成功"（flourishing），这里的成功是"幸福"（happiness），而不是只有金钱名位的成就。然后他再探讨哪些人格特质可以促成人生的幸福。所以亚里士多德的道德是伦理，是人如何让自己的生命绽放，是幸福的锦囊，而不是社会用来约束个人的手段。当然，人在摸索找到这个锦囊的同时，也会领悟到自我欲望的克制和对人的慷慨善良都是锦囊里的秘方。

在西方（如美国）的大学课程里，伦理道德学是大一新生的必修课。所有的道德问题和学派如大商场的各个商店，各种实际案例琳琅满目地展示在学生面前，每个学派又有不同的解决办法。最让人头疼的当属"绝对真理"与"相对真理"。宇宙世界有没有绝对的真理？若是没有，那我们怎么做人处事？如果没有是非、对错，我们如何热情似火地捍卫我们认定的道德？

人类社会的结构机器为了稳定结构而产生社会道德（morality），于是有了善恶、对错的原则。然而，即便道德是社会的产物，也并不表示它不是人心本来就有的愿望。中国哲学里的修身指的是培养道德，“身”与“道德”同源。可是“身”这个字在象形文字里，是怀孕妇人的身体。道德的起源应该是爱人如同母亲爱自己的婴儿。也就是说，道德原本是一种身体的感受，而不是社会强压下来的枷锁。

一般人都认为，道德与本能、善与恶，在哲学与伦理学里面是相克死敌，其实非也。它们都是相生相克的激情爱侣；没有本能，就没有道德，没有恶，也不会有善。德勒兹说，一般人都思索如何辩解人性为善，说我们其实可以超越我们的本能而产生道德感，也就是说我们的原始自由意志可以克服本能的私欲，由大我出发的理性产生道德感。其实，道德是从本能里面生出来的嫩芽，它是本能这个母亲经过阵痛、撕裂自己而生出的婴儿，它的啼哭，是天地间至美的音乐。

德勒兹和康德一样，认为时间是心的刻痕，时间不在心的外面，它是心的一部分，是心在大化流转里给自己画上的刻痕。而心，一面雕刻生命，一面融化刻痕，在有限里找无限，在现象里寻永恒。它也像一个顽皮的小孩在海滩堆砌沙堡，不断毁灭亦不断重建。人心的可爱在于它天真的性情，喜欢创造，也喜欢摧毁。

只有在摧毁、舍弃自我的时候，爱，才可能发生。只有在真实地忘却自己的存在，只想着他人的苦难时，道德，才可能如一朵白莲从淤泥中绽放。尼采说：真正的道德，来自潜意识。邦德说，德勒兹关心道德的意义，与他关心自我的形成同样积极。其实，人之所以为人，在于他的道德意识，人心一面筑墙，成立自我，然后随着欲望的燃料起火燃烧，把自己像火箭一样射向天空；另一方面，人心不断想突破自己设立的围墙，走进他人的心房。

道德是文化的孪生兄弟。文化的形成，必须建立在心一面筑墙，一面却又自我拆墙的过程上面。文化与道德几乎是同时开始萌芽的，没有一种文化能够缺少道德的伴随而茁壮成长起来。对于道德，德勒兹阐释休谟的理论时说："我们不能说人性是道德的，但是道德确实在人性里面。"[181]这句看似矛盾的话意思是说，道德是人性的一部分，但是因为人性是个充满能量的动态过程，而且大部分时间里是个极为"矛盾"的过程，道德，其实是人心的意念、情感、本能彼此互相克制的一个过程。如前所述，这个过程，始于人心在文化的大我环境里真正"看到"了自己，母亲在孩子身上，员工在公司蒸蒸日上的业绩里，救火员在他拯救的小女孩脸上，体验到他们自身的存在感。当小水滴流入大海，小水滴同时看到了其他无数的小水滴，德勒兹称这样动态的心灵空间为"想象力"，这样的想象力激发了小水滴自身反射大千世界的能力，它看到了"大我"的美丽图画，并且发现自己正是画中的一个因子。

德勒兹在《经验主义与主体》中，反复强调道德的意义。在理解道德以前，当先理解人性。

当混乱的意念、画面、感觉被人性里的联想原则和激情原则掌控时，它代表的是两种作用同时进行、融合与前进，这两者缺一不可，联想原则让意念集中，所有零件集中，铸造成坚固的船舰，并且产生方向，激情原则让船舰启动。德勒兹在书中写道："是人性原则超越了心，不是心超越了人性。"[182]人心永远是被动的，它被人性原则启动起来，换句话说，我们永远超越不了的是"人性"，这是生而为人的宿命。德勒兹这句话的意义，写的虽然是"人"，却有着地球亿万年转动、物换星移的沧桑与壮阔。

德勒兹说：科学真正应该研究的，是人性这个议题。人性里面的联想原则创造了理解与信仰的系统，给凌乱的心灵意念空间提供了恒常性。我们开始有了习惯，也开始期待。在理解与知识信仰的层面上，我们开始推理，建立起知识的王国。而激情原则为我们所创造的知识系统提供养料，使我们的信仰坚定，进而创建社会机制与文化，并且给生命赋予意义。

对休谟与德勒兹而言，超越不是一个概念。超越，是在人内心的宇宙里，从思绪的混沌变成自我的有序，从“无”变成“有”，是一个自我矛盾的过程。德勒兹说：休谟极度反对理性主义里推崇的“符号代表”，因为人心里的思绪无止境地流动着，我们所能经验的只是“流动”和“关系”而已。理性主义最大的错误，就是把概念放进了理性的框架里，去“代表”一个“固定”的东西，一个人类原始能量做不到的东西。德勒兹遵循休谟的见解，认为“理性只是心的感情本能，理性是冷静了的激情，在激情过了许久以后，内心的一个遥远的自我观照与省思”[183]。

理性看似是一个与感性激情对立的心的机制，其实是冷静了的激情。德勒兹写道：“激情为心灵提供恒常性的动力，让实用的社会活动与道德活动成为可能，并且给历史一个意义。”[184]他又说：“个人激情在由个人心灵流出去到社会的过程中，变成了思想。”[185]纵观世界强国立国之初，均有无数开国烈士、元老，对国家未来的远景做出理性的规划，甚至抛头颅、洒热血，牺牲一己的幸福甚至生命，来换取国家万世之太平，这种至高的精神内涵来自至高理性的远见与激情的动力。大凡成就国家民族文化大业的英雄，内心均有激情理性互融的能量。

虽然德勒兹把感受分成个人感受和道德感受，他依然强调：“道德感受是激情的原始自然的特质，它会‘超越’心的其他感受。”[186]而我们的激情都来自一种观照的印象（Impression of Reflection）[187]，都是一个在文化长河里照见的结果，每一个想法，都是无数他人的想法的延续。己所不欲，勿施于人，德勒兹说反省观照的时刻就是自我收敛私欲的时刻。这种“不忍”形成了道德的基础。

真正的道德是一种感受，而个人激情的原始动力是对人世终极的关怀与慈悲。若无对人世与世界深度的关怀，个人激情的火炬，无法燃烧一生一世。

每一个人都有独特的性情与个性（人格），也就是一种独特的“心”的意念的总和。而道德只跟我们的性情有关，跟我们切身的利害，反而没有直接的关系。德勒兹认为，任何一个人，都会为了自己的家人或者爱人，做出牺牲，所以人人都有无私道德的潜力，只是每个人“看见别人”（别人的感受，一个不相干的人的感受）的能力不同而已。寻常人总在自我的利益与他人的利益之间拉扯，自我私欲的节制是无比痛苦的过程，是因为他（她）没有能力看到整体的能量变动。

在休谟之前的社会契约论者，都强调社会、文化、制度的基础是法律，法律讲的是限制，是否定人原有的性情。德勒兹与休谟则认为，文化的成因是人的性情，包括性格与情感，它们都是人性里正面的能量，不是负面的限制与否定。文化/制度不是建立在契约上，而是由于人性情里的欲望想要得到满足；可是单单欲望无法形成文化/制度，人心不但要满足自己的欲望，也想满足他人的欲望，所以，欲望必须在努力满足自己的同时，又克制自己，这样的自身矛盾才能让人从自身的性情立足点走向文化与道德广阔的视野。

没有道德的感受，人心不可能维持永远的激情。小水滴只有流进大海，才能永不枯竭。

我看过逝者入殓，在泪雨的帷幕后面，我偷偷窥伺宇宙主宰的身影，希望他留给我些许蛛丝马迹，让我安心再回到生活的轨道，嬉笑如常。可是他没有。我即使灵活如蛇，滑溜过那主宰的身边，我的过处却留着一截一截蜕变的壳皮，网状交织如鱼鳞，那是我对生命的迷惘所吐纳的纹路，它美丽而悲怆，有着我情感的波涛，智力的局限；它也是一张生命的网，百折千回，仍不悔地向前。它无须因捕获而喜，也不曾为失落而悲，只求在一个举步的刹那，蓦然回首，明了来时路，能与大化主宰相视而笑，然后方能安步当车，不再鞶顾。

第七章

生命的谜题：永世的轮回

人生如梦

马克思把“存在”分成基础结构（base structure）：物质条件、自然资源、科技，以及上层建筑（superstructure）：艺术、道德、法律、语言。马克思主张基础结构决定上层建筑。德勒兹与迦塔利在《千高原》里谈到“机器般的聚集”（machinic assemblages）和“集体发言”（collective assemblages of enunciation），这个分类有点类似马克思的分类，可是他们强调了“非实体转变”（incorporeal transformation）的重要性。他们认为：“非实体转变是实体的特质。”[188]“非实体转变”是从斯多葛学派借来的概念。斯多葛学派讲“实体”（body）与“非实体效果”（incorporeal effect）。普天之下实际存在的都是“实体”，也包括抽象概念的心、灵魂与上帝。所有的实体存在都囊括在一个巨大的实体存在里，这个巨大的实体存在即是上帝。“非实体”只有效果，它是一个动词。“我走进了房间”并没有改变我的一切，但是“有件事”确实发生了。

语言会产生一种“非实体”效果。一个人对着你说了一番话，若他用的是你听得懂的语言，他的话立刻有了意义，进入你的耳朵，或是打动你的心坎，或是令你嗤之以鼻。倘若他用的是你听不懂的语言，他说的就不是“话”，而是一种杂音。声音同样从这个人的喉头里发出来，可是对你而言，这中间的变化，叫作“非实体效果”。一场结婚典礼可以让一个男人转变成一个丈夫，这也是一种非实体效果。一个法官宣判一个人“有罪”时，是一个“非实体转变”，那个人从普通人变成了罪犯。劫机者可以瞬间把飞机上的“乘客”转变成“人质”，这些都是“非实体转变”。它不是每一个实体的转变，转变的只是一个状态，实体本身并无重大转变，至少在概念层次上是如此。

这种“非实体转变”常常给当事人一种“不真实”的感觉。

德勒兹又用战场这个意象来解释。战役的确是由不同的实体武器、军队、各种硬体设备构成的，可是一场战役发生了，打过了，从第一声枪鸣到最后一个人倒下，这中间的确发生了极为恐怖的事，无数的家庭因此转变了，一个时代因此不同了；然而，过了也就过了，空荡荡的战场上，好像虚幻的梦境一场，这也是“非实体效果”。

人生，何尝不是如此？功臣名将，风流人物，终有结束的一刻，回首前尘，是不是也有“黄粱一梦”的感慨？

人的一生，是一个接着一个的状态的转变，似有似无，非实体效果只是纯粹的效果（pure effect）。和斯多葛学派一样，德勒兹不谈原因，因为我们的世界，或者人生，都是一个巨大的无器官身体，各种因素纷纭杂沓，以不同速度在组合与分裂；或者可以说是一个巨大的一致性恒动平面，充满因子的母空间永远在子空间里形成“个体”，一刻不停，可是子空间里的个体亦时时刻刻在消失。当我们看到事情转变时，它其实已经是结果了，而且是个非实体效果，因为只是一种状态的变迁，而且会一直这样“变”下去。

死亡：生命的终点？

死亡，一个很惊悚的符号。

对德勒兹而言，死亡是所有身体的非实体转变。[189]

其实，德勒兹的思想中，死亡并非与生命对立，它甚至可以说是生命的一部分，而且是最重要的一部分。[190]就像我们看不见沃土的养分一样，我们也看不见死亡的养分。更重要的是，死亡在一个层面而言，并不存在。存在的是肉体的停止作用而已。

人类无法经验死亡本身，因为死亡的当下我们或者已经没有经验的能力，或者即便有，也无法对别人复述了。我们平常对死亡的认知，都来自对别人死亡的耳闻目睹。也就是说，死亡这个概念，不是从死亡经验“本身”中汲取的。我们对死亡的认知，来自我们的意识所建立的一个模式，人对死亡本身没有现象世界的经验。死亡，它那么切入我们的生命，却又离我们有一定的距离，它本应该是一个内在体验，但当我们讲述它时，其实讲的都不过是外在的、有距离的理解罢了。

而且，凡人见到的死亡，其实不是死亡，而是消失：一个人的形体的消失。大多数人认为，肉眼见不到这个人时，他是“死了”。“死”这个中文字的象形意义是，在土壤里埋了一个“晚上”（夕）和一把匕首。夜晚是相对白昼的黑暗，匕首刺入亲人的心里，死亡的意义是殇痛与暗夜，是所有必须掩埋的情绪孤坟。

因此，死亡，对大多数人而言，是一个深渊，神秘而恐怖。

心理学里的死亡概念，来自弗洛伊德的死亡驱动或者死亡本能。

弗洛伊德的死亡本能和生命之间，不是对立的关系，它是生命的一部分。《反俄狄浦斯》开篇就说：“欲望其实也欲望死亡，因为死亡这个东西正是欲望的发动机。正如欲望也欲望生命一样，因为生命的器官是正在进行中的机器。”[191]为什么死亡是生命和欲望的发动机？这里的“死亡”不是一般人们所谈论的死亡，不是人心所害怕的身体的消逝，也不是情感依靠的顿失，而是如黑暗深洞的死亡。

德勒兹认为，如果生命是一个由无数个欲望机器合成的组合体，死亡就是无器官身体。无器官身体是死亡的模型，就像欲望机器是生命的模型一样。为何是模型？因为死亡无法被想象与理解，只能用比较可以理解的概念做成它的模型。换句话说，无器官身体是了解死亡的一个途径；它是一切的发动器，也很类似中国道家思想里的无极，那个神秘的黑洞，那个数字的零点，非但不是虚无，而且是无限可能。

无器官身体是一个零点强度，是所有欲望机器互相转换的“刹那”，而无器官身体和欲望机器二者并没有本质上的差别。用德勒兹的语言，就是“排斥是机器运作的条件，吸引是机器运作的本身”[192]。这里可以理解为两种意思。第一种，排斥是万物之间的敌对、不协调、纷争、反抗，是物体与物体之间“互相损害”可能造成一方或者多方的损伤、改变与毁灭，同时也可视为是一种回归无器官身体的过程，没有这样的回归，就没有“新”物体的诞生。所以“排斥”是欲望机器的条件。相反而言，“吸引”，是万物之间的紧密结合，也是合作、和谐、友谊、社会功能的本身。更进一步说，所有的“吸引”里面，都掺和着“排斥”的因子，合作的同时，双方也都必须改变自己。

第二种，“排斥”可以指无器官身体生出欲望机器，“吸引”可以指欲望机器想要回到无器官身体的状态。换言之,“排斥”是万物“由无到有”,“吸引”是万物“由有到无”的过程。宇宙有着万物生灭的法则。自然界每一个现象“生”的时刻,都是前一个现象的“灭”,果实的诞生意味着花的凋谢,种子的诞生又意味着果实的消殒。生灭之间,端看我们从哪个角度去看待。

仿佛宇宙中有着一个“空”的“位置”,里面充满了无数瞬间飞逝的构成万物的因素,就像一个巨型的没有器官的“身体”,让世间万物、宇宙万象都被它“吸入”再“吐出”,因此它是万事万物“回归”的方向,“结束”的快感,与人心“放下”的能力。唯有回归与放下,才能再出发与提起,生命中不能没有这些“潜在”的能量,而谨慎地说,它们也没有一个实质的位置。

死亡也是如此。

对一个深刻体会生命的修行者而言,死亡,只是一个零点强度,是能量的绝对释放。如同无器官身体一般,死亡是零点强度,同时也是超高点强度(hyper intensity)。正如放松既是紧张的零点强度,亦是另一种超高点强度。如前所述,在一场神经紧绷的比赛后,人会有一种生命淋漓尽致的畅快。它也可能是人在迈向目标的途中,从一根根绷紧的神经牢房里溜走,觅一处树丛打个小盹,以储备继续上路的能量。这些放松都不只是零点的强度,而且是一个极强的能量体验。

人人都有远航旅行的欲望,但不会有人愿意永不停歇地旅行。总是在马倦人疲的时刻,想到故乡的泥土、家里的灯火与爱人的容颜。那么,为何生命的旅程不能有一个停歇处?

若说死亡是欲望的零点强度的“境界”,这个境界也只是一个“刹那”,因为零点强度的无器官身体会立刻回到欲望机器的过程里,而且,永不止息。《反俄狄浦斯》中提到布朗肖(Maurice Blanchot)对死亡的看法:“死亡其实有两面:一个是永远不曾停止活着,在宇宙中旅行的那个‘唯一’,也就是说它从未停止,从未完成死亡;另一个,就是我们常常认为的自己,在人世间‘死了’。也就是说他最后不再死了,因为他总算‘死’了。”[193]

德勒兹的这番话,初次阅读会以为他在说绕口令。其实他想要说的是,每个人都有“两个自己”,这也是死亡的两面。一个是潜意识的,一个是意识的自己。意识的自己即我们认识的那个自己,那个天天吃补品,怕死怕消失的自己,那个自己最终会死,但是即使到最后一刻也不明白,其实自己以前无时无刻不在经过庄子所谓“生生死死,死死生生”。每一刻我们的细胞都在生灭,我们的记忆都在储存与更新。另一个潜意识的自己,从来未曾死亡,从来未曾停止在宇宙中运行的,是永无止境的心灵能量。

这个结论所隐含的意义,并不完全是心理学或者哲学的,它还有宗教的味道。轮回,不只是佛教的一个概念,而是自然界无止境的消长的代名词。

德勒兹认为死亡的经验无所不在,只是我们不知。“每一个变化本身都是变成‘死亡’(becoming-death)。”[194]生命中每个瞬间都是死亡的缓慢过程。[195]在每一个变化里,都有死亡,因此,德勒兹对死亡的解释是结束。变化总是从“出现”到“结束”。那个结束无时无刻不在发生,更严格地说,变化即是结束,因为它意味着某种过程的尽头,即便那个“过程”极短。然而我们的认知、感知范围非常有限,大多数时候,我们对于这一切,是麻木不仁的。

当德勒兹说:“死亡是潜意识里最常见的一种现象,正因为它出现在生命里,而且是为了生命而出现。”[196]这里的“死亡”指的是什么?我们必须清楚,所谓“潜(无)意识”不是一个恐怖阴森的丛林暗角，德勒兹认为在我们的认知里，潜意识可以说并不存在，也可以说无处不在。再明白一点讲，当我们去理解潜意识时，我们是用理解其他所有现象界二元概念的方式在理解它：黑夜与白昼、善与恶、对与错、大与小，等等。而这些二元概念都经不起更仔细的分析。如前所述，黑夜与白昼存在的原因，只是光线的移动，并无真实的对立。所以潜意识与意识的对立，只因我们以意识范畴为它的界限。所有我们无法意识到的内涵，包括自然大地、宇宙万象都包含在潜意识当中。换句话说，我们周围的任何变化，时时刻刻都在影响着我们，从远而近，从弱到强；它们被我们的细胞接收，被我们的“心湖”映照，但不一定清楚聚焦到被“意识”感知。而且，这样想来，我们的潜意识并没有疆界。人的存在，广义而言，是包含宇宙万物的。它是一个由浓度极高的中心点向外发散到无限远的能量团，也就是德勒兹所谓“强度范畴”（zones of intensity）。

休斯顿·史密斯（Huston Smith）在《世界宗教》中提到人的“超意识”（super consciousness）可以用来解释这个可能性。“超意识”[197]是一种超乎常人的感知能力，它感知到的“微现象”不是“另一个空间”，而是跟我们在同一个空间，只是它能感知到而我们不能。例如，许多其他生物在某些方面比人类的感知力更强，蝴蝶和蜜蜂的电子磁场光谱比人类宽广，可以在花瓣上看到我们看不到的细小纹路；海豚、鲸鱼、蝙蝠都可以用回声定位（echolocation）；麻雀、狗、三文鱼都能感受到磁场，为自己寻找方向。

这种超意识的感知力，可以感知到因素形成个体的过程，一致性恒动平面上母空间到子空间的流动，从分子层面（molecular assemblages）到结构层面（molar assemblages）上强度小点的运动。它是来自潜意识的直觉能力，而且跟时间有关。孟子对孔子的解读为：

“孔子，圣之时者也。”“时”指的是“恰好的时间”，适当的时机。我们常说：万事俱备，只欠东风。这个“东风”在何时吹起，是一个决定性的问题。任何事的成败，都有时间的因素。这个看似不可掌控，其实却可以预知的“契机”，应该是所有人想知道、想学习的课程。为何这样的技能，课本上没有，学校里不教？因为会的人也寥寥无几。战争中，这样的人才是主帅，商场上这样的智者是总裁。难道普通人就无法通过学习而避灾趋福？有人说是纯粹的运气，这只是部分的答案，其实是我们的“认知范围”不够宽广，无法看到因素与因素的碰撞、结合、再生。

我们若从潜意识的直觉力出发，当可发现，死亡即生命本身，而生命本身，只有欲望或者能量。死亡与生命，并无不同，我们正在“活”着的同时，其实也正在“死”着，包括身体细胞的新陈代谢，心灵空间里意识的变化，不同的是如何看待它。德勒兹写道：“不是死亡被人‘欲望’着，是死亡在‘欲望’着，正如生命在‘欲望’着。”正如一个田径赛选手，当大家都往前跑的时候，他却往后跑，就跑步本身而言，他跟其他选手并无不同，不同的是方向，而方向也是一种人为定义。

正如弗洛伊德所说：潜意识不会说“不”。若是它否定，它会用肯定的逻辑模式表述。潜意识捕捉到生命里所有的转变，所有正面的能量。像是无器官身体，死亡是零点强度。死亡真正的意义是“转变”，如果生命是一个不断加上制约、加上密码的过程，死亡就是一种在潜意识解码的过程；从一种思维的密码转换到另一种。

在《千高原》中，德勒兹和迦塔利说：“一具身体透过死亡达到最终的完成，不论在时间或是在空间里。透过死亡它（身体）的线条给自己规划出一个形状。”[198]对德勒兹而言，界限或者极限（limit）和完成是同样的意思。一个阶段的完成表示这个阶段的结束，也意味着下个阶段的来临。只有在这个临界点上，我们可以给这个阶段做出价值判断：成功、失败，或值不值得。死亡，也是这个临界点，它给这一生一个完整的样貌，所有生命故事的总汇，一个庄严的完成式。

无器官身体是万事万物变身旅行的中歇站，冰融化为水，水飞升成气，云如落花下坠为雪，如急剑刺地为骤雨，如雾的烂漫游走为小雨。无器官身体是死亡的模型，意味着死亡与再生无处不在。合眼安眠岂非死亡的一种预习？晨起的“新生”岂非死亡的延伸与子嗣？生命本身没有“终点”，正如春夏秋冬四季的运行，花开花谢的诗韵，亦如质能的互换，一个银河系的诞生、毁灭与再生。

永恒轮回？

宗教哲学家米尔恰·伊利亚德（Mircea Eliade）发现，即使是现代人，也一直在复制一种神话时期的心理状态：比如各种文化都有“新年的欢庆”，即欢庆原始生命想回到最初的一种渴望。各种文化里都有最初的起点，从起点迈开步伐，前途道阻且长，最后又明白起点的价值，渴望“回家”。以基督教里的伊甸园为例，亚当与夏娃一开始纯真无知，有着生命原始的欢快，后来禁不住诱惑吃了禁果，伊甸园消失了，他们又努力寻找失去的乐园。从某种意义来说，这就是永恒轮回。

在《宇宙与历史》中，伊利亚德写道：“所有外在世界的物品与人类的行为都没有真正的意义，除非它们是神的行为的复制，一种类似荣格的原型的复制。”[199]所有人类文明的活动都是一遍又一遍模仿太初蛮荒时的一种“神性”的模式。伊利亚德称这样的行为为“永恒轮回”。在远古时期没有“存有”这样的抽象概念，一切都隐藏在某种图像或者象征里面。远古人类祖先相信，地上的万物都是天上星辰的缩影。比如，美索不达米亚人相信底格里斯河是以月亮的样貌成其形态，苏美尔人的典籍亦记载着“神出生的地方，就是五谷牲畜丰腴的地方”，古埃及的地名都以天上的星辰命名。巴比伦神殿建造之前，国王也曾梦到女神给予他神殿的图纸，犹太典籍《叙利亚文巴录启示录》（*Syriac Apocalypse of Baruch*）上说，耶路撒冷城建造之前，天上的耶路撒冷已经建好了。

人类历史不是一直往前行，它是一直重复远古，以不同的方式在重复远古。人类的思考模式，先从一个无意识状态的混沌开始，也就是心理学家惠特蒙所谓“魔法时期”，而哲学家常用“一”（“圆”的象征）来代表。之后，到了“神话时期”，思考模式转变为二元的相反相成，相反的概念彼此互相冲突，却也互相成全，这个时期的象征应该是中国思想里的阴阳图，相反的力量一直想回到“一”（圆），却又一直再从“一”处剥离。最后到了“心理时期”，人类思考模式正式进入理性逻辑时代。然而，二元思考的走向，是相反概念互相对抗。它们虽然认定相反只有对立，不相信相反可以互补，然而，透过二元互相牵制的结果，相反两极都减弱了，仿佛走入彼此，回到中道（圆）。这是另外一种回到“一”的方式。比如小我/大我，自由/法治，都是一个理性概念对抗另一个相反的理性概念，“小我”这个概念以逻辑直线发展到极致就会发现是个错误，自私的人都会屡尝恶果，然而完全跟随大我情感而没有小我理性的反思，则会走火入魔，德国希特勒的纳粹思想就是一个典型的例子。

人类从远古蛮荒到后现代，每一个阶段的自己都仿佛在一直回到太初的状态，也是一种轮回。

生命本身不断地创造也是一种轮回。伊利亚德写道："人类用创造把混沌改变成宇宙，是一个亘古不变的复制行为。"[200]德勒兹的思想中心是生命的流转，而生命的流转本身即是创造。创造的契机来自混沌，它像源泉活水般往一致性恒动平面注入新的元素，德勒兹对于混沌的定义，在《德勒兹论福柯》一书中写得很清楚："这个未成型的'外在'是一个战场，一个混乱的暴风圈，所有力量的点和彼此之间的关系都如同狂风骤雨里胡乱飞腾的沙一般乱窜。"[201]更确切地说，混沌存在，也不存在，如同无器官身体存在，也不存在。这样说不是自相矛盾，这是一种二元相反相成的思考方式，人生里有许多事都是如此，比如：那个6岁的你，说他（她）还存在，也还存在，说不存在也不存在。混沌是万事万物在未成形时的状态，或者说，任何一个事物毁灭时，都进入那个"零点"状态，可是，那个"零点"好像也不存在，因为它可能就是另一个事物的诞生，中间或许还多出一些其他的因子，从混沌飞进来的其他因子。所以，对德勒兹而言，不是我们用创造把混沌变成宇宙，而是我们拥有的只有"混沌宇宙"。

从某个角度而言，伊利亚德是对的，我们人类永远都在努力创造，把混沌开发成自己的世界，从远古祖先的拓荒建村，到后现代我们在都市里兴建摩天大楼，到我们每一天在自己的园地里勤勤恳恳地规划未来，这本身已经是一个永恒的轮回了。然而，德勒兹要说的是：创造这个概念，包含了我们自身这个有意识的创造行为，以及这个大自然的创造（改变）节奏。不论何种创造，创造与毁灭永远是一体的两面，或许也可以说，根本就是同一个精灵的化身。

这些可能都不难理解，困难的是，我们自身如何保持豁达与机警：跟创造（变化）同进退。不论我们如何精心设计人生，大多数时候，变化总比计划快"一步"，就差那一步，便会让人扼腕。德勒兹常常用尼采的赌徒譬喻：你若是那个掷骰子的赌徒，请你接受任何的骰子组合，不但接受，并且热爱，热爱你的结果，因为每个结果，都是命运和你一起用彩笔画下的美丽人生。即使生命创造给我们的人生图案不能尽如人意，我们的心亦可以用创造的彩笔继续作画，让原来的缺憾转化成心灵世界的硕果。

尼采在《快乐的科学》里有一段对于轮回的描述，非常发人深省：

> 要是有一个晚上，在你最深最静的寂寞里，一个魔鬼溜进了你的书房，然后对你说："你现在过着的生活，也是你一直都在过着的生活，你将要永生永世不断轮回地过下去。"你是会崩溃瓦解，咬着牙认定这是魔鬼给你最无情的诅咒，还是会觉得自己从未有过如此美妙的瞬间，而对他说："我的神啊！我从未听过比这个更神圣而美好的话了"？[202]

这个与魔鬼对话的故事，仿佛生命的警铃，常常在耳边响起。那是一种刻骨铭心的审判，是生命这个法官在审问我们：

若是魔鬼真让你生生世世做现在这份工作，过现在这样的日子，你是崩溃瓦解，还是欣喜若狂？

若是你正从事着自己不喜欢的工作，是否该考虑自己此生真正喜欢做的是什么？

然而，日渐成熟的我们渐渐明白了这个寓言的第二层含义，它与创造有关。既然生命的变化创造是宇宙永恒"不变"的"真理"，那么不论自己在做什么，都可以用创造的方式去做。一个做甜甜圈的店员可以设计不同款式的甜甜圈，一个快递员可以设计最快速的递送方式，一个出租车司机可以让自己经营的方式和别人不一样。同样是日日不断地重复、不断地轮回，却在日日的轮回中体验些微变化。

人唯有在内心不断“创造”的状态下，才能产生喜悦与自信；在这样的轮回里，即便当下被魔鬼诅咒，必须生生世世为生活献身，亦甘之如饴，无怨无悔。

永无止境的自我突破与创造

人的一生就像一尾长长的风筝，总是想越飞越高、越飞越远。然而，不管我们飞多高多远，总有一只拉着线的手，托着我们的根。这双手叫作“生命的安顿”。什么是我们用来安顿生命的根？是一生的挚爱，还是一份热爱的工作？是那个死生契阔的朋友，还是那愿意生生世世去完成的使命？不论你正在做的是什么，那双托着我们的手，也许在体悟宇宙自然变化与创造之后，正在与大自然的无尽变化一起共舞。

德勒兹说：“死亡的经验确实给予了我们刚好够大的经验空间，希望我们明白生活与生命，并且了悟到：欲望机器永远不死。”[203]这里“死亡的经验”不是一般人认为的一生只有一次的经验，而是一次又一次人生道路上的转折。

所有社会价值体系定义下的“失败”“挫折”“结束”，其实都只是“转折”。

《反俄狄浦斯》里所反对的，不是弗洛伊德前无古人的伟大发现：本能欲望（libido），而是弗洛伊德把这个本能欲望孤立起来，用来讲述他主观的自我（ego），并且把阉割（castration）的伤害强加在俄狄浦斯身上，让生命残缺，[204]仿佛只有残缺才能彰显生命的悲壮。而德勒兹却认为，这样的生命不是悲壮，是发臭的腐烂停滞，是一潭死水。

同样的，弗洛伊德的死亡驱动或者死亡本能是与生命本能分开的，甚至是对立的。这也是德勒兹坚决反对的。弗洛伊德所讲的“死亡本能”与惠特蒙的激情挑衅驱力在本质上非常接近，也是德勒兹的欲望机器和无器官身体。它们和生命本能没有对立，这些名词也都与柏格森讲述的生命力类似。

德勒兹会说：当我们心中充满对生命的热情，渴望得到应有的赏识，发挥自我能力时，那是生命本能的声音在呼喊；无论各行各业，每个人都有过那种感觉自己的才华得以发挥，战斗即将开始的“兴奋”时刻，然后，经过一番厮杀，无论情场、商场、战场、政界、学界，战斗结束时，无论成败，所得到的，或者是精神上的“淋漓尽致”，或者是情感肉体的“精疲力尽”，这都是生命本能（激情挑衅因子）在生命的某个阶段上所经历的一场死亡游戏，一场从开始到结束，从兴奋到疲惫的激情演出。这是“死亡”这个概念的广泛意义。

仔细想想，我们终其一生，其实是不断在经历这样的“战场”，并且极为享受其中的过程。否则，所谓一辈子，也只是日子的不断重复，毫无意义可言。因此，当有一天，某个人突然发现，他正在从事的事业，并不能带给他“生命中的淋漓尽致”这样的感觉时，他会开始质疑生命的意义与自我存在的价值。而这一切，跟物质享受、金钱价值，可能并没有直接的关系。

德勒兹欲望机器的三种关系理论里，提到了“链接”、错位或是“相反相成”，以及“总和”。放在日常生活里来讲，“链接”指的是朋友之间的友情。“相反相成”指的是父母子女的关系，父母繁衍出子女，与子女之间的依赖与冲突，是一张生动的阴阳图。夫妻关系虽然只是一种联盟的关系，可是在日日夜夜的相守相知里，所有的“争执摩擦”与“患难与共”，所有的互补互撕也逐渐形成一种相反相成的模式。而“总和”所指的那个“我”，其实是“各种欲望的总和”。“我”（正如德勒兹所强调的）是一个假象，但它是一个“必须当成真的去度日”的假象。说它是“假象”，不是说它不存在，而是说它不是以我们所认知的方式存在，一如世间万象，瞬间变化，那个“我”也在瞬息万变。我们的理性不愿意去看到变化、承认变化，就算看到了，也非要生命给自己一个答案、一个道理。

变化代表的是某种程度的毁灭，或者死亡。

如果德勒兹和弗洛伊德的这个理论有着某些发人深省的地方，就是这个“不断地自我突破”的生命意义。生命本能或激情挑衅因子，从我们的潜意识游移出来，仿佛亿万个不屈不挠的小精灵，它们攻城略地，占满你我的人生空间。它们强迫我们不断改变自己，每一个阶段的自我，都必须经历“死亡”的挣扎，最后消失在下一个自己“出生”的时刻。

“我”其实无时无刻不在跟自己作对，也就是生命本能寻求自我突破，旧的自我死亡，新的自我诞生。每当人们讥笑那些“不作不死”的人时，其实他们内心是有几分钦羡的。英文里有个词叫作“舒服区域”（comfort zone），意思是鼓励人突破自己的极限，做一些“作”一点的事，想一些“疯”一点的想法，这些都是通往年轻的路标。

因为生命本身没有年老，年老的是身体，生命永远年轻！

后 记

德勒兹的时代背景

宝剑出鞘的理由之一：反对黑格尔

德勒兹在20世纪40年代开始为自己搭建起一座哲学舞台，一直到1995年辞世，即使在身体最磨人的岁月里，他的思想工程也未曾中断。当时的法国哲学有三大主流：学术界的理性主义；二战后的黑格尔学说，存在主义，以及现象学；还有完全反理性主义的传统，即卢克莱修（Lucretius）、斯宾诺莎、休谟、尼采和柏格森。[205]

1940年到1950年之间，黑格尔学说风靡法国。科耶夫（Alexandre Kojève）是黑格尔的信徒，主张辩证是心意识旅行的轨迹（我们的思考轨迹总是在"正、反、合"里面反复，也可以理解为我们常常在对立的概念中游走）。作为黑格尔学说在法国的领航者，科耶夫不断强调人类历史开始于"一"，一个"整体"（有点像中国思想里的"混沌"，但又不完全是）；由于人心的演变，此整体开始分裂为"二"，但是人心又想治愈这种分裂，所以试图加以缝合，缝合后的"一"又继续分裂。黑格尔强调必须等到那个深埋在人心的"灵体"（Spirit or Geist）出现，人心才能得到救赎，这也是历史最终的一种妥协。

这个理论让人想起西方远古文明里讲的大自然"整体"的生命

力，只是这个整体生命力是个“动感整体”，用德勒兹的话说，是个“零星的整体”[206]或者“开放的整体”。每一个整体都与其他的“整体”相连，并且可以反映出更大的整体。比如人的胃是一个器官，也是一个整体，但是却连接着全身其他的器官，无法独活。而胃的特质，亦可映照出身体这个大的整体的特质。又比如，人的身体是个小宇宙，胃是个更小的宇宙，里面的细胞又是更小的宇宙。

后来这个动感的整体，被理性的黑格尔看成一个“统一”的整体或者“封锁的整体”，这也是年轻的德勒兹觉得不完善，起而反对黑格尔的主要原因。对此，德勒兹与迦塔利写道：“我们不再相信那个最初被人当作统一的洪荒太初的整体，或者等待在最后让我们去实现的那个“一”的世界，我们也不再相信那个人类演化的辩证道路，好像从痛苦、冷漠、可怕、破碎的人间，我们终于可以登上一个和谐完整的彼岸。”[207]这个统一的整体即是基督教的上帝，他在西方文化里一直被认为是人的源头，以及最终的归宿。

所有被人所用，并且认为极其有用的东西，终将成为一种限制。理性是人心进步的里程碑，可是人心的困境仍然是理性思维的困境，在理性的局限里，我们的思考方式似乎只有这样永无止境地在二元的轨道上游走：爱恨、情仇、是非、善恶。然后再让二元结合成一元，如众人认知的阴阳合抱成一个圆形的太极。

我们是否可以跨越这座思考的迷宫？

对于原始的生命力（能量），那个来自太初的精灵（见本书第一章），从前苏格拉底哲学家开始，就对其进行描述与想象，但这些描述与想象大多也只能止于一个最初的“一”（一个“统一”的整体），与之相对于宇宙林林总总的其他部分，后者则被命名为“多”。

对德勒兹而言，变幻莫测的能量，不可能是“一”。这样的想象太粗糙，太简化，不但是理性思考的局限，更是一条死路。因此，他反对封闭式整体（unity，totality）这样的概念，也为此，德勒兹创造了“部分个体”（partial object）这个概念。简而言之，这个概念是用来对抗“封闭式整体”的。所有被理解为“全部”的思考方式都有漏洞，正如任何科学定理都不能涵盖整个生命以及无尽的宇宙空间。

宝剑出鞘的理由之二：解构法国结构主义

20世纪60年代起，列维–施特劳斯（Levi Strauss）的结构主义在法国架起另一座理论桥梁，在年轻学子中掀起了另一个思想风潮。结构主义在被解构之前也曾经解构过别人，认为笛卡尔的“自我”概念不是一个坚不可摧的主体，当然也不是所有知识的根基，更不是所有人生关怀的总枢纽。

这样的论调已经相当大胆而前卫了，试问有谁不是无时无刻在为“自己”而努力？若是有人告诉你：“你所有努力的理由，那个‘自己’，其实是不存在的。”这样的“忠告”就如同榨干一个西瓜里所有的水分，让你顿时觉得人活着毫无意义可言。

可是施特劳斯就是这样自信地告诉你：“自我”充其量只是在所有二元结构中所扮演的一个角色，产生的某种作用而已。他运用索绪尔（Saussure）的语言学二元概念（sr and sd），延伸到种族学、神话与人类学。把各种存在的现象都套上二元结构的支架。德勒兹创作的另一个目的，是针对结构主义里“结构”这个概念进行批判，认为在无止境的时空大化中如此雕琢的二元脉络根本是对大化的亵渎。德勒兹并不反对建立一个可供意念栖身的思想建筑；他反对的，是一种“认定如此的结构/组织是天衣无缝的，并且可以成为宇宙永恒不变的真理”

的态度。

是的，我们都怕无常，怕混乱，怕一觉醒来一切的努力都白费了。我们都希望生活和生命有轨迹可循，手中拥有的不会瞬间消失，手中尚未拥有的也可以经由努力得到。这些我们分分秒秒凭借着的，就是生命里的“秩序”“结构”。在建立秩序和结构时，我们需要建立统一性，好比一个人生活需要“重心”，努力需要“方向”，需要“目标”。这些都是我们理性思维里的“统一性”发挥作用的结果。

可德勒兹不认为在结构中找到的统一性是对抗生活（生命）里的无常或者混沌的一面永恒不碎的盾牌。

人们在日常生活中仍然可以借着理性在混乱中找到条理、原则，借着科学在大自然的无序里找到可以让生活愉快、心灵栖息的秩序，但这并不表示，这些秩序、原则可以成为永恒的真理。有时一个一成不变的目标反而成为做事的障碍。有时我们内心的混乱并无不好，因为它意味着内心的能量正在彼此激荡，准备孕育创新的想法。

德勒兹采纳结构主义的基础论点：人心的理性思维模式是二元的。但是他觉得这样说不充分，因为在二元的基本架构里，人心的运动远远超越二元，它会在每个二元中自己“生出”另一个枝节，不断繁衍，直到无限。所以二元就不再是“固定”的二元，而是“动感”的二元，一种比电流还快的运动速度。在德勒兹的理论里，仍然看得到二元的影子，但是很快就被“运动中的速度”模糊掉，成为纯粹的“网状根须”（rhizome），但它仍然依靠二元之间的互动，永恒的互动。

宝剑出鞘的理由之三：攻伐弗洛伊德的心理分析

20世纪60年代在历史上的印记不止这些，还有另外重重的一笔可记：弗洛伊德的心理学。德勒兹与精神分析专家迦塔利联手书写的《反俄狄浦斯》，即是对当时轰动一时、以弗洛伊德为首的心理分析，所给予的重重反击。

在古希腊悲剧《俄狄浦斯》中，国王听了先知的神谕，知道自己的儿子将来会弑父恋母之后，命令手下将俄狄浦斯王子杀害，可是国王的手下良心未泯，不忍处死幼小的王子，于是将其弃置山野，不料王子被人拾走，因缘际会，变成邻国的王子。而少年俄狄浦斯亦在偶然的机会里得知自己即将弑父娶母，为了不让这个悲剧预言成真，犯下人神共愤的罪恶，于是仓皇逃家，离开了自己的王国；谁知命运难违，俄狄浦斯竟然在邻国的三岔路口亲手杀了生父，又在不知情的情况下，真的娶了自己的母亲。

弗洛伊德运用这个悲剧的内涵，创造了一个心理学名词“俄狄浦斯情结”（Oedipus complex），暗示每个男孩心中都有抗父恋母的情结。《反俄狄浦斯》揭露这个以“恋母情结”为中心，以核心家庭（父、母、孩子）为研究对象的心理学已经走进了研究的死胡同。德勒兹认为，“俄狄浦斯情结”其实是一个过于简化的系统，仿佛任何心理现象都可以解释为“性冲动”，忽略了更大范围的全人类关怀。德勒兹反对的，不是“俄狄浦斯情结”本身，而是弗洛伊德所认定的道理：这个情结深藏在人的潜意识里，可以解释各种人的心理现象。德勒兹认为这个情结不应被供奉为心理学不变的真理，因为它只是一个理性的产物。“我们如何能真正意识到潜意识的活动与创造力？……只能从欲望的生产与社会的生产冲突里；或者社会机器对欲望机器的压抑里，以及心理压抑与社会压抑的关系里去寻找。”[208]林林总总的社会现象与问题，不能都以俄狄浦斯情结来总括解释。儿子恋母与女儿恋父也许有一定的动物本能欲望的基础，可是弑父或者抗父应该是父权社会的产物，与年长男性本身的自我尊荣不允许被挑战有着密不可分的关系。少年的欲望澎湃，对权威的挑战，不应只是由俄狄浦斯情结来总括解释。

除此以外，拉康心理分析里所暗示的“鸿沟”（gap），也是德勒兹试图超越的目标。拉康的理论述说着一个人的诞生与他生命中注定的残缺。一个婴儿呱呱坠地了，可是他对世界的理解是混乱的。他还没有建立自我，所以他的世界就是母亲的世界，他与母亲乳房的情愫也非常错乱，饥饿感让他渴望乳汁的甘露，于是那个提供甘露的“山头”也成了他的一部分。他一方面渴望它，一方面想攻击它，但同时，他亦感觉那个山头渴望并想攻击自己。在十二个月到十八个月时，婴儿仿佛自己在镜中找到自己，拉康称此为“镜像期”（mirror stage）。这是婴儿建立自我的时期。

但是婴儿建立自我的方式，是用母亲这个外来的形象当建筑材料的，同时，他似乎又知晓这样不妥，于是再奋力把这个外来者排斥出去。于是人在建立自我时，一面建筑，一面摧毁。拉康理论的一个惊人的发现，是人的宿命，仿佛人在最初建立“自我”时，已经将“矛盾”一起筑进自我的城堡。而且这个城堡似乎永远无法筑成，它永远在建立与毁灭里轮回，直到语言出现。语言的出现，像暴风雨夜晚的屋舍，让行路的旅人有了可以暂时栖身之处。婴儿觉得在语言里找到了安全感，可是他又似乎深知屋舍并不是自己，这中间有个极深的“鸿沟”。语言代表父权社会环境的入侵，婴儿进入“人类”的世界，却无时无刻不想用语言去寻回那属于母亲的源头。

拉康的分析很细腻珍贵，让人读来惊心却感佩！可惜，拉康对人世的理解仍然是否定的，那个“鸿沟”让人唏嘘不已，仿佛人终其一生的欲望，是寻找一个失去的桃花源。德勒兹扬弃了拉康这样负面的思考模式，一如他扬弃柏拉图的思考模式。

欲望不是寻找，欲望是欢愉地创造。

弗洛伊德的力比多（libido）也不再只是性欲，而是与自然界并无二致的能量；因为人的无意识没有男女之别的认知，我们拥有的，只有动荡的生命能量。

注　释

1 Gilles Deleuze, *The Fold: Leibniz and the Baroque*, University of Minnesota Press, 1992, p. 88.

2 Cate Bramble, *Architect's Guide to Feng Shui: Exploring the Myth*, Architectural Press, 2003, p. 18.

3 Gilles Deleuze, *The Fold*, p. 20–21.

4 Gilles Deleuze and Félix Guattari, *A Thousand Plateaus: Capitalism and Schizophrenia*, University of Minnesota Press, 1987, p. 152.

5 Gilles Deleuze and Félix Guattari, *Anti-Oedipus: Capitalism and Schizophrenia*, University of Minnesota Press, 1983, p. xxi.

6 Gilles Deleuze and Félix Guattari, *A Thousand Plateaus*, p. 11.

7 Gilles Deleuze, *The Fold*, p. 60.

8 Ibid., p. 67.

9 Ibid., p. 68.

10 Ibid., p. 70.

11 Ibid., p. 68.

12 早在青铜器时期，希腊人已经由海上扩展分布到克里特岛、塞浦路斯、小亚细亚海岸、意大利南部和西西里岛。（参看Walter Burkert, *Babylon, Memphis, Persepolis: Eastern Contexts of Greek Culture,* Harvard University Press, 2007, p. 5。）

13 亚里士多德的《论哲学》和亚里士多德弟子的书里，已经提到埃及文化的传承，也包括伊朗、印度、犹太文明。泰勒斯认为土壤的底下是水，地球建造在水上。这种观点可以在《圣经》和阿卡德人的神话里找到共鸣，却和荷马、赫西俄德一点关系都没有。阿那克西曼德的天堂系统更像亚述人或者古伊朗的文献里的叙述。柏拉图在《厄庇诺米斯篇》（*Epinomis*）中说神仙用自身的样子设计星星，他似乎在抄袭古代阿卡德人的文献*Enuma Anu Enlil*。新柏拉图主义者德马歇思（Damascius）在《第一原则论》中讲述巴比伦与腓尼基文明里的宇宙起源论，用的资料来自亚里士多德的弟子。参见Walter Burkert, *Babylon, Memphis, Persepolis: Eastern Contexts of Greek Culture,* p. 50, p. 66, p. 68。

14 Walter Burkert, *Babylon, Memphis, Persepolis: Eastern Contexts of Greek Culture*, p. 51.

15 Ibid..

16 参见Howard Eves, *An Introduction to the History of Mathematics*, Brooks/Cole, 1990。

17 Karl W. Luckert, *Egyptian Light and Hebrew Fire: Theological and Philosophical Roots of Christendom in Evolutionary Perspective*, State University of New York Press, 1991, p. 41.

18 Walter Burkert, *Babylon, Memphis, Persepolis: Eastern Contexts of Greek Culture*, p. 63.

19 Ibid., p. 12, pp. 65–71.

20 Ibid., pp. 72–74.

21 希腊文化与埃及文化盘根错节，希腊的文字是在公元前900年左右跟叙利亚的腓尼基人学的，而腓尼基人则是跟埃及人、巴比伦人学的。

22 这并不是说埃及或巴比伦文明就是非理性的，埃及的智慧文学里都是智者的箴言、智慧小语，讲的都是理性对感情冲动的驾驭与中道的和谐，只是尚未形成系统或者哲学学派。希腊前苏格拉底哲学家所代表的理性，是一个时代的产物，而不是一个地区的产物，换句话说，前苏格拉底的年代就是一个理性的年代，因为人类进入铁器时期，大脑的发展开始有理性和自我。公元前650年左右，亚述的神职人员已经开始诉说一个有系统的宇宙观，里面有三层人间、三层天堂，也已经有了制造系统的能力。在东方的中国，商代的占卜与周代的仪轨，都是理性的表征。（Walter Burkert, *Babylon, Memphis, Persepolis: Eastern Contexts of Greek Culture*, pp. 66–67）

23 公元前7世纪，埃及第二十六王朝建立商业舰队，以米利都为海港，对希腊进行商业贸易。（Karl W. Luckert, *Egyptian Light and Hebrew Fire*, p. 197.）

24 Walter Burkert, *Babylon, Memphis, Persepolis: Eastern Contexts of Greek Culture*, p. 70.

25 Ibid., p. 58.

26 Ibid., p. 59.

27 Giorgio Buccellati (1981), "Wisdom and Not: The Case of Mesopotamia", *Journal of the American Oriental Society* 101(1), pp. 35–47.

28 Roy Kenneth Hack, *God in Greek Philosophy to the Time of Socrates*, Princeton University Press, 1931, p. 39.

29 Ibid., p. 70.

30 Bertrand Russell, *A History of Western Philosophy*, Simon and Schuster, 1945, p. 48.

31 Karl W. Luckert, *Egyptian Light and Hebrew Fire*, p. 210.

32 Walter Burkert, *Babylon, Memphis, Persepolis*, p. 69.

33 Karl W. Luckert, *Egyptian Light and Hebrew Fire*, p. 45.

34 Walter F. Otto, *Dionysus: Myth and Cult,* trans. Robert B. Palmer, Indiana University Press, 1965, pp. 17–22.

35 Karl W. Luckert, *Egyptian Light and Hebrew Fire*, p. 45.

36 Ibid., p. 215.

37 J. B. Wilbur and H. J. Allen ed., *The Worlds of the Early Greek Philosophers*, Prometheus Books, 1979, p. 4.

38 Walter Burkert, *Babylon, Memphis, Persepolis*, p. 12.

39 Karl W. Luckert, *Egyptian Light and Hebrew Fire*, p. 210.

40 Walter F. Otto, *Dionysus: Myth and Cult*, p. 93.

41 学者欧图说：神不是一个概念，神是一个活生生的现实。参见 Walter F. Otto, *Dionysus: Myth and Cult*, p. 22。

42 Walter F. Otto, *Dionysus: Myth and Cult*, pp. 22–23.

43 Ibid., p. 91.

44 Ibid., p. 136.

45 他若是色雷斯人，就可能跟印度有关，若是克里特岛人，就跟埃及有关。

46 布尔克特强调奥菲斯与埃及的关系，奥菲斯传承着埃及人对死后生命仍然延续的信仰（Walter Burkert, *Babylon, Memphis, Persepolis*, pp. 87–98）。奥菲斯祭典里使用的金盘子上记载的地狱和埃及死亡书里记载的一样，都有一个"记忆之湖"，而且人死后因口渴必须饮"记忆之湖"的水。

47 Bertrand Russell, *A History of Western Philosophy*, p. 21.

48 John Burnet, *Early Greek Philosophy*, Adam & Charles Black, 1958, p. 81

49 伯内特在《希腊早期哲学》（*Early Greek Philosophy*）中提到奥菲斯传统与东方印度教义的惊人相似处，并且强调彼此思想交流的不可能性。

50 F. M. Conford, *From Religion to Philosophy: A Study in the Origin of Western Speculation*, Happer & Row, 1957, p. 142.

51 Bertrand Russell, *A History of Western Philosophy*, p. 21.

52 Edward C. Whitmont, *The Return of Goddess*, Arkana, 1983, p. 40.

53 Ibid., pp. 41–76.

54 问题：相辅相成一定和互相抵制相反吗？

55 阿那克西曼德所看到的自然法则，不是自然本身，而是他对自然的科学的、哲学的认知。

56 这个力量包含表象，因为表象是空的。

57 F. M. Conford, *From Religion to Philosophy: A Study in the Origins of Western Speculation*, pp. 199–200.

58 即使在基督教的神秘主义一派看来，人可以跟上帝结婚，但是不可以变成上帝，人永远都只是参与神性。但是从另一个角度来看，参与代表的即是合一，神可以参与人心，人可以忘却自我回到神里，到底是不是变成神 / 上帝，已经不重要了。

59 F. M. Conford, *From Religion to Philosophy: A Study in the Origins of Western Speculation*, pp. 148–250.

60 李嗣涔:《难以置信II：寻访诸神的网站》，台北：张老师文化出版社，2004年，167–168页。

61 Andreas Huyssen, *After the Great Divide: Modernism, Mass Culture, Postmodernism*, Indiana University Press, 1986, p. 39.

62 Jean-François Lyotard, *The Postmodern Condition: A Report on Knowledge*, trans. Goeff Bennington and Brian Massume, University of Minnesota Press, 1984, p. 66.

63 David Harvey, *The Condition of Postmodernity*, Blackwell, 1990, pp. 45–46.

64 Ibid., p. 59.

65 Ibid., p. 54.

66 Fredric Jameson, *Postmodernism: or The Cultural Logic of Late Capitalism*, Duke University Press, 1984, p. 6.

67 Gilles Deleuze, *What Is Philosophy*, Columbia University Press, 1994, p. 36.

68 Ronald Bogue's *Reading Notes to Anti-Oedipus*, p. 1.

69 Ibid., p. 48.

70 形而上“存有”生命的概念，是一个较深的课题。这里所谓“存有”，是对生命的本质作“打破砂锅问到底”的探问。

71 Bernd Magnus and Kathleen M. Higgins ed., *The Cambridge Companion to Nietzsche*, Cambridge University Press, 1996, p. 72.

72 《悲剧之诞生》的全名是《悲剧诞生于音乐的精神》(*The Birth of Tragedy in the Spirit of Music*)。

73 对叔本华而言，“宇宙意志”是一种绝对的真实，也就是说，宇宙原始的本质是一股非理性的意志或动力（irrational will），无视人一己的盼望或恐惧，不断地向前翻腾滚动，在创造与毁灭中完成自己。叔本华认为，这种无意识的动力是一切痛苦的根源。

74 Will Durant, *The Story of Philosophy*, Simon and Schuster, 1926, pp. 115–116.

75 Ibid., p. 125.

76 Gilles Deleuze, *Spinoza: Practical Philosophy*, City Lights Books, 1988, p. 6.

77 Ibid., p. 6.

78 Ibid., p. 3.

79 Ibid., p. 3.

80 Will Durant, *The Story of Philosophy*, p. 117.

81 Ibid., p. 131.

82 Gilles Deleuze, *Spinoza: Practical Philosophy*, p. 17.

83 Baruch Spinoza, *Ethic*, trans. W. Hale White, Oxford University Press, 1923, p. 8.

84 Gilles Deleuze, *Spinoza: Practical Philosophy*, p. 18.

85 Baruch Spinoza, *Ethic*, pp. 61–62.

86 Gilles Deleuze, *Spinoza: Practical Philosophy*, p. 18.

87 Ibid., p. 19.

88 Will Durant, *The Story of Philosophy*, p. 135.

89 Baruch Spinoza, *Ethic*, p. 236.

90 Will Durant, *The Story of Philosophy*, p. 141.

91 Ibid., p. 135

92 Baruch Spinoza, *Ethic*, pp. 73–83.

93 Gilles Deleuze, *Spinoza: Practical Philosophy*, p. 83.

94 Will Durant, *The Story of Philosophy*, p. 140.

95 Gilles Deleuze, *Spinoza: Practical Philosophy*, p. 13.

96 Ibid., pp. 22–25.

97 Baruch Spinoza, *Ethic*, p. 116.

98 Gilles Deleuze, *Spinoza: Practical Philosophy*, p. 27, p. 42.

99 Gilles Deleuze, *Spinoza: Practical Philosophy*, pp. 27–29.

100 Ibid., p. 56.

101 Ibid., p. 100.

102 Baruch Spinoza, *Ethic*, p. 181.

103 Bernard J. Verkamp, *Encyclopedia of Philosophers on Religion*, McFarland & Company, Inc., 2008.

104 Suzanne Guerlac, *Thinking in Time*, Cornell University Press, 2006, pp. 14–16.

105 Will Durant, *The Story of Philosophy*, p. 340.

106 Henry Bergson, *Creative Evolution*, trans. Arthur Mitchell, Henry Holt and Company, 1911, p. 31.

107 Ibid., pp. 89–97.

108 Ibid., p. 102.

109 Ibid., pp. 105–125.

110 Ibid., p. 126.

111 Ibid., p. 2.

112 Ibid., p. 4.

113 Ibid., p. 27.

114 Ibid., p. 5.

115 Ibid., p. 5.

116 Ibid., p. 29.

117 Ibid., p. 168.

118 Ibid., p. 145.

119 Will Durant, *The Story of Philosophy*, pp. 338–343.

120 Ibid., p. 168.

121 Ibid., pp. 176–178.

122 Ibid., p. 6.

123 Ibid., p. 6.

124 Ibid., p. 179.

125 Gilles Deleuze, *Empiricism and Subjectivity*, trans. Constantin V. Boundas, Columbia University Press, 1991, p. 3.

126 Ibid., p. 5.

127 Ibid., p. 5.

128 Gilles Deleuze, *Foucault*, trans. Sean Hand, University of Minnesota Press, 1988, p. 96.

129 Gilles Deleuze and Félix Guattari, *Anti-Oedipus: Capitalism and Schizophrenia*, p. 283.

130 Spinoza, *Ethics*, trans. James Gutmann, Hafner Publishing Company, 1954, pp. 136–137.

131 Gilles Deleuze, *What Is Philosophy*, p. 5.

132 Gilles Deleuze, *The Fold*, p. 76.

133 Gilles Deleuze and Félix Guattari, *Anti-Oedipus: Capitalism and Schizophrenia*, p. 7.

134 Ibid., p. 283.

135 Ibid., p. 13.

136 Ibid., p. 19.

137 Gilles Deleuze, *The Fold: Leibniz and the Baroque*, p. 13.

138 Gilles Deleuze, *The Fold*, p. 9.

139 Ibid., p. 13.

140 郑愁予:《郑愁予诗集》，台北：洪范出版社，1979年，43页。

141 Matthieu Ricard, *Happiness: A Guide to Developing Life's most important Skill*, Little, Brown and Company, 2007, pp. 195–197.

142 Gilles Deleuze and Féilles Deleuz, *A Thousand Plateaus: Capitalism and Schizophrenia*, p. 9.

143 Gilles Deleuze, *The Fold*, p. 67.

144 Gilles Deleuze and Félix Guattari, *Anti-Oedipus: Capitalism and Schizophrenia*, p9.

145 Gilles Deleuze, *Empiricism and Subjectivity*, p. 5.

146 Ibid., p. 7.

147 Gilles Deleuze, *The Fold*, p. 23.

148 Gilles Deleuze, *Empiricism and Subjectivity*, p. 56.

149 Ibid., p. 43.

150 Gilles Deleuze and Félix Guattari, *Anti-Oedipus: Capitalism and Schizophrenia*, pp. 146–161.

151 Gilles Deleuze and Félix Guattari, *Anti-Oedipus: Capitalism and Schizophrenia*, P185.

152 Ibid, p. 190.

153 Gilles Deleuze and Félix Guattari, *Anti-Oedipus: Capitalism and Schizophrenia*, p. 227.

154 Ronald Bogue, *Deleuze and Guattari*, Routledge, 1989, pp. 61–63.

155 Nancy Duarte and Patti Sanchez, *Illuminate: Ignite Change Through Speeches, Stories, Ceremonies, and Symbols*, Portfolio/Penguin, 2016, p. 10.

156 Ibid., p. 9.

157 Ibid., p. 99.

158 Deleuze and Guattari, *Anti-Oedipus: Capitalism and Schizophrenia*, p. 61.

159 Gilles Deleuze, *The Fold*, p. 131.

160 Ibid., p. 131.

161 Niklas Luhmann, *Introduction to Systems Theory*, edit. Dirk Baecker, trans. Peter Gilgen, Polity, 2002, p. xv.

162 Gilles Deleuze, *Foucault*, trans. Sean Hand, 1988, pp. 100–101.

163 Ibid., p. 70.

164 Gilles Deleuze, *Foucault*, p. 98.

165 Nancy Duarte and Patti Sanchez, *Illuminate*, pp. 31–35.

166 Gilles Deleuze, *Foucault*, p. 101.

167 Ibid., p. 70.

168 Ibid., p. 104.

169 Ibid., p. 75.

170 Nancy Duarte and Patti Sanchez, *Illuminate*, pp. 61–73.

171 Gilles Deleuze and Félix Guattari, *Anti-Oedipus: Capitalism and Schizophrenia*, p. 76.

172 Gilles Deleuze, *Difference and Repetition*, trans. Paul Patton, Columbia University Press, 1994, p. 192.

173 Ronald Bogue's *Reading Notes to Anti-Oedipus*. p. 71–72.

174 Gilles Deleuze and Félix Guattari, *Anti-Oedipus: Capitalism and Schizophrenia*, p. 294.

175 Ibid., p. 185.

176 Ibid., p. 187.

177 Edward Whitmont, *The Return of Goddess*, pp. 23–25.

178 Gilles Deleuze and Félix Guattari, *Anti-Oedipus: Capitalism and Schizophrenia*, p. 19.

179 Ibid., p. 19.

180 Ibid., p. 19.

181 Gilles Deleuze, *Empiricism and Subjectivity*, p. 38.

182 Ibid, p. 24.

183 Ibid., p. 30.

184 Ibid., p. 32.

185 Ibid., p. 22.

186 Ibid., p. 34.

187 Ibid., p. 28.

188 Gilles Deleuze and Félix Guattari, *A Thousand Plateaus*, p. 108.

189 Ibid., p. 108.

190 Ronald Bogue's *Reading Notes to Anti-Oedipus*. p. 86.

191 Gilles Deleuze and Félix Guattari, *Anti-Oedipus: Capitalism and Schizophrenia*, p. 8.

192 Ibid., pp. 329–330.

193 Ibid., p. 330.

194 Ibid., p. 330.

195 Gilles Deleuze, *Foucault*, p. 95.

196 Gilles Deleuze and Félix Guattari, *Anti-Oedipus: Capitalism and Schizophrenia*, p. 330.

197 Huston Smith, *The World's Religions*, Haper Collins Books, 1991, p. 69.

198 Gilles Deleuze and Félix Guattari, *A Thousand Plateaus*, p. 107.

199 Mircea Eliade, *Cosmos and History: The Myth of the Eternal Return*, Harper & Row, 1954, pp. 6–8.

200 Ibid., p. 10.

201 Gilles Deleuze, *Foucault*, p. 121.

202 Friedrich Nietzsche, *The Gay Science*, trans. Walter Kaufmann, Vintae Books, 1974, p. 273.

203 Gilles Deleuze and Félix Guattari, *Anti-Oedipus: Capitalism and Schizophrenia*, p. 331.

204 Ibid., p. 333.

205 Ronald Bogue, *Deleuze and Guattari*, Routledge, 1989, p. 1.

206 Gilles Deleuze, *What Is Philosophy*, p. 13.

207 Gilles Deleuze and Félix Guattari, *Anti-Oedipus: Capitalism and Schizophrenia*, p. 42.

208 Ibid., p. 54.

参考文献

Bertrand Russell, *A History of Western Philosophy*, Simon and Schuster, 1945

Ronald Bogue, *Ronald Bogue's Reading Notes to Anti-Oedipus*

Gilles Deleuze, *Spinoza: Practical Philosophy*, City Lights Books, 1988a

Will Durant, *The Story of Philosophy*, Simon and Schuster, 1926

Gilles Deleuze, *The Fold: Leibniz and the Baroque*, University of Minnesota Press, 1992

Gilles Deleuze and Félix Guattari, *Anti-Oedipus: Capitalism and Schizophrenia*, trans. Robert Hurley, Mark Seem, and Helen R. Lane, University of Minnesota Press, 1983

Niklas Luhmann, *Introduction to Systems Theory*, edit. Dirk Baecker, trans. Peter Gilgen, Polity, 2002

Gilles Deleuze, *Foucault*, trans. Sean Hand, University of Minnesota Press, 1988b

Gilles Deleuze, *Empiricism and Subjectivity*, trans. Constantin V. Boundas, Columbia University Press, 1991

Ronald Bogue, *Deleuze and Guattari*, Routledge, 1989

Gilles Deleuze, *What Is Philosophy*, Columbia University Press, 1994

Gilles Deleuze, *Bergsonism*, Zone Books, 1991

Michael Hardt, *Gilles Deleuze: An Apprenticeship in Philosophy*, University of Minnesota Press, 1993

Gilles Deleuze, *Difference and Repetition,* trans. Paul Patton, Columbia University Press, 1968

关键词

Chaosms：见 Gilles Deleuze, *The Fold: Leibniz and the Baroque*。

Aleatory points of intensity：德勒兹在其书中用不同的名词表述此概念，包括 aleatory points of singularity, singular point of intensity, intensities, multiplicities, 等等。

image of thought：见 Gilles Deleuze, *What Is Philosophy?*。

internal difference：见 Gilles Deleuze, *Bergsonism*。

singularity：见 Michael Hardt, *Gilles Deleuze: An Apprenticeship in Philosophy*。

passive affection：见 Gilles Deleuze, *Spinoza: Practical Philosophy*。

virtual：这个专有名词经常出现在德勒兹的理论里，一般翻译为“虚拟”，但并不符合德勒兹的思想内涵，本书采用南京大学王小雨教授的翻译——“潜在”。（见王小雨：《论德勒兹的“潜在”概念》，《中国图书评论》2018年第6期，51–56页。）

difference：见 Gilles Deleuze, *Difference and Repetition*。

desiring machine：见 Gilles Deleuze and Felix Guattari, *Anti-Oedipus: Capitalism and Schizophrenia*。

deterritorialization and reterritorialization：见 Gilles Deleuze and Félix Guattari, *Anti-Oedipus: Capitalism and Schizophrenia*。

connective synthesis, disjunctive synthesis, conjunctive synthesis：见 Gilles Deleuze and Félix Guattari, *Anti-Oedipus: Capitalism and Schizophrenia*。

rhizome：见 Gilles Deleuze and Félix Guattari, *A Thousand Plateaus: Capitalism and Schizophrenia*。

molar and molecular：见 Gilles Deleuze and Félix Guattari, *Anti-Oedipus: Capitalism and Schizophrenia*。